風華世家 3

文創風 228

十月微微涼 著

目錄

第四十五章

二公主的線索自有楚攸調查，嬌嬌一大早起身便收拾妥當前往安親王府。

「嬤嬤，我們不需要先送拜帖嗎？」

許嬤嬤笑著回應。「這些小事怎容小姐操心，我昨日已經送過去了。」

皇宮都去過了，嬌嬌對安親王府倒是沒有那麼多的期待。

到了安親王府，許嬤嬤上前稟告之後，嬌嬌便下車跟著侍女進門。

許是為了等她，安親王與安親王妃都在。

嬌嬌規規矩矩地跪下請安。「秀寧見過外祖父、外祖母。」

安親王語氣平緩地道：「起來吧。」

嬌嬌起身立在一旁，安親王與安親王妃都是五十開外，看起來與老夫人年紀差不多大，許是身在高位，兩人俱是穿得華麗異常。

安親王的容貌普通，不過卻不怒而威，而王妃就可看出年輕時的美貌，說起來，這姊弟兩人都更像王妃多些，嬌嬌也感慨這兩人真會長。

她在偷偷打量兩人，這兩位也在打量她，須臾，安親王開口。「別站著了，坐下吧。」

「謝外祖父。」嬌嬌規矩坐下。

安親王若有還無地哼了一聲，彰露了對她的不待見。

「老夫人身體可好？」

「回外祖父的話，祖母身體尚好。」多餘的，嬌嬌是一句都不開口。

「可盈和子魚什麼時候回京？」王妃忍不住問道，她自然是更關心自己的女兒和外孫的，至於這個半道撿的小孤女，王妃並不待見。

嬌嬌淺笑。「回外祖母，秀寧先行回京打點，稍後祖母、母親等人就會回京了。」看她問啥說啥，其餘的一點不說，王妃臉色冷了幾分。

王爺自然也不是什麼好相與的，看她乖巧地笑，冷言。「行了，既然拜見過了，那就回去吧，妳早些將季家打理妥當，他們也早幾日來京城，如果有什麼需要幫忙的，妳且來問妳外祖母便是。」

「是。」

「小姑娘家家的，還是安安分分地待在家裡，少出門做那些沒用的事，朝堂之上的事，可是妳一個姑娘家能管得了的？如今老夫人不在，妳切莫與那些小人多接觸，免得壞了季家的門風。」安親王言道。

「是，外祖父教訓得是。」嬌嬌沒有什麼特殊的表情，依舊是笑意盈盈。

哼了一聲，安親王繼續言道：「季家的人，我倒是沒有那個必要教訓，我也沒有立場，只是妳既然是可盈的養女，我便要管上幾分，莫要以為家裡沒有大人了。楚攸那廝什麼人品，怎可與之為伍，且妳一個姑娘家的與他如此親近，難保他人以為妳是浮躁不本分之人。」

「秀寧知曉了。」嬌嬌一臉的受教，連連點頭。

看她還算識相，安親王繼續言道：「那宮裡豈是妳一個女子可去的？再說案發現場此等晦氣的地方，妳倒是不怕。」

嬌嬌也不多言，只老老實實地聽著，見她態度好，安親王終於不再接著訓話。

「行了，本王還有事要處理，妳外祖母近來也忙著，我們就不多留妳了，妳且回去吧。」

「是。」嬌嬌微笑起身，再次行禮，也不耽擱，直接離開。

「季小姐這邊請。」丫鬟引著路，也並不十分熱忱，表情裡有幾分的倨傲。

嬌嬌只安靜跟著。

「季秀寧！」一聲男聲響起。

嬌嬌回頭，見是小世子宋俊寧，她與宋俊寧這些年還是偶爾會見到的，不過上次見他該是一年前了。

「秀寧見過舅舅。」嬌嬌微微一福。

小丫鬟也微福請安。

雖然嬌嬌在季家的時候也會規規矩矩地叫舅舅，但是在京城卻又有些不同。宋俊寧上下打量她，小姑娘倒是又長高了些，微風拂過，裙角隨著輕揚。

「聽說妳昨日就到了。」宋俊寧如今也快二十了，算起來是個高眺俊朗的青年，相較之前則是多了幾分的沈穩。

嬌嬌微笑應道：「是呢，昨日中午到的。」

宋俊寧撇嘴。「昨日中午到的，昨日不來拜會，卻跟著楚攸亂走，季秀寧，妳可真是守禮。」

「昨日我已送來了拜帖。秀寧旅途疲憊，行色匆匆，太過邋遢難免污了外祖父和外祖母的眼。」

見她依舊是笑，不過卻不似以往，宋俊寧覺得有幾分不高興，不知怎地，他總是覺得這個樣子的她像是一個假人。

「不要笑了。」他喝道。

不只是嬌嬌，連其他人都有些吃驚。

「難看死了，不想笑就不要笑，這麼笑又難看又假。」言罷，宋俊寧轉身離開。

嬌嬌與許嬤嬤面面相覷，搞不清楚這廝又犯什麼病了。

「我們走吧。」

「這邊請。」

「嗯。」嬌嬌並不多想，馬上離開。

嬌嬌和許嬤嬤等人離開了王府，卻不知曉宋俊寧卻是站在假山上望著她走遠。小世子的侍衛一直都是跟在他身邊的，見他這樣盯著季小姐，心下有幾分不好的聯想。

「世子？」

「她怎麼走了？」看不出個表情，宋俊寧只呆呆地望著嬌嬌的背影。

侍衛回道：「大抵是王爺、王妃沒有留她吧。」這事不是顯而易見嘛。侍衛默唸。

聽到這個，宋俊寧眉毛皺緊，隨即蹬跳地下了假山。

見寶貝兒子到了，王妃不似剛才見嬌嬌時板著臉，眉眼是笑，拉過自己的兒子，連忙言道：「正巧你來了呢，快來看看，看看有沒有中意的姑娘。」

如今宋俊寧這個年紀還不婚配委實有些晚了，王爺和王妃都操碎了心。

「那些庸脂俗粉，兒子才看不上。」宋俊寧看桌子上那些美人畫像，撇嘴不樂意。

王妃點頭。「母親自然是知曉的，不過你且看看，這些都不是一般人家的姑娘啊，也有不少才貌雙全的，有些本都是要配給皇子，你來看看。」

小世子毫不在意地一撩衣袍坐在了榻上，將畫像接過隨意地翻看，隨即扔到一邊。

「沒有中意的。」

王妃嘆息坐到他身邊。「你都沒有好好看，怎地就直接扔到了一邊呢？寧兒啊，你是要戳母親的心嗎？你看哪家的公子像你這麼大還沒有成親的？抑或者，你喜歡什麼樣的，你告訴母親，母親按照你的條件去為你找。」

宋俊寧渾不在意。「別人娶妻早不代表我就要娶妻早，您看那楚攸，都快到三十了，還不是一個人。」

「呸！你是堂堂世子，怎麼能和那種人比，你看好人家的男子，哪有不成親的。等你成親了，自己有了兒子，便也能穩定下來。」王妃是死看不上那個什麼楚攸，一個男人，長得像女子一樣妖孽，不僅心狠手辣，還魅惑天家，這樣的人，真是死一萬次都不解恨。

「穩不穩定，和有沒有孩子又有什麼關聯，反正我現在不想成親。」小世子將盤子裡的果子拿起來扔著玩。

看他年近二十卻仍是如此，王妃不禁嘆息。「你呀，都這麼大了，還跟孩子一樣，這可如何是好。你們姊弟倆，真是讓我操碎了心，她當年不顧季致遠的冷臉執意要嫁季家，年紀輕輕就守寡；你呢，年紀也不小卻不肯成親，哪怕你說出個大概，母親幫你按照你要的找還不可以嗎？」

安親王妃對這兒子真算得上是苦口婆心了。

「我喜歡與我投緣的。」小世子並沒有停下自己的動作。

這話怎麼說的？

「投緣？如何算是投緣？」王妃嘆息。

「就是與我有緣分。再說了，我不喜歡那些名門淑女，整個人假假的有什麼意思，我喜歡靈動又聰明的；呃，就是有些小狡黠，真的笑起來就會讓你覺得晴朗明媚，不管她遇到什麼事，我都要將她保護在身後，讓她再也不用經歷那些風吹雨打。」宋俊寧一直都沒有停下自己的動作，語出驚人。

安親王妃若要按照小世子這種說法找自然是找不到合適的人，不過很顯然，宋俊寧也並沒有希望她能真的找到，又寒暄了幾句，他便離開，如今祝尚書正是需要幫忙的時候，王妃也知曉，便沒有阻攔。

小世子出門，看著晴朗的天空，恍若看到一張巧笑倩兮的臉龐，抿了抿唇吩咐道：「啟程去刑部。」

「是。」

而此時刑部眾人正忙個不停，花千影風風火火地進門。「大人，我找到線索了。」

楚攸點頭。「既然找到，馬上進宮，我們必須搶在他們前邊。」

花千影點頭。

「季小姐真不是蓋的。」李蔚吹了聲口哨。

連花千影面部表情也柔和了些。「確實要感謝她，如果沒有她提供的方向，我們還找不到御膳房那個裡應外合的人。」

楚攸微揚嘴角，不過卻什麼都沒說，只是立時進宮。

見楚攸進宮，效忠於祝尚書的人連忙過去稟告自己的主子，楚攸自然是發現了這一點，不過卻渾不在意。如今兩方都在皇上的眼皮底下，任誰也不敢亂來；不過……楚攸冷笑，就算是亂來，他也不怕，他最喜歡有人亂來了，如果沒有人亂來，他如何借題發揮。

通風報信的人見小世子也在，連忙和祝尚書言道：「尚書大人，楚大人進宮了，他的幾個爪牙也跟著，想來是有什麼新的線索了。」

祝尚書看一眼小世子言道：「知道了，你且下去吧。」

「世子，您看他可是有新的發現？聽說他昨日帶著季家小姐再次去宮中勘查現場了，不知是否有新的發展。」季家小姐算起來也是小世子的外甥女啊，這不幫著這邊倒是站在了楚攸的身邊，當真是讓人無語。

「凡事依賴一個女人，這也就楚攸做得出來。」

「可不是嗎……」

楚攸往宮裡趕，而這時來喜正在向皇上稟告。

老皇帝聽著這一切，笑。「你說，楚攸深更半夜還待在季家？」

「可不是嗎？咱們兩邊都安排了人，想來祝尚書和楚大人也都是瞭解的，不過楚大人依舊並不避諱。奴才看著，楚大人出來的時候可挺高興的，想來是有些線索了。」來喜言道。

「楚攸那個面相，似乎沒有不高興的時候吧？若為女子當傾城。」似乎想到了什麼，他陷入了深深的回憶之中。

來喜看自家主子這個樣子，猶豫著接下來的話還要不要說。

「還有什麼問題？」皇帝雖然有一剎那的失神，但還是發現了來喜的異樣。

來喜猶豫了一下，回道：「其實第一次見這位季小姐的時候奴才就覺得有幾分熟悉，但是當時並沒有多想，昨日季小姐進宮，奴才看她，越發覺得熟悉，特別是側面的某些角度；自然，這也不是什麼要緊的事，不過這季小姐如今幫著查案，偶爾會出入宮中，咱們也不能不防。」

聽來喜這麼說，皇帝想了一下那張小臉。

「之前派出去調查她身世的人回來了嗎？」他們從兩個月前就開始調查季秀寧了。她做出了滑翔翼，皇上便對她重視起來。

「還沒呢，先前有消息傳回來，這季小姐原名季嬌嬌，來自荷葉村，季母倒是沒有什麼，祖祖輩輩都是荷葉村人，可是季小姐的父親卻不是，他是外地逃荒至此的，來自山城，山城遭災的時候逃難過去的，山城確實有他的戶籍檔案。另外，奴才在調查的時候發現了一些問題，原來，已經有好幾路人馬調查過季小姐了。」

「哦？」皇上挑眉。

「季家、楚大人、安親王府，都調查過季小姐，他們都沒發現什麼特別的地方，有趣的是楚大人，他還調查了兩次。」停頓了一下，來喜緩了一口氣，繼續言道：「可是奴才總是覺得，有戶籍檔案不見得就一定是季小姐的父親，所以留了人在山城繼續進行更詳細地調查，這也是到現在為止人手都還沒回來的原因。」來喜認認真真言道，很是謹慎。

來喜做事皇上是放心的，他點頭。

「將她的身世調查清楚是好的，朕總是覺得，她聰慧得有點過人了，雖說季家不止一個人聰明，但是不要忘了，她其實並不真的是出自季家，如若她真的是季致遠的女兒，朕倒是相信。」

兩人正在說話，就聽外面有人過來稟告，聽說楚攸求見，皇上挑眉，微笑。「想來他是有線索了，季秀寧還真是楚攸的幸運符。宣！」

來喜也笑……

如今刑部亂七八糟，爭權奪勢，這個時候江城正好請假，自我感覺很是良好，跟著漂亮能幹的季小姐，總是好過捲入那亂七八糟的爭鬥一萬倍的。

這個時候的花千影自然也沒有那個心思與他糾纏，反正也不能做什麼，請假就請假吧！江城看主管大人花總捕頭直接簽了假條，嘴咧到了耳邊。「多謝總捕頭。」

花千影看他一眼，隨即低頭，面色依舊是冷冰冰的，不過卻語重心長地說：「注意分寸。」

「啥？注意啥？啥分寸？」江城鮮少見花千影如此，不過看她似乎是為了他好的樣子，他撓頭再次問：「啥事兒？」

好吧，蠢貨是沒有腦子的。花千影不再多言，真是要作死的人你攔都攔不住，她手底下怎麼會有這種蠢貨。

「滾吧。」

呃？「好！不過，總捕頭，您啥意思啊！」

「給我滾！」花千影怒了。

李蘊和李蔚見他如此，默默望天。

僱這樣的人，季秀寧那麼聰明，是怎麼想的啊！真是太不靠譜了。

拎著假條，江城歡快地直接來到了季府，看吧，該請假的時候還是要請假，自家老大雖然冰冷了些，還是很愛護小弟的。

「見過季小姐。」

「江大哥你過來了。」

知道江城的真實年紀，嬌嬌這句「江大哥」叫得不是那麼違和了，她淺笑著繼續寫寫畫畫。

「你們家有柴火要劈嗎？我閒著也沒事。」需要腦子的事他做不了，這種體力活最適合他了，當年他們全家受了老夫人的大恩，他爹娘便要他發誓，這一輩子要為季家肝腦塗地。老夫人一直都沒有找過他們，不僅沒有找過他們，還不斷地接濟他們，這分恩情是他家怎麼都報答不了的，這次能夠跟著季小姐，他覺得總算是能為季家做點什麼了，因此格外地認真亢奮。

嬌嬌抬頭看他，見他眼睛亮亮的，噗哧一笑。「我們家有下人啊，江大哥，你坐。」

江城再次撓頭，也虧得頭髮多，不然再撓就要變成禿子了。

「可是，別的我也幹不了啊，再說了，妳在家也不需要我保護啊！」江城這是實話實說。

嬌嬌微笑。「江大哥，你給我講講京城的事吧，我們家已經離京很久了，雖然每個月也有各地的邸報可以看，但是總歸是有些不同的地方的。你久居京城，又身在六扇門，必然是十分地明瞭京城的形勢。」

聽她這麼說，江城放鬆下來。「哎，好咧，我和妳說啊，如果妳要問我京裡的八卦，我可真是門兒清（注），誰家丟了一隻雞我都知道；至於皇宮內院，呵呵，呵呵呵，這個我也是很清楚。知道我外號是啥不？京城百事通。」

注：門兒清，意指對一件事情非常的熟悉。

鈴蘭站在嬌嬌身後，終於忍不住噗哧一聲笑了出來。

江城看她。「咋了？我說的是實話咧。」

「我沒說你說假話，那你給我講講吧，至於誰家丟狗丟貓這事我就不想知道了，你給我講講這皇宮內院還有前朝黨派吧。」嬌嬌俏麗地揚著臉，樣子乖巧極了。

江城臉色一紅，低頭囁嚅道：「女孩子不是都喜歡家長裡短嗎？不過，妳放心，妳問的這些，我也有料。」後面這句倒是聲音越來越大了。

「那你說說。」

「我先給妳講講後宮吧。」

嬌嬌點頭。

「皇后娘娘五年前因病仙逝了，皇上沒有再次立后，如今後宮是韋貴妃把持著。說起這個韋貴妃可是不簡單的，據說，我是說據說啊，有人謠傳，皇上是要立韋貴妃為皇后，不過被韋貴妃拒絕了。」

「拒絕了？為什麼啊？後宮裡不是都想著往上爬嗎？」這不符合傳統的劇情啊！

「誰知道真假呢，不過也不見得不是真的。韋貴妃是皇上嫡親的表妹，表哥、表妹一家親早就有數的。據說皇上年輕的時候是極喜愛韋貴妃，還力排眾議將韋貴妃所生的二皇子立為皇太子；要知道，當時皇后可是剛生了四皇子呢！不過這孩子太小擔不起大福氣啊，二皇子三歲那年，平白無故的，竟是掉到了御花園的池塘，生不見人，死不見屍，皇上把池塘的水都抽乾了也沒找到孩子。當時有謠傳說，二皇子是天上的仙童，已經成仙了，後來這就成了宮中最大的懸案，那之後韋貴妃就閉門不出了。

「再後來就有了另外一個得寵的皇妃，也就是林貴妃。林貴妃也是專寵後宮十來年，後來又因為巫蠱之術害得家破人亡，不過當時八皇子只被軟禁，皇上倒是沒有對他下手，我聽老人說過，皇上之所以對巫蠱如此厭惡，完全是因為當年皇太子的莫名失蹤。」

江城講得起勁，嬌嬌卻打斷他。「皇太子死的時候林貴妃進宮了嗎？」

「哪兒啊，根本沒。要說林貴妃進宮還是託了韋貴妃的福，林貴妃是有幾分像韋貴妃的，韋貴妃閉門不出，連皇上都不肯見，這才成就了林貴妃；誰想，林貴妃是這麼個結果，後來皇上就沒有再封過貴妃了。大家都謠傳，這貴妃當真是受了詛咒的位置，其實宮裡稍微年紀大一點的受過寵的妃子，多少在某一點上都是有幾分像韋貴妃。

「要說世事無常呢，十多年前韋貴妃也不知道受了什麼刺激，突然出門了，還雷厲風行地處理起了後宮的事，自那以後再進宮的女子倒是不多，也不像韋貴妃了。當然了，正主兒都出來了，還要什麼替代品呢！大家都謠傳，皇后死得這麼早，就是被韋貴妃氣的，連八皇子都是因為韋貴妃的支持才被皇上復而啟用。」

「江大哥知道的好多。」嬌嬌震驚，這當真算得上是秘辛了。

江城繼續撓頭。「其實這些宮裡的老人都知道的，不過現在韋貴妃這麼得勢，大家不敢亂傳罷了。」

「韋貴妃沒有其他的孩子嗎？」

江城搖頭。「沒有。」

嬌嬌點頭，想到另外一個人，問道：「你知道薛青玉嗎，就是薛大儒的二女兒，她如今也入宮了吧，還是麗嬪。」

江城撇嘴。「聽過，不過大家都知道，麗嬪並不得寵。如今皇上年紀也不小了，不是當初喜好女色的時候了。」

嬌嬌一臉黑線，她點頭。怪不得薛青玉沒來收拾他們家呢，原來是自顧不暇啊！不得寵什麼的，最讚了。

「其實大家都說，皇上那麼喜歡小世子，是因為小世子小的時候很像皇太子，也不知道真假。」江城補充。

嬌嬌聽了這一切，這些果然是身在江寧不可能知道的；不過……那個，如果不是江城這種性子的人，就算是京城的人，也不見得知道得這麼詳細。

「韋貴妃現在還幫著八皇子嗎？」

「好像也沒有太幫著，不過韋貴妃幫八皇子起復這可是天大的事，八皇子很尊敬韋貴妃，現在幫著八皇子的，是楚大人，外人都傳……呃。」江城持續撓頭中，他看著嬌嬌亮亮的眼睛，完全說不出口啊。

「傳啥？」

「呃……」江城有些尷尬地拿起茶杯抿了一口，不知道咋麼說。

「沒關係的，你說吧，該不會是男寵吧？」

噗！江城直接噴笑了。

鈴蘭連忙將手裡的手絹遞給江城，江城臉紅尷尬。

「妳知道還問我！」他控訴。

「你說吧。」

「就是外面都傳，八皇子利用楚攸楚大人迷惑聖上，為他自己爭取籌碼，皇上很器重楚大人的。」江城說完都有點不好意思。他奶奶的，這是什麼事啊！他一個大男人和一個小姑娘說這些怎麼著就這麼違和呢！

「後宮之事與前朝息息相關，現在看來，果然是如此的。」嬌嬌微笑言道。

看她這種奇怪的笑容，江城突然就覺得不太好，呃，為什麼有一種發冷的感覺呢！

第四十六章

楚攸雷厲風行地告知了皇上，接著就迅速地控制了那個能夠提供冰錐的人，而其實在傷口上並不能完全地看出是冰錐所為，但是楚攸卻硬是找到了許多旁證。

李蔚感慨，自家大人和季小姐真是雙劍合璧，所向無敵。季小姐腦洞開得比較大，凡事能想到大家想不到的點；而自家主子則是能夠根據季小姐提供的這些可能性，找到確實可行的證據。

控制住了能提供冰錐的嫌疑人，楚攸便不客氣起來，他能找到確實的證據，不是說對小香沒憑沒據地單憑揣測，只要有證據，皇上是允許他將人帶走審問的。

楚攸刑部出身，審問人最是小問題，嫌疑人終於受不住，招供出來。

聽了他的話，楚攸簡直震驚無比，他自己都懷疑起這個可能性。

兇手……怎麼會是那個人呢？

「李蔚。」

「屬下在。」

「去季家請季小姐來刑部。」這個時候他走不開，但是季秀寧卻可以過來。

「是。」

李蔚快馬加鞭地來到了季家，向嬌嬌稟告了楚攸的話。

嬌嬌聽了，挑眉。「讓我去刑部？」

李蔚也是個會看人臉色的，見季小姐如此表現，面上帶了幾分哀求。「確實是的。季小姐，我知道讓您一個姑娘家的上刑部不是很好，但是實在是沒有辦法啊，如今這事越發地棘手了，大人也是無奈。您每每總能想到我們想不到的地方，還請季小姐多多幫忙，別說我們楚大人，就是我李蔚也定然記得季小姐今日這番情。」

嬌嬌看他的表情，笑了下。「你不用說得這麼可憐，我沒說不幫你，不過我這樣去刑部似乎有些不妥當。」

「我幫小姐打扮。」鈴蘭自告奮勇，她對刑部很是好奇，她要跟著小姐一起去參觀。

嬌嬌無奈地笑道：「幫我打扮成男子。」

「便是季小姐打扮成男子也是能看出來的，而且……」李蔚沒有瞞著。

「而且皇上定然已經派人盯住了我們雙方的人手，便是季小姐扮成男人，皇上也知道是您，所以其實是否打扮成男子，並不重要。」

嬌嬌當然想得到這個道理，她微笑。「我並不是怕皇上，我上午才見了安親王，怎麼說他都是我的長輩，我總不能這頭剛答應他要好好地待在家裡，另一頭就出現在刑部吧？這麼正大光明打臉的行為我是做不出來的。」

李蔚恍然，原來竟是如此。

不多時，就見一個粉妝玉琢的小公子出現在大家面前，李蔚讚道：「季小姐裝扮成男子倒是多了幾分英氣。」

「比你家楚大人像男人吧？」嬌嬌傲嬌地略微揚頭。

呃……季小姐，妳這麼說真的好嗎？

江城又在旁邊啃手指頭長蘑菇。他奶奶的！季小姐威武。

李蔚尷尬地望天，他是怎麼回答好呢？雖然自家大人惹不起，但是這位主兒也惹不起啊！

當然，嬌嬌也沒想著讓他真的說出來，笑了一下，她擺手。「好了，走吧。」

鈴蘭也一身男裝，跟著自家的「小公子」出門，她感覺壓力很大啊，土包子你傷不起！

嬌嬌跟著李蔚來到刑部，剛下馬就碰到有人出門，這人竟是宋俊寧，嬌嬌緩了一下心神，沒有多說什麼，只微笑地點了一下頭。

李蔚一看，頓覺不好。這季小姐要躲的就是他家人啊，這還正面地碰上了，真是天要亡我；不過嬌嬌倒是不顧宋俊寧的呆愣，直接與他擦肩而過。

兩人相錯而過的一瞬間，宋俊寧拉住了嬌嬌的胳膊，嬌嬌抬頭看他，眼神有幾分疑惑。

「妳怎麼來這裡了？不是說讓妳在家裡好好待著嗎？」

嬌嬌看了眼他抓住自己胳膊的手，又將視線移到他的臉上，語速很慢地說：「公子，您認錯人了。」

「哦對，屬下見過小世子，您認錯人了，這是我家大人請來的仵作。」

宋俊寧冷笑。「仵作？她敢驗屍，我就敢把屍體吃了。」

呃……眾人望天。

嬌嬌淺笑。「我倒是不知曉，世子大人竟然有這個愛好，失敬失敬。」

小世子瞇眼，認真道：「回家！」

「給我放手。」楚攸冷言。

李蔚一看自家大人到了，舒了一口氣。

「我就不放，怎麼樣？」宋俊寧挑釁地拉著嬌嬌看楚攸。

楚攸也冷下了臉色。「我竟是不知道，小世子還有這等愛好，不過我楚某請來的仵作，可不是負責陪著小世子的。」

這言語裡都是什麼惡意啊，暗示小世子好男風有沒有！不過想想也是啊，也不論是小世子，就連楚大人也是一樣的，他們可都不小的年紀了，至於夫人，還不知道在那個犄角旮旯裡呢！

這公然地爭搶一個粉妝玉琢的小公子，呃，他們發現了什麼秘辛嗎？好刺激！

一時間，周圍的人似乎都忙了起來，不過大家的眼神可在不斷地瞟呀瞟。

也怪楚攸太美了，讓人覺得男子是個美人兒也正常，而嬌嬌又是穿著高領，一時間大家雖然覺得她太柔弱好看了些，但竟是一下子沒將她想成女人，這都是什麼陰差陽錯。

「我真的是仵作，我可以驗屍給您看，不過還請您不要侮辱屍體。」至於剛才那樣的話，還是不要說了吧？

「妳不要後悔。」宋俊寧看嬌嬌表情淡淡的，來了氣。

嬌嬌點頭。「走吧。」

嬌嬌穿上老仵作遞給她的外套和手套，她準備妥當，看眾人，毫無擔憂，直接走到屍體身邊，她眼前這具屍體正是已經過世的二公主。

嬌嬌熟練地開始檢查，看她動作專業嚴謹，連楚攸都有幾分錯愕。

李蔚又是望天，他是瞎掰的啊，季小姐真的會啊！天啊！這是多麼詭異的存在。

鈴蘭則是被自家小姐嚇到了，往李蔚的身後躲了躲，李蔚安撫地拍了拍她的胳膊，鈴蘭感激地一笑。

「屍體死於六天前，一擊致命，兇手是死者身邊極為熟悉的人，她並沒有防備，看傷口應該是近距離刺過去的，下手的是個女人的可能性大，雖然看似傷口很深，但是下手之時應該還是很怕的；如果是個男人，只能說，這個男人下手的時候特別地猶豫，但是這可能性不大。哦，對，太監既不算男人也不算女人。」

呃！眾人感覺一陣烏鴉飛過……

「妳說的這些除了我們知道的，其他的也都是沒用的消息，那妳說說凶器是什麼？」

嬌嬌看了一眼楚攸，見他神色一閃，她淺笑。「冰製品。你們看傷口的形態就能猜到一二了，許是剛發現屍體的時候你們不覺得，當時有很多血；但是現在不同了，你們再次檢查屍體，就沒有發現屍體傷口的異樣嗎？這很明顯是被冰穿透的。」

老仵作聽了，連忙再次過來查看。

「你看這裡，對不對？」

老仵作點頭。「確實是如此的，我們一般都是只驗一次屍，確認了死亡的具體情況就沒有再查，看來經驗害死人，還是小兄弟說得對。大人，屍體確實需要好好重新檢查了。」

眾人瞠目結舌。

嬌嬌將手套摘下。「現在可以相信了吧？」

楚攸冷笑挑眉。「小世子，楚某知道您愛好特殊，但是還請不要侮辱屍體了吧，吃屍體什麼的，真是太凶殘了……」言罷，拉著嬌嬌離開，一時間，所有人一哄而散。

宋俊寧愣愣地站在那裡，看著屍體，好半天才緩過來看屬下。「她為什麼不肯認我？」

他不明白嬌嬌的想法，其實嬌嬌的想法也很簡單，她早上才應了人家，現在就做出了相反的事，難免不好看，這是明擺著打臉，她也不希望季家太過為難，如此雖然算得上是掩耳盜鈴，但是她沒承認，就算是宋俊寧說出了花也是沒用的。她不是就是不是啊！

將嬌嬌拉到屋裡，李蘊連忙備水，嬌嬌仔細地洗了手，撇了下嘴。「我虧大了，好端端的，要去驗屍，嗚嗚，真晦氣！」

「我看倒是沒有，這不正是體現妳的價值嘛！」楚攸笑。

「你幹麼排擠我舅舅？」嬌嬌瞪他。

噗！李蔚、李蘊、江城都噴笑了！

楚攸挑眉。「排擠？怎麼可能？我這不是順著你們的話茬兒嗎？再說了，妳自己不認他，還怨上我了，這不對吧？」

「告辭。」嬌嬌轉身拉著鈴蘭就走。

楚攸看她惱羞成怒，有些不可思議，連忙拉人。「別介意啊，我錯了還不行嗎！我給季小姐賠罪？我剛只是順口貧嘴，妳也知道，這人有些習慣是改不掉的。」

嬌嬌睨他。

「我錯了，季小姐。」楚攸深深地做了個揖。

現在看著，這個丫頭真是滿神的，總是能說到點子上，最最關鍵的是，她還真沒有什麼證據啊，全然是靠推斷。媽的，這項技能很逆天有沒有！

嬌嬌微微揚著下巴，語重心長地說：「求人，就要有求人的態度。」

「是是！」

嬌嬌看他態度端正，忍不住笑了出來。「你怎麼突然要我過來了，可是有什麼新線索？」

楚攸使了個眼色，李蘊出門看著，江城繼續牆角蘑菇中，這裡好有存在感！

「我們找到了御膳房提供冰錐的人，他已經招供了，不過招供出來的人我有些拿不准，想讓妳給我參謀一下，這個人實在是太不可能了！」楚攸下意識裡是相信招供的這份證詞的，但是又覺得怎麼可能是這樣！

嬌嬌詫異地看楚攸，能讓他這麼糾結也是很不容易的。

「兇手是……玉妃？」嬌嬌試探地問道。

這下子不僅是楚攸了，連其他人都用一種「妳怎麼知道」的眼神看她，震驚！

「兇手真的是玉妃？」嬌嬌自己也被嚇到了。

楚攸緩了一下，問道：「妳怎麼猜到的？」

嬌嬌看著手指道：「你都那麼說了，嫌疑人中又有她的大宮女，我自然是想到了她。真的招供是她啊，那你怎麼辦？」

殺女？這是為啥啊？不是說玉妃很疼二公主嗎？

難不成……？嬌嬌想到了一種可能性，她攥緊了拳頭，會是這樣嗎？

「你要直接稟告皇上，還是想妥貼點？」

楚攸言道：「時間還來得及，我自然希望妥貼。」

「那好，我進宮不太方便，你進宮去見小香，有幾個問題問她一下。」

「好，問什麼？」

嬌嬌附耳叮囑了幾句。

「這是？」楚攸不解地看她。

「你只消問這幾個問題就可以，看二公主是不是跟以前不一樣，然後問她，公主有沒有很像是中邪？」

楚攸深深地看著嬌嬌，他已經明白了嬌嬌的思路。「原來妳懷疑的竟是這樣。」

嬌嬌點頭。「如果玉妃發現她唯一的女兒已經變成了另外一個人，就像中邪一樣，那麼她會怎麼做？」

「那、那也不至於要殺了她吧？殺了她、殺了她二公主就真回不來了啊……」李蔚結巴。這個猜測太匪夷所思了。

嬌嬌看他。「如果有人告訴你，你的女兒被妖孽占了身子，只要你殺了她，那麼妖孽就會離開，這個時候，你女兒就會回來，你說玉妃會怎麼做？」

李蔚瞠目結舌。

「我也只是這麼猜測，這個不一定準確，只是大體告知你們，玉妃如若真的要殺人，不是不可能的，這是一個簡單的設想。」嬌嬌提出自己觀點。

楚攸似笑非笑地說：「雖然只是設想，但是確實有道理，不過單憑一個人的指證，如何也不能夠服眾。」

嬌嬌學著他的笑容。「她自然是希望她女兒回來的，鬼怪之事，誰也說不好究竟如何。」

看她這麼笑，楚攸忍不住。「二公主，到底是假的，還是借屍還魂？」

嬌嬌搖頭。「我不知道，也許是假的，也許是借屍還魂，也許是有人故弄玄虛誤導了玉妃，一切都有可能。其實她究竟如何並不重要，重要的是，兇手是誰，這是你所孜孜探察的。」

嬌嬌垂下了眼簾。

楚攸也沈默下來，隨即真心言道：「謝謝妳。」

嬌嬌訝然地抬頭，難得見到這麼真摯的楚攸，她回了一個笑容。「我可不是白白幫忙的哦！我會收很多利息的，沒看我都坑了我舅舅嗎？」

楚攸等人也笑了起來。

「那小世子還真冤。」

「我這人極為護短，這次是迫不得已，下次，我可見不得你這麼欺負我舅舅了，不管怎麼著，他都是我母親最疼愛的弟弟。」嬌嬌再次去洗手。

楚攸看她，深覺她是個奇怪的小姑娘。

「妳洗過手了……」

嬌嬌疑惑地回頭看他。「如果你摸完了屍體，多洗幾次手也是正常的吧？難不成你真是把我當成俊俏的小仵作了？」

眾人失笑。

楚攸並不耽擱，即刻進宮，而李蔚連忙將季家主僕送回了季家。

嬌嬌一進門，就看到彩玉等在門邊。

「怎麼了？」

「許嬤嬤讓我在這兒等您，您快去換身衣服吧，小世子過來了，他非要見您，許嬤嬤說您在沐浴，拖著他呢，不過他根本不相信就是了。」彩玉連忙言道。

嬌嬌點頭。

她就知道，這事必然是這麼發展！不知道為什麼，聽說小世子來了，她竟然有一種，哦，果然如此的感覺！

嬌嬌繞過了正堂迅速換好了衣服，看到彩玉焦急地等在外面。

「他為難妳們了？」

彩玉點頭。「小世子說，您再不出去，他就進來了。這是世子嗎，這是土匪啊！」

「走吧，咱們去會會小世子。」嬌嬌笑言。也夠為難人了，這事說起來還真是她不好，不過嬌嬌調整了下心態，淡定心神，她沒有出門咧！

「秀寧見過舅舅。」來到大廳，嬌嬌微微一福請安。

宋俊寧看她，冷哼了一聲，再打量她一番，言道：「哦……我倒是不知道，這季家的澡，洗完立時就會乾，看這頭髮，可是一點都沒濕呢！」

嬌嬌用帕子掩嘴微笑。「洗澡也不見得要洗頭的。讓舅舅久等，是秀寧的錯，不過不知曉舅舅這次前來可是有什麼指教？」

宋俊寧再次冷哼一聲，看她。「指教倒是不敢當，季三小姐連屍體都敢驗，還有什麼需要旁人指教的呢？」

「舅舅說什麼，秀寧一點都不懂呢！」嬌嬌吩咐丫鬟添茶，之後做了一個請的動作。

宋俊寧看她還裝腔作勢，更是氣不打一處來。

「那個楚攸到底給了妳什麼好處，妳要這麼幫他。假扮男人也就算了，刑部那樣的地方是妳一個姑娘家能去的嗎？妳還要不要嫁人了？還有，那是屍體，不是妳的布娃娃，妳怎麼就敢去動，妳瘋了是不是？」噼哩啪啦地教訓一通。宋俊寧控訴地看著嬌嬌，一臉的恨鐵不成鋼。

嬌嬌摩挲茶杯邊，繼續笑。「舅舅到底怎麼了？您說的我一句都聽不懂呢。我自然不會出門啊，早上不是還說過要安心在家休整嗎？舅舅可不能亂說，您這般說了，外祖父、外祖母該生我的氣了。」

「妳裝什麼傻，我和妳說，呃……」宋俊寧停下了話茬兒，看嬌嬌。「妳今日不肯承認自己是季秀寧，是不想讓我爹娘生氣？」

嬌嬌將雙手撐在膝蓋上，整個人微微前傾，言道：「舅舅，您真的認錯人了，咱們不說這些了好嗎？對了，您今晚要不要在這裡吃晚飯？我安排小廚房做些您喜愛吃的，呃，對了舅舅，您喜歡吃什麼特色的？甜口兒還是辣口兒？如今是秋季了，也容易上火，辣口兒還是算了。舅舅喜歡喝湯嗎？據說啊，這湯是最補人的，我現在吩咐下去，雖然熬的時間不長，但是總是與京城風味不同，舅舅嚐嚐江寧特色？」

言罷，嬌嬌露齒笑，小小的梨渦若隱若現。

宋俊寧見她如此，惱怒。「笑笑笑，笑鬼啊！誰要在這兒吃飯，妳自己吃去吧，哼！」說完，風一樣地離開。

嬌嬌看著他的背影，感慨。「真是風一樣的男子。」

噗！許嬤嬤看自家小姐。「小三小姐真是要氣死宋世子了。」

「我不能說啊！就算是大家都知道，我也不能說，要說我是小仵作，拿出證據啊！季秀寧是大家閨秀，總也不可能會驗屍吧？話說，我今天去過停屍房了，真是晦氣，許嬤嬤，備水，我要洗澡。」嬌嬌有些嫌棄自己了。

「好咧，您稍等，我再弄點柚子葉，那地方可不好，咱們去去晦氣。」

「嗯。」嬌嬌還是滿歡快的。

嬌嬌說完一回頭，看見江城站在一邊，吃了一驚。「咦？你怎麼還在？」

江城撓牆。「我一直都在啊，我一直是跟著小姐的。」

嬌嬌無語……好吧！

小世子出門不遠就回過神，他不是三歲孩子了啊！現在想著，竟是覺得自己真是好日子過多了，才會被人繞到圈子裡去。這個死丫頭，不過……想到她大抵也是不想讓他父母知曉，心裡放下幾分。

「死丫頭，這次就算了，下次我非要拆穿妳。」言罷，小世子搖頭離開。

他不知道的是，他們這一場鬧劇已經有人暗暗看了去，之後更是稟告給了來喜。

來喜剛想向皇上稟報這一切，就聽說楚大人要求面聖。

「近來楚大人出現得也太頻繁了些。」他自言自語。

小太監點頭，巴結地告訴來喜。「總管，楚大人剛才去見了小香呢，奴才遠遠地看著了，楚大人不知道說了什麼，小香還尖叫了。」

「哦？」結合季秀寧今日出現在了刑部的事，來喜摸著自己光潔的下巴。「也不知道，這季小姐又給楚大人出了什麼餿主意。」

而這時的楚攸跪在下首位置，桃花眼輕揚，整個人極有神采。

皇帝看他，許久，問道：「你有幾成把握？」

楚攸認真言道：「九成。」

「你倒是自信。」皇上嗤笑。

楚攸微笑。「那一成是賭意外。」

「好，朕就信你一次，來喜。」

「奴才在。」來喜迅速地進門。

「秘密將祝尚書和小世子宣進宮，不得讓任何人知曉。」

「是。」

第四十七章

深夜。

明晚就是二公主的頭七，玉妃淚眼婆娑地跟著眾位宮女一起為女兒摺著元寶。

身邊的翠竹見自家主子如此，勸慰道：「主子，您也悠著些身體啊，二公主若是在天有靈，定然也不希望看您如此的，您可不能傷了自己的身子。」

玉妃用帕子將眼淚擦掉。「也不知她在那邊可好，不知她有沒有像小時候那麼快樂……」玉妃眼淚越擦越多。

翠竹也跟著哭了出來。「主子，您別這樣，您別這樣啊！二公主會幸福也會快樂的，她那麼善良，一定會投一個好胎。」

兩人哭著，周圍的小宮女也都跟著哭了起來，玉妃對她們都很好，如今二公主不在了，自家主子多麼傷心，她們都是看在眼裡的。

一時間一屋子哭聲。

「好了好了，大家都別哭了，妳們在這裡哭下去，主子更是難過，都下去吧！」翠竹將眾人打發了下去。

將眾人都安排出去，翠竹伺候玉妃躺下。

近來玉妃因為二公主的事幾乎是夜夜失眠，如若不是太醫開了些安神的藥物，想來玉妃的狀態會更加地差。

翠竹伺候玉妃將藥喝下，燃上了香料，乖巧地將門掩上睡在了外室。

然而她只是剛到外室就被人一下打暈，在昏迷前看到那個人，翠竹驚訝不已。

「母妃，母妃……」

低低柔柔的女聲響起，玉妃迷迷糊糊地試圖睜開眼睛，她想看清是誰在叫她。

「母妃，母妃……」

玉妃終於醒了過來，屋內煙霧繚繞，遠遠地，她看著長髮擋臉的女子抱膝坐在角落裡哭，見玉妃起來，她哭得更是淒厲。

「母妃您為什麼要殺我？您怎麼可以這麼狠心！」

玉妃聽到這聲控訴也哭了起來。「乖女兒，乖女兒！母妃不是，母妃不是的。」

「是您殺我的，是您用冰錐刺穿了我的身體。母妃為什麼要殺我呢？母妃，為什麼？為什麼為什麼？」「二公主」輕輕飄了起來。

玉妃看著「女兒」這般模樣，哭倒在地。

「乖女兒，母妃不知道，母妃以為妳中邪了，我只是想將妖孽趕走啊！母妃不知道妳會死，母妃真的不知道……如果知道我的乖女兒會死，我是怎麼都不會刺殺妳的；可是明明說冰錐可以將那個妖孽冰凍住，這樣妳就會回來……母妃不知道，母妃不知道……對不起，對不起，母妃就算是死一萬次也不希望妳有事啊！女兒，我的女兒……」玉妃衝到了「二公主」身邊，伸手就要抱她。

砰！房門被踹開，皇帝臉色鐵青地看著玉妃。

玉妃看是皇上，又看「二公主」，繼續迷糊道：「女兒，母妃害了妳，母妃陪妳一起死，母妃陪妳一起死……」

「我不是妳的女兒。」冰冷的聲音響起。

玉妃迷茫地看著她。

「二公主」將臉上披散的頭髮撥開，竟是花千影。

「妳……」玉妃的目光從她的臉上移到皇上的臉上，而皇上身後除了楚攸還有祝尚書、小世子，大家都看著她，表情晦暗不明。

「皇上……」玉妃一下子癱軟在地。

「來喜。」

「奴才在。」

「派人將玉妃關起來，沒有朕的准許，任何人不得見她。」又看一眼在場的幾人，皇上哼了一聲。「散了吧。」

「是！」眾人回道。

「這事，如若傳出去，滿門抄斬。」

眾人都不想，這事竟是如此。

「楚攸留下。」

「微臣遵旨。」

須臾，皇上與楚攸回到了御書房，楚攸立在一邊，看皇上發愣。

「這一世，朕最恨巫蠱。」皇上終於開口，話裡卻淬了冰碴兒。

楚攸站在一邊，沒有搭話。

皇上靜靜地看他，語氣放柔了幾分。「這主意，不是你的吧？」

「回主子，確是微臣自己想的，不過，這是受到了季小姐的啟發。」楚攸回道。

皇上笑容有些諱莫如深。「你與季秀寧做了什麼交換？我倒是不認為，她會無緣無故地幫你。安親王府是站在祝尚書那邊的，小世子也一直都在幫祝尚書，算起來，季秀寧該叫安親王外公；我不信她會毫無緣故地幫你。你們倆耍弄佞寧，想來很好玩吧。」

楚攸聽著話風不對，立時跪下請罪。「請皇上恕罪，並非耍弄，只是季小姐確實不能直接說出自己的身分，還望皇上明鑑，大家都是為了早日破案。」

皇帝用食指摩挲著桌上的杯子，冷笑。「為了早日破案？是為了你早日加官進爵吧？楚攸，你還沒有回答，你答應了季秀寧什麼？朕不願意聽那些顧左右而言他的話。」

看著他這個動作，楚攸有一瞬間感到十分熟悉，不過也只是稍縱即逝。

「回皇上，沒有！臣沒有拿什麼與季小姐交換。」

「她那個吃人不吐骨頭的性子，會毫無條件地幫你？楚攸，不要說些讓朕一絲都無法相信的話。」

楚攸正色道：「啟稟皇上，真的沒有。不過微臣答應過她，以後她遇到事情，我也會無條件地幫她，任何時間、任何事情，現在她並不需要我做什麼。」

皇上聽了，仔細地打量楚攸。「你們……倒是互相信任。」

楚攸並沒有隱藏。「其實算不得互相信任，只能說，在某一階段，有共同的利益。其實感情是不穩定的，利益才是最穩定的關係。」

「那你與老八呢？也是如此？」皇上繼而問道。

楚攸毫不猶豫地道：「不是！是過命的交情。」

皇上露出一抹笑容。「你知道朕為什麼特別重用你且信任你嗎？」

楚攸實言。「微臣不解。」

皇帝看他，許久，一字一句言道：「因為你不會偽裝。你在朕這裡雖然談不上百分之百都說真話，但是朕有把握，你說了九成的真話，朕很欣賞你這分不偽裝。真小人，永遠好過偽君子；況且，你還稱不上小人，你能做的，超出朕的想像。如若是朕年輕的時候，楚攸，你大抵已經死了幾百次了，可是你出現在了一個極為合適的時間。」

皇上說了許多，楚攸不言語，只老實地站在那裡。

「你是個聰明人，下去好好想想吧。明日，帶季秀寧進宮，就說是朕的傳召，朕要見她。」

楚攸擰眉，言道：「是！」

「玉妃那件事的後續，不須你跟進了。」皇上的這句話很淡。

楚攸點頭。「微臣明白。」

楚攸退下去，來喜為自家主子捶背，緩解疲勞，今夜，大抵是許多人的不眠夜吧。

「你去見玉妃，同時安排暗衛詳查，看看是誰鼓動了玉妃，朕這輩子，最恨怪力亂神的東西。」

「是。」

瞇了瞇眼，老皇帝言道：「老二這兩年確實像變了一個人，也難怪玉兒行差踏錯，你說，這世上真有借屍還魂嗎？」

來喜回道：「這又哪裡說得好呢？不過奴才想著，就算是有，這皇宮是什麼地方，您的真龍之氣壓制著這裡，哪能是那些孤魂野鬼敢來的？」

皇上笑了起來，不過笑容卻未達眼底。

「活到了這把歲數，來喜，你還不明白嗎？這世上，最可怕的從來都不是鬼，而是人，是比鬼還多算計、可怕的人。」

來喜一怔，隨即點頭。「可不是嗎？」

「走吧，伺候朕去看看小喬。」

「是！」

這小喬，正是權傾後宮的韋貴妃。

鳳和宮。

韋貴妃自然是早就聽說了玉妃那裡發生的亂子，不過具體的事情她卻不想打聽，只安靜地焚香。

「皇上駕到……」

韋貴妃沒有起身，按照原定的規矩跪拜，並不顧及皇上站在她身後，待焚香完畢，她起身，溫柔地笑。「皇上可是累了？」

嬌嬌呆呆地看著楚攸，有點不敢相信他說的。

「你和皇帝說我啥了？」

楚攸搖頭。「也算不得說了什麼，只是宣妳進宮而已，妳不須擔憂太多。」

嬌嬌糾結。「沒事他怎麼會找我進宮，你給我詳細講講當時的情況吧，我不會有什麼問題吧？真是，我好端端地待在家裡，平白無故的，這禍事就從天上來，真是他娘的。」

「妳說髒話。」楚攸淡淡指出。

「咋地，你要見皇上，你不緊張啊！這都什麼事啊，我還沒見瑞親王呢，要是他再對姑姑下手，那我來京城是幹啥的？你說我怎麼就這麼命苦呢，我……」嬌嬌開始啟動碎碎唸狀態……

「瑞親王，我幫妳處理。」楚攸言道，打斷了嬌嬌的碎碎唸模式。

「君子一言？」嬌嬌勾起嘴角看他。

楚攸看她這樣的表情，瞬間明白，有些無奈地笑。「君子一言。妳幫我，我自會幫妳。」

嬌嬌看著楚攸，問道：「你說，你姊姊林雨會滑翔翼嗎？」屋內並無旁人，嬌嬌直言。

楚攸想了一下，搖頭。「她不會，不過……」

「不過什麼？」嬌嬌有幾分焦急。

看她這樣，楚攸有幾分奇怪，警惕起來。「妳問這個幹什麼？」

嬌嬌收起自己的焦急，笑。「我難道不能知道嗎？我比較好奇，到底是誰教了瑞親王使用滑翔翼，感覺這可不像是他自己能研究出來的；而且，照你剛才的話，有人鼓動了玉妃，這個人是誰。如果是瑞親王呢？如果是他借刀殺人呢？也未必不可能，但是我卻覺得以他的心機算不到這一點，如若能，他當初就不會放了我，還讓我看見他用滑翔翼。」

楚攸睨她。「妳心心念念，就認定了這事是瑞親王幹的？」

「不是我心心念念，而是事實確是有人鼓動玉妃，很可惜，這個人是誰已經無從考證了，皇上不會讓你繼續查下去。」嬌嬌言道。

楚攸點頭，看嬌嬌，言道：「我大姊林雨不會使用滑翔翼，我曾經從我二姊嘴裡聽過，不過她也只是說過，沒有做，現在她們都不在了，我倒是希望站在瑞親王身後的是她們其中的一個，這樣……我就多了一個親人。可是世間哪有那麼多的僥倖呢？我大姊死在了我的面前，她渾身是血的死在了我的面前，二姊葬身火海，本以為三姊能夠逃脫，倒是不想，她死得不明不白。其實我早就懷疑是二公主了，這次她死了，我很高興。」

雖然說著高興，但是楚攸表情卻難得的感傷。

嬌嬌拍了拍他的肩，沒有多說什麼。

雖是如此，但是她心裡想得頗多，當別人形容二公主的時候她就有一種感覺，這個二公主兩年前性情大變，甚至將自己身邊的心腹打殺，這在她看來，太不尋常，更不尋常的是後來，她選了蠢蠢的小香做婢女。是不是，這事本身就是為了隱藏什麼呢？身邊的大宮女都知道她生活的細節，所以必須死，她太像一個穿越女了。

基於這一點，嬌嬌想了許多其他的問題，而事實證明，確實是有幾分道理的。

這世上不止老夫人和她兩個穿越女，很有可能，二公主也是，兩年前那場變故就是契機。或許還有林家的某人，畢竟，滑翔翼這個東西出現在這個時代太奇怪了，也有可能二公主不是穿越女，但是卻被真正的穿越女給利用了。

「我不管你用什麼辦法，你只消讓瑞親王不要靠近我姑姑，我姑姑不能有事。」

「交給我吧，互惠互利，咱們扯平。」楚攸也不肯吃虧。

「成交。」嬌嬌點頭。

如今看來，他得到他想要的尚書之位，而她保護了姑姑，果然是兩相歡喜。

凌晨，皇上起身，韋貴妃伺候他穿衣，來喜連忙上前幫忙，一個回頭，來喜怔了一下，隨即連忙繼續動作。

待收拾妥當，皇上前去上朝的途中不經意地問道：「早上你在看什麼？」

皇上最是喜愛韋貴妃，即便是個太監多看她一眼皇上都要不樂意的，來喜自然是明白這一點，連忙解釋自己看她的原因。

「啟稟皇上，奴才剛才從側面看了一眼韋貴妃，突然就想到季小姐像誰了，她正是像韋貴妃年輕的時候啊！您不覺得嗎？」之前韋貴妃隱居，他伺候了不少肖似韋貴妃的人，每個人都有一些地方或多或少地像韋貴妃，這在宮裡也不是什麼新聞。

現在韋貴妃不再隱居，皇上有了正主兒，自然也無須找尋那些相像韋貴妃的人，而因著韋貴妃的年紀漸漸大了，他們倒是也淡化了對韋貴妃年輕時的印象。

可是今早那一個瞬間，來喜竟是覺得，季三小姐從側面看十分肖似年輕之時的韋貴妃。

「您想想側面，還有淺淺的梨渦。」

皇上怔住，站在那裡，似乎正回想著季秀寧的模樣，不過隨即恢復正常。

「上朝吧。」

「哎！」

嬌嬌被皇上宣召，真是一件讓人感到淡淡的憂傷的事。

「民女叩見皇上，吾皇萬歲萬歲萬萬歲。」皇上倒是沒有在御書房召見嬌嬌，反而是在御花園，想來也是，她一個女流之輩如若是在御書房召見，可真是有失體統。

楚攸自然是陪著嬌嬌的。

「倒是一對璧人。」皇上說得不鹹不淡，不過卻打量起季秀寧來，先前的時候他其實也覺得這小丫頭有幾分熟悉的感覺，但並未多想，今兒聽來喜提醒，他越發地覺得她與韋貴妃相似。可不正是嗎？年輕時候的韋貴妃，就是這麼個感覺，連那個靈透勁兒也像。

「微臣不敢。」楚攸連忙開口，皇上這是要幹啥，不會是想亂點鴛鴦譜吧？

「季秀寧，咱們又見面了，這次，妳不會再說朕老了吧？」

嬌嬌囧，這老不老和身分有關係嗎？

看她表情尷尬，皇上竟然笑了出來。「看起來是個實在的孩子，可是骨子裡有多少心眼兒，也只有妳自己知道了。」

嬌嬌依舊老老實實地跪在那裡，不敢多說一句，多說多錯，倒不如老實些。

「韋貴妃到……」小太監尖細的聲音響起。

嬌嬌不敢抬頭，這人可是把持後宮的韋貴妃，她可不像是江城，真以為韋貴妃是個溫柔淡泊的女子。

「呦？皇上這是幹麼呢？」

「小喬，快來朕這邊坐。這是當初季狀元的養女季秀寧，正是她幫著楚攸破了二丫頭的案子，這不，朕宣她進宮見見。」皇上對她說話的語氣都與旁人不同。

「民女叩見貴妃娘娘，娘娘千歲千歲千千歲。」

韋貴妃微笑，整個人雍容華貴，聽了皇上的話，慢慢地走到嬌嬌身邊。「小姑娘，抬頭讓本宮看看。」

嬌嬌順勢抬頭，嬌俏地看向了韋貴妃。

韋貴妃並沒有什麼特殊的表情，勾著嘴角讚道：「果然是個好顏色。原本的時候臣妾就說，那季家水土養人，俊男美女多呢。現在看著，果不其然，你看看，這養女都出落得這麼好看。」

皇上不置可否，不過卻饒有興趣地與她言道：「妳再看看她，可是有什麼發現？」

「哦？」韋貴妃看了過去，並未看出什麼，有些疑惑地看向了皇上，雖然年紀不小，但是笑容倒是乾淨純淨得如妙齡女子。「皇上可莫要讓臣妾猜了，臣妾在這一方面哪裡在行啊。」

皇上哈哈大笑。「妳覺不覺得，她長得有幾分像妳？」

他這麼一說，韋貴妃倒是再次望向了嬌嬌。

嬌嬌在心裡打顫，這皇上可別看上她把她弄進宮裡，媽蛋，如果是這樣，那她過得可真是坑爹了。

她自認為，沒有帶宅鬥、宮鬥技能穿越啊，救命！

嬌嬌這麼想著，竟是越發地抖了起來，似乎有些怕。

韋貴妃就這麼看著她，突然笑得更燦爛些，說道：「如若臣妾還在這般年紀，那該多好啊！」

「可不正是嗎？」聽她這麼一說，皇上點頭感慨。

「皇上還記得那時嗎，臣妾大抵也是這麼大的時候嫁給您的，現在想起來，竟是一晃這麼多年就過去了，真是歲月催人老啊！有時候，不服老都不行。」韋貴妃一身金黃色的錦袍裙裝，輕倚坐在皇上身邊的貴妃椅上，看起來十分高貴典雅。

「愛妃哪裡老，如若妳老，那麼朕才是老到了極點。」

這兩人再次你儂我儂，楚攸、嬌嬌跪在那裡真心不舒服啊。

「不知季小姑娘可會作詩？」嬌嬌正在心裡腹誹，就聽韋貴妃問道。

她一個激靈，隨即欲哭無淚，如實說不會，是不是會被認為是裝的啊！
「回貴妃娘娘，民女……不會。」
「不會？本宮可是聽說季狀元才高八斗。」貴妃挑眉。
「秀寧愚鈍，並未學到一成半成。」他奶奶的，妳這不真心玩人嗎？嬌嬌跟江城學了這句。靠，她來季家的時候，季致遠已經死了啊，他就算是狀元，就算是才高八斗，她真的學不到啊！啊啊啊！
對於這一點，皇上既然調查過，自然也是信的。
「楚攸，你與季小姐私交甚好，倒不如說說，季小姐擅長什麼，不擅長什麼，朕也看看，你們如此雙劍合璧破獲大案，靠得是不是默契。」皇上笑言。
楚攸面無表情，嬌嬌則是開始流汗，她的閨譽看來是要餵狗了，惆悵，季家的名聲真是要敗在她手裡嗎？想到這裡，她更是汗如雨下。
韋貴妃看她一眼，沒說什麼。
「季小姐不擅長對對子、寫文章，擅長來我刑部查案。」楚攸此言一出，倒是讓大夥都怔住了，不過隨即也笑了出來。
「倒是看不出來，楚大人也是個惜才的，不過一個小姑娘家家的，怎麼地就擅長查案了呢？」韋貴妃看兩人，似乎有些好奇的樣子。
嬌嬌力圖鎮定，言道：「大概，這就是天分吧。」
「天分？呵呵，好一個天分，季小姑娘的天分還真是有趣呢！」

皇上點頭。「朕也是這麼覺得，不過季小姐也並非什麼都不會。楚攸，繼續說。」

「季小姐雖然不會寫文章、對對子，不過這些對她也沒什麼用，一個女孩子，自是不看重這些，女子講究琴棋書畫，季小姐算是樣樣皆通，微臣有幸與季小姐下過一場棋，被殺得片甲不留呢！」

韋貴妃溫柔地拉著皇上的手，言道：「哦？那臣妾可要好好見識一下了，臣妾最是喜歡下棋的。」

「好，就聽貴妃的。季小姑娘，妳可不能放水啊！」

說起來，季秀寧同學所謂琴棋書畫，還真就是棋高一著。所謂琴，雖然也不錯，但是她學得晚，天分也不高，因此只能算是一般的高手；至於書，模仿季致遠算是成功嗎？很顯然，不算。如今講究自成一體或者師承大家，她全然不是。畫……畫就更次了。不得不說，韋貴妃選了嬌嬌最強的一項才藝來對戰。

說起來大抵是這樣的，一般邏輯思維好的人下棋都好，而嬌嬌恰好是這種類型。她不算頂聰明，但是她卻極具分辨力，邏輯思維能力極強，又因著年紀小，老夫人培養得當，才長成如今這般模樣，可見所謂才女，也不是什麼人都能當的。對於那些穿越之後隨手就變成了天下第一才女、引無數天潢貴胄競折腰的女子，嬌嬌只能表示，甘拜下風啊！

不一會兒的工夫棋盤就已然擺上。

嬌嬌坐在韋貴妃身邊，狠狠地在衣袖裡掐了自己一下。

兩人對弈起初略顯無趣，楚攸站在皇上的身後則是挑起了眉。不多時，韋貴妃開始進攻，而嬌嬌還是那般，雖然有些緊張，但是也不卑不亢。

觀棋不語真君子。

雖然這裡不一定都是君子，但是皇上都不說話，誰敢多說。

韋貴妃看著這局勢是向著自己一面倒，微微笑，並不過度喜悅，只是略微調整了一些步伐，開始加緊進攻；偏在這時，嬌嬌開始發力，眼看著她的每一步棋都能讓韋貴妃吃癟，連皇上都開始挑眉了。

韋貴妃並沒有收起笑容，依舊非常淡定。

兩人一番廝殺，從嬌嬌開始發力起，須臾，一局終了。

韋貴妃，完敗！

「貴妃娘娘承讓了。」嬌嬌細聲細氣的。

「季小姑娘這下棋的路數倒是與眾不同，本宮鮮少看人如此下棋，果然是天外有天，人外有人呢。本宮最喜歡那憑真實力的，季小姑娘往後可要常進宮，沒事也可以陪著本宮下幾盤棋，這樣下棋才有趣呢。皇上，您說對不對？」

「一切依妳。」皇上微笑地看韋貴妃。

「好了，今日也沒什麼事了，妳且離開吧。楚攸，人是你帶來的，你負責送回家，路上不要出了什麼差池。」皇上交代。

「微臣遵旨。」

見兩人離開，韋貴妃笑著品茶。「倒是一對璧人呢！」

「雙劍合璧，如若季秀寧嫁給了楚攸，那麼朕的刑部才會所向披靡。現在的問題是，要不要給楚攸一個這樣坐大的機會。」皇上低言，這樣的音量，也只有韋貴妃能夠聽到。

「忠心，自然是可，反之，將他打落到塵埃裡。」韋貴妃依舊溫柔地笑，任誰都想不到，她竟是說出了這樣的話。

第四十八章

皇帝、貴妃兩人正在宮裡算計人，而嬌嬌和楚攸則一身是汗地離開。

楚攸看嬌嬌介懷的模樣，笑言。「我當妳是天不怕地不怕的。」

嬌嬌白他一眼，這廝真是不會嘮嗑（注）啊，怪不得大家都不喜歡他。

「如若我真是天不怕地不怕，那直接就去把瑞親王解決了，如此這般，我也不用提心弔膽，更是不須幫你什麼，以至於今日要進宮面聖。」

她斜睨著楚攸，一臉都是「你坑我」的表情，楚攸默默望天。

江城此時正蹲在城門邊，他咬了一根狗尾巴草，整個人呆愣愣的，看季小姐和楚大人出門，嗖地一聲就衝了上去。

「小姐，您回來了……」

楚攸被這廝嚇了一跳，回身拍胸看他，十分之無語。

嬌嬌含笑點頭。「放心吧，沒事。」

「哎呦我的娘啊，您見到皇上了啊，我這當差這麼多年，別說見皇上，連進宮都沒有，真是同人不同命。」江城是很想進宮的啊，最起碼，還能多看看啊！

嬌嬌嘴角噙著笑。「如果可以，我一點都不想進宮啊。」

注：嘮嗑，意指談天、閒聊。

江城一臉「我懂」的樣子。能人嘛！被皇上召見也是正常的！

幾人也不耽擱，這就回到了季府。說起來嬌嬌自從來到京城也沒有做什麼，甚至不曾多管教下人，更是沒有立威，可這個時候季家的下人卻總覺得她是不能隨便惹的。

看她不過到了幾天就辦了多少大事啊，眾人瑟縮。大體上，人總是對比較危險的人物有本能地躲避反應。旁人不清楚，可是他們能不清楚嗎？楚大人一遍一遍的來、小世子被氣得甩門而去、皇上的召見，這裡有哪一樣是簡單的？

不過是一日，坊間便有謠傳，說是刑部的案子是季家小三小姐協助楚大人破獲的，這樣的人你能惹嗎？楚大人都要依仗的，如果說她是繡花枕頭，那麼他們可真是白活了。

因此，季家不用嬌嬌多費心就一片和諧，大家都謹慎得緊，不管是做啥事都只求盡善盡美，嬌嬌自然是沒想到這一點，也不能說沒想到，是壓根兒沒有想啊。

看著這裡的下人做事極為妥貼，她竟是覺得，果然這京裡素質就是高啊，尚且不用培訓就能做得這麼好；自然，江寧季家也是好的，可是這兩點又有些不同，畢竟，江寧的人都是被敲打出來的，可京城卻不是啊！

嬌嬌將眾人遣下，只留幾個重要的人。

「楚攸，我要知道你怎麼處理瑞親王的事。」

楚攸挑眉笑。「怎麼的？妳不放心我？凡事親力親為不是一個好習慣，很容易讓自己累死的。」

嬌嬌點頭。「說得確實有道理，我自然不會如此，但前提是，你是值得我百分之百信任的；可是楚攸，你是嗎？我倒是覺得並不是如此呢？」

「那妳還讓我處理。」楚攸端起茶抿了一下。

嬌嬌用手摩挲著茶杯，微笑。「這是交換的條件，你既然答應了，就必須給我做，可是我總是要知道個詳情吧。」

江城自然也是在場的，不過看這兩人說話，他表示自己跟不上節奏，跟不上節奏的結果就是去牆角劃圈，嗚呼！

楚攸看著嬌嬌的動作，總覺得哪裡不對勁，可是他又找不到這不對勁的源頭。

「妳放心好了，我會處理好的，我不像妳，凡事想得多，我只須簡單粗暴就可以，用他的東西來交換季晚晴，妳覺得怎麼樣？我可以和妳做生意，也可以和他。」

嬌嬌勾了勾嘴角。「如若他不同意呢？」

「他會同意的，只要我的籌碼夠。」

並沒有問楚攸的籌碼是什麼，嬌嬌將茶杯端起，抿了一下，她再次摩挲茶杯。「我要明天就看到結果。」

「妳……」楚攸想到什麼，愣住了。

「怎麼？」嬌嬌抬頭。

楚攸搖頭笑，他竟是覺得自己的想法有幾分荒謬，這是怎麼都不可能的啊！

「我只想說，妳這麼摩挲茶杯的動作和一個人很像，每次想事情的時候都在這麼做。」

此言一出，嬌嬌頓住了自己的動作，她看楚攸。

「既然你這麼說，以後想事情的時候，我大抵要換個小動作了。呃？不如我改為啃手指？其實也滿有趣的啊。」她自然得很。

楚攸失笑。「倒是我提醒妳了，妳就不想知道，與妳有相同習慣的人是誰？」

嬌嬌含笑。「其實也不是頂重要的呀，不過是個小動作，許是許多人都有，秀美緊張的時候還會使勁捏帕子呢。每個人大體都有些小動作，這世上的人何止千萬，有相似也不算是很突兀吧。當然，如若你想說，我自然是洗耳恭聽。」

「這麼說著，倒似我強迫妳聽。」

嬌嬌將茶一口飲下，看楚攸，微笑道：「皇上。」

呃？楚攸看她，愣住，隨即哈哈大笑。「妳竟然知道。」

嬌嬌也笑。「今日我與韋貴妃下棋的時候就看到了，不過人總是對自己沒有數的，我倒是沒察覺自己也有這個習慣，剛才你說起來我就想到了。」

江城這個時候再次冒了出來。「妳今天和韋貴妃下棋了啊，他奶奶的，太讓人震驚了啊！」

「你給我閃一邊去，這裡有你什麼事。」楚攸真想飛踢他一腳啊，哪有男人這麼聒噪，真心不能忍。楚攸現在自然是對江城十分之嫌棄的，他萬萬想不到，有朝一日，兩人會竟成了連襟，不得不說，這世事就是如此地無常。

「季秀寧，我想，妳今日進宮，明日安親王府就會找妳，妳信嗎？」想到這一點，楚攸竟然覺得還滿有趣的，這人就是這樣的惡趣味。

「不會。」嬌嬌認真言道。

「為什麼不會?我倒是覺得會。」楚攸這時是真的有幾分不解。

嬌嬌面色柔和,不過卻很淡然。「對他們來說,我並不重要,只要我不在表面上給他們安親王府丟臉就可以了。就像是昨天,他們要求我少出門,我馬上就出門這明晃晃打臉的行為不做,那麼我就無事。」

「妳倒是看得開。」

「我為什麼看不開,他們如何看我並不重要,甚至皇上如何看我都不重要,重要的是,我們季家好好的。」嬌嬌的季家言論讓楚攸側目。

他真是不明白,季秀寧為什麼這麼奇怪。楚攸忽然又覺得有些可笑,說起來,老夫人身邊長大的,根本就沒有不奇怪的啊!只不過這個季秀寧更加嚴重些罷了。

就像是這次的玉妃事件,如若是旁人,就算是死大概都不會做這種聯想的吧,更加不會出這種主意,雖然她說得模糊不清,但是這主意是出自季秀寧,毋庸置疑。

裝神弄鬼!

「妳說,那個鼓動了玉妃的人究竟是誰?」對於這一點,楚攸一直都很懷疑。

「可以是任何人,可以是與玉妃關係不好的妃子蓄意誤導她,也可能是其他任何人,這個誰都說不好的;不過可以肯定的是,皇上會調查清楚,他容不得這些。」嬌嬌認真言道。

一個十三歲的小丫頭,這麼沈穩,這麼老練,楚攸默默地望天,其實他已近三十,可是卻只混了一個和小丫頭差不多的程度,想起來竟是覺得有幾分可悲。

不過再次看到牆角那貨，楚攸將那一絲自艾搖掉，這廝更為可悲啊！

「你們都下去。」楚攸言道。

眾人俱是望向了嬌嬌，嬌嬌點頭。

看眾人都出去，楚攸嘆息一聲。

「我總是覺得，瑞親王不會愛戀大姊，如若真是這樣，那麼他又如何會成親呢？大抵妳不知道呢？瑞親王與瑞親王妃十幾年來如一日，恩愛有加，這樣的人，妳說他愛慕大姊，妳讓我如何能夠相信？」

「那瑞親王妃不能是你大姊嗎？」嬌嬌提出這個可能性。

「絕不可能。」楚攸斷言。

他苦笑。「雖然我並沒有見過瑞親王妃，但是大姊是在我面前被殺死的，是我感受到她的身體一點一點地冰冷，妳知道嗎？我是抱著她的屍體跳崖的。」

嬌嬌馬上提出自己的疑問。「不對啊，既然是這樣，那谷底的墓地是怎麼回事呢？我開棺確認過了，裡面肯定有一具女人的屍體。」

楚攸苦笑。「那就說明，妳看到的，一定是假的。我並不知道是怎麼回事，但是如若讓我揣測，也許那是巧玉，她是我大姊的婢女，當時她穿著我大姊的衣服喬裝成她引開了一路追兵，現在想來，又有什麼活下來的可能呢？」

嬌嬌看他渾身都透露著一股落寞，不由得覺得有幾分難受。

原本的時候楚攸是不會在她面前說這些的，可是如今隨著兩人接觸地越發深刻，兩人也彼此放鬆了許多。如此這般，算得上是懇談了。

「如果林家是被冤枉的，那你就應該找兇手、找證據，毫無聲息地將人殺掉是最下乘的做法。我覺得，最該做的是平反，讓天底下的人都知道，你們林家沒有做過錯事，讓你的所有親人在九泉之下能夠瞑目，能夠堂堂正正地告訴所有人，你是林冰，而不是楚攸，你是林冰、林攸之。」

楚攸抬頭看嬌嬌，有幾分微愣。

「找尋證據為林家平反，讓所有人都知道，林家是無辜的，林家從來沒有做過那些下作的事情。將自己的仇人殺掉，那又怎麼樣呢？也許你是解了氣，可是你們林家的污名還在，沒有人知道這些人的死是因為陷害了你們林家。你好好想想，如果你的親人在泉下有知，他們會希望是這樣嗎？這些人固然該死，他們也不該有好下場，可是你親人們的污名也該洗去，這才是報仇！」

楚攸看嬌嬌，陷入了深深的深思……

富麗堂皇的室內，青色的窗幔因著微風的吹拂而輕輕飄揚。

屋內燃著宜人的檀香。

女子倚坐在窗前的小榻上，表情淡然地翻著手中的書。

一身勁裝的男子進門，見女子正在看書，皺眉言道：「雨相，玉妃的事情已經敗露了，她如今已經被收押，妳說，她會不會牽扯出我們？」

這男子，赫然正是瑞親王。

而被喚作雨相的女子正是瑞親王妃——楚雨相。

她依舊淡定，勾起一抹笑，淡淡的。

「你又擔心什麼？她牽扯出我們？她有什麼可牽扯的呢？是我們說她女兒是孤魂野鬼嗎？是我們要她去殺人嗎？還是說是我們教她使用冰錐了？都不是，既然如此，你又擔心什麼呢？」

瑞親王皺眉，不過隨即點頭。「那倒也是，今個兒皇上宣佈，說殺死二公主的是翠竹，她是因為二公主時常訓斥她才做出了這樣的惡事，又說玉妃因為此事已經大病了起來。妳說有趣不？他這般地掩耳盜鈴，一如以往，當大家都是傻子嗎？」

王妃看瑞親王這般，將手中的書放下。「他是皇上，只要他說了就算，至於旁的，又有什麼重要呢？咱們心裡如何想，又哪裡重要？」

瑞親王冷哼一聲，言是。

「對了，雨相，還有一件事，剛才楚攸竟然給我送來了一張拜帖，他約我明日在匯賓樓相見，妳覺得，會不會有什麼問題？我們可是與他不同陣營的。妳說，他是不是因為玉妃的事懷疑上我們了？我總是覺得有些不妥。」

王妃聽到這個消息也微微皺眉，不過還是語氣堅定。「絕對不可能，沒有人會想到我們，便是楚攸如此精明的人，也未必能夠想得到。你且去看看，記住，不管何事，多想想，實在不行，咱們回來從長計議，這個時候萬不可出一絲差錯。我總是覺得不太對勁，你發覺沒？老四那邊的人手在逐年減少，雖然他身邊可用的人也每年遞增，可是他的得力助手卻在不斷地死亡，新增加的人固然是可用，可是要培養成心腹，可不是一、兩年就能做到的事了。」

瑞親王點頭。「確實，我感覺得到，老四也對此事有了幾分懷疑，包括我們處理掉的人，他身邊能用的人已經少得太快了。妳說，這事是誰做的？其實老四是懷疑楚攸的，但是有些人表面根本就沒有顯露出來，老八那邊不該知道啊！」

王妃沈思半晌，言道：「事情確實有幾分詭異，正是因此，我們更該謹慎。老四、老八，他們誰也別想好，我不會放過他們的，如果不是姑母惹來是非，我林家怎麼會這麼慘？老八倒好，他活得好好地，他的母親呢，他的母親牽連了所有林家的人，這不公平；至於老四這個劊子手的兒子、幫凶，他更該死。你且與他好生周旋，我要他們所有黨羽一個不落，我要他們全都死無葬身之地。」

女子說完，表情有幾分猙獰，她似乎並不能做太大的面部表情，就如同這般，臉色詭異僵硬得厲害。

瑞親王點頭，認真言道：「我定會做到。」

「我們不能讓我們共同在乎的人白死，爹娘、姊姊、妹妹、小弟，每每閉上眼睛，我都聽到他們在和我哭，你明白嗎？你明白嗎？」王妃整個人有些顫抖。

瑞親王見狀連忙將她摟在懷中。「沒事了，沒事了。我會幫妳，小雨死得那麼慘，我怎麼可以不為她報仇，雨相，我們會成功的。」

瑞親王的安撫起了作用，王妃似乎終於緩和住了情緒，她格格地笑。

「是啊，總有一天我會報仇，所以，這個時候我們更該謹慎。暫時讓他們鬥好了，我們只須在中間煽風點火即可，至於那些擋路的人，該死的，不必讓他活。」

「這點，我懂。」

「對了，你說的那個季秀寧可是當初你放過的那個女孩子？」

「正是她，如若我知道她有這麼多心機，必然不會輕易放過她。」瑞親王惡狠狠言道。

王妃反而是笑了起來。「我倒是不這麼看，留著她，也未必不好，他們季家雖然暫時幫了楚攸，但是骨子裡是不可能信任他的；可別忘了，季致遠和季致霖可是出事得不明不白呢，他們怎麼可能不懷疑他？我就喜歡這樣的一團亂麻，互相利用，互相防備，只有這樣，我們才更有可乘之機，季家如果戰鬥力太弱了，也不行。」

楚攸因為破獲二公主之案有功，被晉封為刑部尚書，至於原來的老尚書則是退了下來。雖然年紀大了，難免如此，縱有不甘卻並不敢多言，畢竟當初皇上說得明白，先破獲二公主案者，刑部尚書也！

楚攸順利晉封，如此一來，倒成了本朝最年輕的尚書。

楚攸是明明白白的八皇子黨，八皇子黨的眾人自是喜笑顏開，可旁人卻不這麼想了，更多的是強顏歡笑啊！

皇上看著下面臉色各異的眾人，若有還無地笑了一下。

四皇子年長於八皇子，也在朝堂經營多年，實力其實更強；雖然八皇子身邊有楚攸，但是如今看來，也並不占什麼優勢，如若不是楚攸這些年的鋒芒畢露，他會更顯弱勢。要想平衡，必然要將兩人抬到相同的位置。

老皇帝笑。「除此之外，還有一件事朕要宣佈。」

眾位朝臣站在那裡靜靜等待，不曉得會有什麼更多的驚嚇抑或者是……驚喜。

「楚卿家已年近三十，一直未曾婚配，坊間許多流言更是讓楚卿家難以與人結親。如今楚卿家已然位列尚書，如果還不成婚，未免讓那荒唐的流言愈演愈烈，不孝有三，無後為大，楚卿家的親人既已不在了，既然如此，朕便作主，為楚卿家指一門婚事。」

此言一出，眾人譁然，俱是驚訝地看著楚攸，楚攸自然也是驚訝的，不過他卻不能顯現出來，如此一來未免太過難看。

看眾人表情俱是驚詫，皇上竟然覺得心情越來越好了。

「想來大家還記得多年前的季狀元吧。」

雖年代久遠，但是大家仍是知曉的，近十年，姓季的也不過那麼一家啊，而且，季家出了兩個狀元啊！

「江寧名門季氏，書香門第、天才橫溢，連出兩屆狀元，家風甚好。已故狀元季致遠有一養女秀寧，朕是見過的，聰慧機靈、足智多謀、溫柔嫻淑，實為難得的女子；更難得的是，楚攸與季三小姐也非常投緣，如此朕便是作主，將此女許給楚攸，望你兩人結成秦晉之好，為楚家開枝散葉。」

雖然皇上提到季狀元的時候大家已經想到了季秀寧，可是此時聽皇上這般地說了出來，還是都怔住了。楚攸和季家不是已經反目了嗎，這走的都是哪遭啊！

雖然兩人這次看似是聯手了，可是誰知內情究竟如何呢？皇上這般地亂點鴛鴦譜，真的沒有問題嗎？

再說了，季秀寧才多大啊，季家二十好幾的季晚晴還單身著呢！而且據聞那陳年往事裡，季三小姐還是戀慕楚攸的，這是怎樣的一團混亂啊！

看著朝堂上一片鴉雀無聲，皇帝微笑，心情更好。

「咳咳！」皇上咳嗽了幾下，示意楚攸謝恩。

楚攸這個時候還真是呆滯了，他……娶季秀寧？不知道為什麼，他竟是覺得十萬分的詭異。

「咳咳。」咳嗽聲再次響起。

楚攸終於想起他該謝恩，他連忙跪下，言道：「臣謝皇上賜婚。」

早朝結束，眾人均是議論紛紛，皇上命人將楚攸傳到了御書房，另一路人則是去季家宣旨，這個時候季家也不過只有這麼一個孤零零的小女孩季秀寧罷了。

聽到旨意，她幾乎像是被雷劈了，哪尼？這是為什麼？為什麼啊！

你妹兒的！她與楚攸？

嬌嬌已經徹底地被擊垮了。

傳旨太監見她如此，提醒道：「季小姐，快接旨謝恩啊！」沒有一個親人在，也只有她自己處理了。

嬌嬌呆呆愣愣地接過了聖旨，迷茫地看向了許嬤嬤，許嬤嬤到底是年紀大了，雖然也極為震驚，但是還是有幾分分寸的，連忙為傳旨太監備了賞錢，見季家的人這麼上道，小太監滿意離開。

嬌嬌看著這燙手山芋一樣的聖旨，連忙交代。「快修書回家。」

「哎！」許嬤嬤自然知曉這事情的重要性，連忙小跑步去交代眾人。

嬌嬌拿著聖旨就這樣站在院子中央，這個時候可沒有人敢來惹她，大家自然是知道這是喜事，可是看小三小姐的表情，那可真不是喜事的表情啊，更像是……喪事！你懂的。

聽到消息的江城也趕了過來，不過他更加不敢惹嬌嬌啊，看她站在那裡發呆，他只是待在一邊啃手指頭。

他奶奶的！這是怎麼樣奇葩的事啊！小三小姐嫁給楚大人。

為什麼，為什麼他就覺得是這麼地、這麼地珠聯璧合呢！

兩個怪人不禍害別人而是結為夫妻，不是挺好的嗎？小三小姐怎麼就這麼不能接受呢？

費解！

奇怪！

嬌嬌一直站在院子裡，也沒人敢上來勸，待到楚攸來到季家的時候見到的就是這副場景，其實此時他也是有幾分尷尬的，不過這事……也不怪他的吧？

「小姪女。」這不叫還好，一叫，倒是顯得不太好了，楚攸自己也察覺了，有幾分的尷尬。

嬌嬌聽到叫聲，看他，半天，回過神來。

「我掐死你……」她說著就朝他撲了過去。

這大抵是嬌嬌穿越以來反應最大的一次，也是唯一的一次失態。

嬌嬌身高也不過就在楚攸肩膀的位置，這麼衝上來就要掐人，自然是不給力的。

楚攸看她怒火沖沖，握住了她的手，只以兩人可聽見的音量言道：「小心隔牆有耳。」

嬌嬌聽了他這個話，瞪他一眼，怒道：「把你的爪子放下。」

楚攸微笑。「真是難得一見。」言罷，放開了手，逕自走到了大廳。

嬌嬌跺了下腳，轉身怒回室內。

將聖旨「啪嗒」一聲扔到桌上，嬌嬌努力讓自己平靜下來。「你說，這到底是怎麼回事？」

楚攸將聖旨展開，看完悄然地放下。

「妳總是不能抗旨的。」

「你老牛吃嫩草，自然是無所謂，我這麼一個妙齡少女要去伺候你這樣一個老人家，我很虧的好不好，想想就不寒而慄。」嬌嬌焦躁啊。

楚攸失笑。「事情已不可改變，妳再鬱悶也是沒有用的，倒是不如平靜接受。現如今我們可真算是綁在一條線上的螞蚱了，任何人都不能輕易剪斷。」

嬌嬌看他，後知後覺地問道：「瑞親王的事，你幫我處理好了嗎？」

楚攸直接噴笑了，這話題改變得太突兀了有沒有。

「我約了他晌午見面，妳可以放心，我既然是答應了妳，就一定會辦到。」

嬌嬌點頭，望了一眼外面。「那你還不走？」這是攆人的意思。

楚攸看她表情不善，微笑站起告辭。

「妳且好好緩緩，思慮過多，不見得是好事。」言罷，楚攸離開。

待他離去，嬌嬌深深吸了一口氣，再次望向了聖旨，怎麼……怎麼就走到這一步了呢？真他娘的讓人無語。

許嬤嬤上前。「小三小姐，奴婢已經飛鴿傳書給老夫人了，您也莫要太過憂慮，如同楚大人所言，皇上的聖旨，我們總是不能抗旨的。」

嬌嬌自然是明白這一點。

「看來這事，也是我沒有想好，做得欠妥當了。」

許嬤嬤安撫道：「誰又能看到以後呢，小姐已經做得很好了，就算是這次不讓皇上注意到，以後說不定也有其他的事情，畢竟我們都已經搬到了京城。老奴知曉您有許多的顧忌，可是世事往往如此，由不得人選擇，不管是誰，都會理解您的。」

嬌嬌咬唇，她明白許嬤嬤話裡的意思，也知道，許嬤嬤是真心的為她好。

「謝謝嬤嬤，我想，我該好好地想想這件事了。」

兩人正在交談，丫鬟小跑步過來稟告。

「奴婢見過小姐，小姐，安親王府世子求見。」

嬌嬌挑眉，不曉得這個時候宋俊寧來幹什麼。

「快請他進來吧。」

第四十九章

宋俊寧今日在朝堂之上已然受了一次震撼，他怎麼都沒有想到，皇伯父竟然將秀寧許給了楚攸，那一瞬間，他覺得心裡怪怪的。秀寧是他的外甥女啊，怎麼可以就隨隨便便許給了這麼一個人。

對楚攸，他是十二萬分的不喜歡的。

大步流星地衝了進來，見那金黃色的聖旨被擺在桌上，他越發地氣悶。

「秀寧見過舅舅。」嬌嬌請了安，將他請到上座。

宋俊寧看嬌嬌的模樣，冷哼。「原本我便說過，讓妳不要幫著楚攸，妳偏不聽，如今可好，事情竟是鬧到如此地步，皇上已經指婚了，妳說說現在該怎麼辦？」

嬌嬌也是無語，可這個時候在外人面前，她自然是不能太過明顯的表現出來。

「多謝舅舅關心，然一切皆有定數，既然皇上已經賜婚，秀寧自當接受。」

「接受？什麼接受？妳才十三歲，他都快到三十了，你們相差了十五歲，他如何配得上妳？再說了，就他那個人品，是良配嗎？」宋俊寧惱怒得很。

「可是舅舅，我們是可以悔婚的嗎？是可以抗旨的嗎？不可以，我們都知道完全不可以；既然不可以，倒是不如平靜待之，這麼氣憤又有什麼用呢？再說了，我自認為不會輸給楚攸。舅舅放心好了，我想，待到祖母他們來京，我們再做打算吧。」

相比於宋俊寧的氣憤，嬌嬌竟然也算得上鎮定了。說起來嬌嬌也不是傻女孩，她也明白，如若做得太明顯，難保被誰傳了出去，雖然宋俊寧不一定會說，但是就他這個衝動的性格，別人激幾句大抵就要說些亂七八糟的話了，如此倒不如保持淡定，最起碼不會出錯。

「嫁人又不是鬥智鬥勇，輸不輸他又有什麼用處呢？妳是不是讀書讀傻了，腦子不靈光？」

「那舅舅認為呢？」嬌嬌含笑問。這時的她已經不復最開始那般的不冷靜，看起來又如同往日一般，海波不驚的。

「自然是向皇上請旨拒絕，如若妳不喜，我來幫妳。」

嬌嬌定睛看他，似乎是想看出他真的是這般地單純還是來誆她，這樣的話，便是孩子也不可能說得出來，可是宋俊寧偏偏說了，多麼可笑。

這是將他們家放在火上烤，而這樣的事，嬌嬌斷然做不出。

「嬌嬌多謝舅舅的好意，不過請旨拒絕這樣的事，嬌嬌是不會做的。我總歸是要嫁人的，相比於嫁給那不相識的人，嫁給楚攸也不見得不好，最起碼我們互相瞭解彼此；再說了，皇上賜婚，這是多大的榮耀，舅舅還是莫管了。」

「妳不識好人心。」宋俊寧是真的被嬌嬌氣到了，在他的認知裡，季秀寧是不願意嫁給楚攸這樣的人的，雖然她這次幫著楚攸了，但是否有什麼更深層的秘密，也未可知。

可是眼見著自己的提議不被嬌嬌採納，他竟是生出一股悲涼來，多麼可笑，他這樣的性子竟然能生出一股悲涼；往日裡在京中，就算是真正的皇子都要給他這個堂弟幾分顏面，可是她竟然不領情，不僅不領情，似乎還有幾分嫌棄的模樣，這便讓宋俊寧不能忍了。

不管宋俊寧說什麼，嬌嬌都是一副虛心受教但是拒不執行的樣子，也正是這一點讓宋俊寧認定，她是在嫌棄自己，往日裡飛揚跋扈的小世子，何時受過這樣的氣？

冷哼一聲，他一甩袖子，怒氣沖沖地站起，風風火火地離去。

連一旁的許嬤嬤都有些摸不著頭腦。

「秀寧小姐，這是？」饒是年紀大了，她也沒看懂啊。

嬌嬌攤手。「我完全不清楚狀況，不過我想，他總不至於為這事就要生氣的吧。」

許嬤嬤望天，遲疑道：「似乎小世子是真的生氣了，他不太希望妳嫁給楚大人吧？不過想來也是，這京中與楚大人交好的可真不多，小世子尤為厭惡他。」

嬌嬌冷哼。「就楚攸那種狗都嫌的性格，別人喜歡他才是不正常呢！」

許嬤嬤被她的話逗得噗哧一笑，連忙勸道：「秀寧小姐可莫要胡說，這家裡咱們也待得不長，小心隔牆有耳，如若您這般說，那喜歡楚大人的豈不是連狗都不如了？人人都曉得，皇上和八皇子待楚大人可是極好的，您這話打擊面太廣了。」

嬌嬌有心反駁最終卻還是嚥了回去，皇上那裡她無從考證，許是還要利用楚攸做些什麼；而八皇子呢，他們是表兄弟，還是當年一起被坑的表兄弟，關係能不好嗎？

「我知道了，嬤嬤。」

嬌嬌情緒平復，許嬤嬤暗自點頭，若是一般的姑娘哪裡是自家小姐這麼個反應，說起來，自家小姐果然是不同凡響的；當然，也虧得小世子過來這麼一鬧，不然小姐怕是還在怨天尤人呢。然而小世子提到的那些個建議，委實是不可行啊。

「老奴剛才竟有些擔憂小姐被小世子鼓動呢，這事可是萬萬不可的。」雖然秀寧小姐一直都是早慧得緊，但是到底也才十三歲，這又是一輩子最重要的大事，她緊著擔憂呢！倒是不想小姐竟是迅速地緩了過來，雖然也略有些小微詞，但是大體總是無礙的。

「不會的，在大是大非的問題上，我應該也不至於會犯錯吧。」嬌嬌笑言。

「小姐這麼聰慧，自然不會。」

「並非聰慧，只是我必須以季家的利益為最重要的前提。」嬌嬌認真言道，起身將聖旨收起。

「皇上甚至等不及祖母他們來京便要將我許給楚攸，我總覺得這事情不簡單，楚攸已經年近三十了，早不賜婚，晚不賜婚，偏是在這個當口上，能夠做一個國家的最高權力人，他絕對不是一個昏庸的老人；許是之前那些年許多事情他都做錯了，可是我們沒有身在他那個位置上，永遠猜不到他的更深層的涵義。單說今日這樁賜婚，如若不是圖謀什麼，我季字倒著寫。」

「小姐這話說得，做皇上的，怎麼會無事要圖謀妳一個孩子呢？」許嬤嬤笑。

「為何就不可呢？我倒是覺得，極有可能。」

許嬤嬤是真的看不懂自己這個小主子了，這樣大膽的揣測她都敢有。

「皇上講究的是大局，大的布局，互相牽制，互相掣肘。嬤嬤，妳說皇上那麼大的年紀，他最在乎什麼？」

許嬤嬤沈吟。「皇上在乎的，自然是皇位。」

嬌嬌微笑。「是，皇上最在乎皇位，可是他的年紀越來越大，越來越力不從心，他的兒子正值壯年，妳說，在這樣的情況下，他會怎麼做？他的兒子之中，如今看來，也不過是四王爺和八王爺最為耀眼，也最有實力。但是平心而論，八王爺的勢力是不如四王爺的，將楚攸提到刑部尚書的位置上，本就是對八王爺最大的一個加持；至於我的賜婚，也許是我在這次事件裡有些表現，所以皇上認定，楚攸需要這樣一個夫人。一來是這個原因，二來是表示對楚攸的重視，所以才有了這次賜婚，楚攸被重視了，八皇子黨更加羽翼豐滿，兩個兒子勢均力敵地互鬥，這樣他才會更加地安心，只一個孩子勢大，即便是親生兒子，皇上也會覺得寢食難安的。他是皇上，不是我們尋常人家，他的皇位重過其他任何東西，包括親情。」

嬌嬌的分析讓許嬤嬤瞠目結舌。好半晌，她終於緩了過來，她年輕的時候便跟著老夫人，也見多了老夫人的諸多算計，那時她便明白，這女子未必比男子差，只要她們努力，會做得更好。正是因為這些，她走到了今日，也自認為看事還算明朗；可今日再看這位秀寧小姐，許嬤嬤不禁感慨起老夫人的眼光，果真是青出於藍而勝於藍啊。

且說這邊，楚攸與瑞親王交換了彼此的訊息，不管兩人心中怎麼想，倒是達成了共識。瑞親王是要為林家眾人報仇，可是季晚晴委實還算不得最重要的人，而且，當初林霧的死確實是二公主動的手腳，如此一來，季晚晴就不是那麼地必須得死了。

嬌嬌不曾打探兩人用什麼做了交易，她要知道的是結果，一個有利於她的結果，很顯然，楚攸做得讓她很滿意。

嬌嬌被許給了楚攸，按道理說，安親王作為她名義上的外公是怎麼著都得來看看她的，可是偏偏沒有，嬌嬌無語。

當然，她也沒清閒到天天在家琢磨人家為啥不傳見她，她又不是自虐狂。

不僅安親王府沒有動靜，就連楚攸都不登門了，如此一來，嬌嬌真是清閒得緊，恢復了往日的習慣，每日看書、練字、彈琴，也別有一番滋味。

這麼想著，日子過得也快，季家全家老小悉數遷過來京城，與嬌嬌她們快馬加鞭、輕車簡從的趕路自然是不同，時間也耽擱不少。

好在，皇上的聖旨裡並沒有寫成婚的日子，倒是有一點出乎嬌嬌的意料之外，就這麼個事，竟然還貼皇榜加持了。嬌嬌深深覺得囧啊！

這他媽是什麼朝代啊，這樣的事還要皇榜加持，皇帝腦子不會進水了吧！可是又一考量那個老人家，嬌嬌深深覺得，這裡面必然有事，至於什麼事，她就不清楚了，大抵，是為了避免有人來說項？

想來也是有可能的，可是真是好笑咧，誰會為她去說項？

其實這還真是嬌嬌想多了，本朝歷來便有這樣的規矩，皇上每做一個決定，都必須皇榜公示，這是規矩，不是單單因為她這事。

嬌嬌的長輩雖然都不在京中，也並不出門，但是季家卻還是有不少的生意需要運作的，嬌嬌自然是抽空見了幾個掌櫃，也知曉這京中的暗潮洶湧。

十月初十，嬌嬌終於等到了老夫人等人。

嬌嬌率領一眾下人站在門口守候，看見季家的馬車遠遠駛來，微笑與身邊的許嬤嬤言道：「快些命廚房將水備好，待他們回來也好沐浴一番，解解乏。」

「哎，好咧。」因著老夫人抵達的時間未定，嬌嬌並沒有過早的準備。

馬車緩緩停下，嬌嬌連忙低身拜見長輩。「秀寧見過祖母、母親……」

「快起來。」

不過是幾日不見，竟也覺得過了許久了，這麼多年大家都沒有分離過，短暫的分離讓眾人都更是親熱幾分。

「祖母快些進門，我已經命人悉數準備妥當，只待您回來呢！」

眾人自是也不會在門邊寒暄，進了客廳，都是坐下。

老夫人上下打量著嬌嬌，發覺她還是那般，沒有什麼變化，想來這京中的事倒是沒有影響她的心緒。

「今兒大家匆忙趕路也都累了，就別都在這裡杵著了，早些回房好好休息一下，晚飯還是按照舊日習慣，大家一起用膳；秀寧，妳且好好吩咐下去，大家都累了，也只有妳能者多勞了。」老夫人微笑交代。

嬌嬌嗔道：「祖母可真是折煞秀寧呢，區區小事，又有什麼能者不能者的。」

眾人歡快地笑了起來，如若尋常人家，得知她被賜婚，該是立時就打趣的，可是這時倒是並不如此；季晚晴曾經的心事、季家的現狀都讓大夥拿不定個主意，不曉得這是個怎麼回事，便是老夫人也是有一肚子話要詢問嬌嬌的，這時怎會胡亂打趣。

「姊姊，我都想妳了。」子魚還是那般的熱情，別人不多言，他倒是立時站到嬌嬌的身邊。

「姊姊也想子魚了，子魚可有在家好好學習？」嬌嬌看到，齊放這次也是跟著過來的，不過一月不見，他竟是又憔悴幾分，嬌嬌有些費解。

「我自然是好好學了，等過幾年，我還要參加科舉呢，姊姊，妳自己在京城，我很擔心妳呢！」這姊弟雖不是嫡親卻勝似嫡親。

「呦，瞧這小嘴會說的，敢情，我們都不擔心秀寧丫頭了。」老夫人笑言。

子魚抿嘴仰頭。「那又怎麼一樣，她是我阿姊，我們倆才是最親的。」

不論是老夫人等人，就算是嬌嬌都被他的無敵邏輯打敗。

「憑啥你們就是最親？大伯母是三姊姊的母親，女兒都該和母親最親的。」秀美拆臺。

這兩人自小便是如此，大家都已經習慣了。

「我們共患難過啊！」

竟是這理由！這下大家俱是沈默了。

「好了，你呀，快回去洗漱一番休息下，這一路念叨疲憊的也不知是哪個。」大夫人拉子魚。如今秀寧已經被皇上賜婚，子魚雖然年紀不大，但是也算不得小了，男女七歲不同席，這麼親近，難免招惹是非。

「我看到阿姊自然是不累了。」

嬌嬌喜笑顏開。「子魚對我最好了，不過舟車勞頓，再怎麼不累，也還是要休息一下的。我已經命廚房將水備好了，快回去好好泡個澡，最是解乏呢。」

「嗯，好。」

眾人俱是回房，嬌嬌親自去廚房交代大夥，也盯著飯菜，京城口味和江寧略有不同，嬌嬌擔憂他們不習慣，再三地更改菜色，如若不是許嬤嬤最後之言，怕是嬌嬌還要繼續更改下去。

是啊，老夫人他們都在京城住了那麼久，哪裡會不習慣京城的菜色，她不習慣是因為她從來沒有來過京城啊，她竟是忘了這一點，果然是關心則亂。

「小三小姐……」江城這廝最近走季家像是走城門一樣，人家男女之間都是避嫌，他倒是完全不當一回事。呃，他的腦子裡壓根兒也沒有該避嫌這個概念。

偏就是這樣一個人生生地讓人傳不起來什麼閒話，大抵大家的感覺便是，傳這廝？委實降低格調耶！嗚呼哀哉！

「江大哥過來了？對了，你定然是很多年沒有見祖母了，祖母剛到，想來也是舟車勞頓，待她略微休息，你再過去求見吧。」

「好咧。」江城真心不矯情啊。

「那個，小三小姐啊，妳說老夫人有沒有變樣？我記得那時候我見她，頂頂華麗呢，真高貴，後來便是再見其他鐘鼎高門的女子，也覺得，就不過如此。」

嬌嬌笑。「敢情你將祖母當成女神了。」

「女神？」嬌嬌不過是隨口一言，江城卻認真地想了起來，之後一拍大腿。「可不就是女神嗎？妥妥的女神。」

噗！周圍的人都笑了起來。

「江大哥的性子真爽朗。」嬌嬌由衷道。

「大家都這麼說，我最大的優點也是在此。」江城這廝竟然還臭屁起來。

嬌嬌實在是忍不住了，捏著帕子掩嘴笑。

「妳這是笑話我嗎？」江城迷茫問道。

嬌嬌搖頭。「自然不是，我只是覺得，江大哥真是真性情，比那些陰鬱的陰險小人不知好了多少倍。」

江城點頭。「那是自然，不過，小三小姐，您說的那個陰鬱的陰險小人，不會是說我們楚尚書吧？」

他娘的！就你知道，就你會聯想，就你這樣的，叫人揍死都不冤枉。眾人默默想著。

連嬌嬌自己都怔了一下，她不過是隨口那麼一說啊！怪不得這廝武藝高強還不能升個一官半職，絕對的智商是負數啊！智商是負數還要秀智商，如何要得。

「江大哥，你出門的時候可別這麼實在，不然你難有升遷啊。」嬌嬌頗為語重心長。

江城心有戚戚焉地點頭。「我知道啊，可是人實在不是優點嗎？改了還是我嗎？」

呃！嬌嬌仔細一想，還真是啊！可是，怎麼好像哪裡不對，哦對了，實在是優點，但是你不能到處說實話啊！

「小三小姐，老夫人傳您過去呢。」丫鬟過來稟告，嬌嬌連忙往主屋而去。

其實，她也是有很多事情想和祖母說的，在淡定平常的表相下，嬌嬌的內心其實早已暗潮洶湧。

來到主屋，嬌嬌請安之後便被老夫人拉著坐下，至於旁人則是統統退了出去，將這一室安靜留於祖孫兩人。

老夫人細細打量嬌嬌。「好孩子，妳受委屈了。」

「祖母……」聽她這麼說，嬌嬌的眼淚一下子就掉下來了，她可以在任何人面前堅強，卻不能在老夫人面前堅強，這是她最親的親人，嫁給楚攸，她確實是委屈的。

「看這孩子委屈的，別哭，我的好秀寧不哭了啊。」

嬌嬌咬唇。「我一點都不想嫁給楚攸那個討厭鬼，那個蠢皇帝為了自己的利益，把我許給那個死狐狸，我才是真的被坑了呢！哪有男人長得像女人一樣？哪有像他那麼愛算計別人的？哪有……」

嬌嬌還沒念叨完，老夫人竟是忍不住笑了出來。

嬌嬌臉蛋上掛著大大的淚珠，呆呆地看著老夫人，不解她怎麼笑了。

「秀寧自幼就少年老成，哪裡有過這麼失態的樣子，祖母看妳這碎碎唸的孩子氣，竟是忍不住笑了呢。」老夫人解釋道。

「祖母欺負人。」嬌嬌跺腳。

「妳與祖母好生講講，這京中到底是怎麼回事？怎麼就走到了今天這一步呢？妳被許給楚攸的消息傳來，我真是被震得半天緩不過氣來。」老夫人正經起來。

嬌嬌嘟唇，將自來京城之後的事情娓娓道來，說到氣憤之處，嬌嬌還要夾雜幾句英文，這是罵人的節奏啊！大抵也只有在老夫人面前，嬌嬌才會是這般的孩子氣。

聽聞一切，老夫人都不得不嘆氣，這一步步的，皆是命啊！

你說怎麼就這麼巧了，能趕上這一切。

「照妳這麼說，二公主很有可能是穿越的人？」

嬌嬌點頭。「我是這麼想的啊，您看，兩年之前突然性情大變，將所有親近、熟悉她的人都殺死了，不是很奇怪嗎？連玉妃都覺得自己女兒是中邪了，難道不是很像穿越之人嗎？我之後還打聽了些二公主的生活往事，覺得她真的是極像穿越者。」

老夫人顰眉。「如果她真的是，不會沒發現我們的異常。」

嬌嬌搖頭。「祖母您想，她是兩年前才有變化的，我們都已經搬到江寧六年了，時間上沒有交叉，她又不知道我們的情況，所以沒有察覺也是應當。當然，也有可能她根本就不是什麼穿越的人，而是有人在誤導她，所以她做了那些改變，繼而引來殺身之禍，這也不是沒有可能的。」

「嗯，凡事不可妄下斷言。二公主這件事的後續，讓人留意著，但是也切不可表現得太過明顯，免得讓他人懷疑或者抓到什麼把柄。」

「祖母放心，這點我懂。」

「至於婚事……」老夫人對此事也是為難，皇命難違啊！

看老夫人表情，嬌嬌拉著老夫人的手言道：「祖母，我知曉的，我不過是嘰歪一陣發洩一下，這事咱們都沒有處理的能力；人在屋簷下，我們既然穿越來到這樣一個皇權社會，便要適應它的規則，嫁給楚攸雖然讓我不痛快，但是也不是那麼不可接受。」

「哦？」這點老夫人倒是驚奇了。

「不管怎麼著，咱們對楚攸還算是知根知底，他明明白白地清楚我的性子，也知道我所代表的價值；當然，這些對旁人無用，可是我警校畢業的身分對楚攸絕對是有加持的，他不是個傻子，我們能夠維持表面的琴瑟和鳴最是妥帖不過。」嬌嬌這些日子自己也分析過了，雖然委屈鬱悶，但是分析之後的結果就是，嫁給楚攸還不是那麼讓人難以忍受。

「妳這孩子還真是個心寬的。」

嬌嬌扭捏道：「我現在只擔心，姑姑有點過不了這個坎，她曾經那麼喜歡楚攸，現在也不似忘情，我嫁給楚攸，總是有些……」嬌嬌沒有說下去，但是話裡意思顯而易見。

老夫人聽了，笑了出來。「妳這孩子就是心思多，晚晴那裡，妳其實不用擔心的，咱們季家的女子，哪裡會是那樣的小性子；再說了，想來有件事妳還不知曉吧？」老夫人說起這個，眉眼間都是喜悅。

「呃？」

「晚晴大抵要嫁給徐達了……」

嬌嬌聽到消息極為錯愕，晚晴姑姑嫁給徐達自然是眾望所歸，但是她能下這個決心卻是極為讓人震驚的。

「姑姑、姑姑怎、怎麼下定決心的？」嬌嬌說話已經結結巴巴了，她怎麼都沒有想到。

老夫人微笑。「說起來，還要多謝秀寧。」

「呃？」嬌嬌有幾分不解，這事又與她有什麼關係呢。

老夫人笑容更甚，娓娓道來。

原來，得知嬌嬌被皇上賜婚給了楚攸，大家都是震驚得不能言語，季晚晴的表現也正常得很，並不過分地震驚，當然，也不欣喜。對她來說，秀寧是自己最為喜愛的小姪女，既是晚輩又是知己，更甚者，還是她的救命恩人；先前她也曾考量過兩人的關係，不過那時事情並未發生，總是沒有那般地震撼。

季晚晴表現正常，可是旁人卻不正常，大抵上，在大家的心裡，季晚晴都是對楚攸一往情深的，而她這麼多年未嫁也是因為此事。其中，又以齊放最為做此聯想。

這次賜婚的消息傳來，在老夫人的壓制下沒有了那些雞飛狗跳的情況，但是眾人內心的波濤洶湧是不能言說的，種種原因糾葛下，季晚晴不過是賞荷便被人以為要跳湖自盡。

一番拉扯之下，本不是要跳湖的季晚晴硬生生被撞到了湖底，委實嗚呼哀哉！

徐達本就是負責季晚晴的安全，自然是第一時間跳湖救人，一番折騰，季晚晴沒有什麼大礙，倒是徐達給嚇了個夠嗆，他一番表白也就這麼說出了口。

這話如若是旁人說出自然不會這麼震撼，然這人卻是徐達。這麼多年徐達默默守護季家，他與季晚晴的感情不似一般男女那樣轟轟烈烈，卻也細水長流，一時間，季晚晴竟也錯愕了。

往日裡徐達從未表白，季晚晴也沒有往這方面想，可是如今兩人就這麼說開，竟也不覺得有什麼不妥的，如果這時的季晚晴是六年前的季晚晴，或許事情還要耽擱些時日；可偏不是，如今的季晚晴在穿越女嬌嬌的影響下，整個人已經截然不同，她不是那個故作冷漠冰冷的菟絲，現在的她是女戰士啊！

認真地問了徐達幾個問題，之後季晚晴竟是默認了兩人的關係，冷靜又平和地告訴徐達。「如果喜歡我，就要上門提親，默默藏在心裡最是要不得。」

徐達也不耽擱，立時就稟報了老夫人，商量提親的事。

因著嬌嬌這邊也著急，老夫人和眾人商議，待來到京城之後再議親。

聽了老夫人的話，嬌嬌真想捶地，這都是什麼事啊。不過，那個，似乎這事還滿好的。

「如果是這樣真是很好啊，徐大哥一直都很喜歡姑姑的，如今姑姑願意，這真是再好不過了。」嬌嬌感嘆。

老夫人點頭。「我也沒有想到，晚晴竟然是願意的。有時候有些事，端是要看個際遇，而且隨著年齡的增長，她的性子也穩定了許多，看事更加全面。所以我說女孩子成親太早，不見得是一件好事，不管是心理還是生理都不成熟。」

「我倒是不願意咧，可是沒有辦法呀。」嬌嬌鬱悶。

老夫人摸了摸嬌嬌的頭。「雖然指婚這事我們沒有拒絕的選擇，但是時間上卻是可以拖延的。」

嬌嬌點頭。「我也如是想。其實這些日子我也仔細地考量過了，皇上為什麼要將我許給楚攸，其實算起來，咱們家的段位是絕對抵不上楚攸的，畢竟現在他已經是刑部尚書了，這樣關係絕對不是對等的。大概是我在二公主的事件裡幫了忙，所以皇上才決定要把我們綁在一起。」

「一切皆是命啊！」

第五十章

深夜，皇宮內院。

來喜公公帶著侍衛行色匆匆，他一臉的嚴肅，與往日見誰都是三分笑的樣子截然不同。

此時的皇帝正在御書房批閱奏摺，男子年紀大了，委實沒有那麼多對女色的心思，這麼多年，皇上除了韋貴妃那裡，鮮少去其他處，而之於韋貴妃，也不過是心靈上的慰藉。

「皇上，韋風回來了。」來喜先行進屋通報。

皇上本在批閱的筆一頓。「宣。」

「是。」

一勁裝男子行色匆匆而入，見皇帝，跪下請安。「臣韋風叩見吾皇，吾皇萬歲萬歲萬萬歲。」

韋風，韋貴妃的姪子，皇上手下那支暗衛的首領。

「你這一去已有將近兩月。」而韋風，恰是被皇帝派出去調查季秀寧的家世的人。此事其實本無須韋風親自去做，如若只是關乎後宮妃子之事，自是無須如此，可季秀寧的聰慧是自小便有所展現的，他這人最是多疑，只有韋風才可得他信任。欲將季家查個清楚，非韋風不可。

「回皇上，臣力求查得詳細，而且，臣有驚人發現。」說到這裡，一貫喜怒不形於色的韋風竟然有幾分顫抖。

看他這般，不論是皇上，連來喜都有幾分驚訝，先前他自是已然知曉韋風有大發現，但是具體究竟是何事卻不得而知，現今看韋風如此，也是不明所以。

「稟。」

「皇上請看。」韋風將懷中之物掏出，雙手遞給來喜，神態極為恭敬。

來喜接過此物，立時呆住，不過他總歸也算是見過世面，連忙將這物件遞了上去。

皇上本是漫不經心地一瞥，然卻在看到物件的那一刻愣住，他瞪大了眼，顫抖地伸手將帕中之物接過，怔怔地看了半晌，一瞬間，他不是那個顯赫又說一不二的君王，再看他，竟然蒼老不已。

「這……這、這是從哪裡所得之物？」他囁嚅嘴角，半天才言語出聲。

「回皇上，這是季秀寧小姐父親之物。」

皇帝盯著那物，一行淚竟是就這麼落了下來，他萬沒有想到，有生之年還能見到此物。

這是一枚玉平安扣，恰是當年抓週之時，皇太子俊安所抓之物。

粗糙的大掌摩挲著平安扣，他竟是不能自已。人人都道韋貴妃痛失愛子傷心痛苦，可是又有誰知，他這個父親也是一樣，如若不是這般，他當初怎麼如此憎恨那些和巫蠱有關之事？他清清楚楚地知道，什麼化成仙童，絕不可能。

「皇上，您可要仔細著身子啊！」來喜在旁勸著。

年紀大了，可容不得有一絲閃失。

好半晌，皇上終於恢復幾分。「你說，這是季秀寧父親的東西？」

韋風回道：「正是。」他自己也是作夢都沒有想到，這次出任務竟然會發現這麼大的秘密，也更是想不到，自己能夠找到姑母的孫女兒。

「微臣奉旨調查季秀寧小姐。季秀寧小姐原名季嬌嬌，父母俱亡，父親季大郎被大蟲傷了病故，母親鬱鬱寡歡也跟著去了。她母親是荷葉村人，父親是逃難而來。我詳細地調查了這位季大郎，卻驚訝地發現，他當初在家鄉曾經訂過親，不過因著遭災，兩家人失散，應該是彼此都以為對方身亡了。我大費周折找到了那家人，那與季大郎訂親的婦人與他從小一起長大，一直念著他的好，聽說我是這邊的親戚，還將季大郎的遺物拿給我看。屬下一看這玉便知曉是宮中之物，又詳細地詢問了些小時候的細節，心驚不已，連忙回來稟告。」

皇帝並沒有抬頭，只是不斷地摩挲著平安扣，當初他說希望這平安扣能夠為俊安保平安，可是卻沒想到，終究是沒有做到，終究沒有。

「可是能確定季大郎是皇太子？」

韋風一頓。「不能，臣並不能確定，畢竟，這平安扣也可能是輾轉到了季大郎手上，而那些細節，也並不十分可靠。今日季大郎已然過世，更是無從考證。」

「俊安，朕的俊安……」皇上喃喃自語，許久，抬頭看來喜，言語間多了許多的堅定。「馬上招周太醫、徐太醫、王太醫進宮。」

「奴才遵旨。」

這三位是本朝最為有名的太醫，他們雖是不明白，但是做太醫的不見得沒有辦法。

三位老太醫並不知曉宮中發生何事，只是皇上這般急迫，大家也是明白必然是有大事發生。本以為是皇上抑或者是哪位貴人有恙，卻被召見至御書房，而皇上也並無大礙。

「臣等叩見皇上。」

皇帝不耐地擺了擺手，示意幾人起身。「眾位愛卿都是太醫院的棟梁，今有一事，你們且給朕出出主意。」

呃？幾人面面相覷，回道：「臣等願為皇上分憂。」

「如何判斷一位已故之人是否與活著的人有血緣關係？」

幾人一怔，隨即由王太醫言道：「滴骨驗親，將生者的血液滴在死人的骨骸上，若血液能滲透入骨則斷定生者與死者有血源關係，否則就沒有。」

「若是祖孫兩人呢？」

「這樣便可滴血驗親，但是祖孫之間滴血驗親，並不是百分之百準確，有親祖孫者，不見得能相融。我們作為大夫，並不建議如此，此事如若造成錯判，將是毀人一生之事。」徐太醫接話。

聽了此言，皇帝點頭，只要有辦法，那便好。

「你們且下去吧。」

「是。」三人不敢耽擱，立時離開。

皇帝平復心情，交代。「韋風，你負責帶人去荷葉村將季大郎夫妻的屍骨運回；另外，派人盯住季家，朕要隨時掌握季秀寧的一言一行。」

想到來喜曾經說過的話，皇上的心裡越發地覺得，這季秀寧大抵該是自己的孫女兒，不然，她怎麼就這麼像年輕之時的韋貴妃呢！

「臣遵旨。」

「另外，此事暫且不要讓任何人知道。」

「是。」

嬌嬌每日仍然過得悠閒，並不知曉，季家已經被人掌控，而韋風那邊更是快馬加鞭地趕到了荷葉村。

縱使暗衛隱蔽能幹，武藝高強，但是他們如此監視季家的行為依舊被兩人所察覺，一為徐達，二為江城。江城性子跳脫，但是在武藝上絕對不是繡花枕頭，論起來，他的武藝比徐達是有過之而無不及。

老夫人根據兩人的示警，認為這些暗中監視之人應為皇上的暗衛，正是因此，便也故作不知。雖有些奇怪皇上如此大動干戈，但是一想也不是不可理解，皇上哪裡會隨意相信他人，將眾人召回京，必然也是不放心的，他們怎麼都想不到，卻並非為了此樁事情。

時間過得也快，不過十來日，韋風便將屍骸運回。

也恰在此時，嬌嬌被宣入宮，而這次入宮，則是韋貴妃所召。據稱，韋貴妃自上次與她下棋之後念念不忘，這幾日閒了下來，便是立時宣她。

嬌嬌自然是欣然應允，不過內心卻在犯嘀咕，這事看起來雖是如此，但是總給她一種很不簡單的感覺。

老夫人也是如此想法，宮中先是遣出暗衛，如今又召秀寧進宮，她也有幾分擔憂。「妳進宮切莫耍小聰明，該怎樣便怎樣。」

嬌嬌皺眉，對此事十分不解，不過還是勸慰老夫人道：「我也算是名聲在外吧，再說皇上以前也接觸過我，我如若表現得太過蠢笨，倒是顯得裝模作樣，既然早已給人留下精明早慧的印象，倒不如繼續下去，最起碼，我露出的是我的本性。祖母認為呢？」

老夫人唯有無奈點頭。

這次來請嬌嬌的人正是韋風，她不知曉此人是個什麼職位，但是看他的動作和徐達警惕的眼神便是明瞭，這人必然是個高手，安排一個高手來接她進宮，這事……似乎有問題啊！

不過不管她們內心如何揣度，這事都是不可違抗的。

如今已是深秋，縱然是皇宮內院，這樹葉也已然凋落，嬌嬌跟著韋風，順著長長的宮牆往內而去，心中越發地徬徨。

不過也確實如同傳召所言，兩人逕自來到了韋貴妃的寢宮。

可是，皇上也在，不只是皇上，還有幾個人，她並不認識。

「民女參見皇上，吾皇萬歲萬歲萬萬歲，參見貴妃娘娘，娘娘千歲千歲千千歲。」

韋貴妃這時已經知道了皇上的計劃，既然要滴骨驗親，自然要讓她也參與，如此便是多一分保險。想到眼前這個俏麗聰慧的小丫頭很可能是自己的孫女兒，韋貴妃眼眶微紅。

嬌嬌微微抬頭，見韋貴妃異樣，心中越發地不解。

「季嬌嬌，起來吧。」

呃？嬌嬌微怔，已經許久沒有人叫她這個名字了，如今聽到別人帶著感情叫這個名字，嬌嬌竟是覺得心中情感有幾分難以言表。而皇上看她這般樣子，心中也是柔軟幾分，即便是現在，她也還不過是個孩子啊！

「謝皇上。」嬌嬌起身，站在一邊，並不說話，等待下一步的指示。

皇上看她這般，越發地感到滿意，心中也更加篤定，這般聰慧的閨女，怎麼可能不是他家的孩子呢？

「開始吧。」他交代太醫。

不多時，就看小太監抬上來一具已經作古的屍骸，嬌嬌不明所以。

眼看著王太醫來到皇上身前，言一句「皇上恕罪」，之後便刺傷了皇上的手指。

看他又走到屍骸面前，一步步進行著自己的動作，嬌嬌恍然，這是……滴骨驗親？

嬌嬌皺眉，且不說為何叫她來，單說這滴骨驗親的事，它就沒有什麼科學依據啊。嬌嬌也知曉，宋朝宋慈所著《洗冤集錄》裡面曾經詳細地記載了此法，但是根據現代醫學所研究，這一種方法並不是準確的，十分不科學，且誤差極大，滴骨驗親看似更加精確，可與滴血驗親一樣，都是做不得準的。

嬌嬌想得多，卻又不敢多言，如若此時她將自己的理論說出來，怕是立時就要被拖出去砍了。她抿了抿嘴，看著結果。

那血滴慢慢地滲透進入骨骸，時間不長，可卻已然融於骨中。

嬌嬌不意外。

皇上卻失態地站了起來，原本就算有九分的篤定也比不上這切實的證據。

「融了，融了，皇上，融了啊！」幾位太醫也是震驚。

「俊安……朕的兒子，朕的兒子……來，替韋貴妃也滴骨驗親。」他們要做的，是萬無一失的肯定。

嬌嬌看他們動作，越發疑惑起來，為什麼要叫她來？為什麼？

眼看著韋貴妃的血也融入其中，韋貴妃嚎啕大哭。

看韋貴妃如此傷心，嬌嬌明白了，難不成，這就是那位神秘消失的皇太子？看身形，這人已然長大，可是卻又因故離去。

皇上走到韋貴妃身邊，將她攬在懷中，兩人俱是傷心異常。

「季小姐。」王太醫第三次刺人指尖，卻是嬌嬌。

嬌嬌怔住，整個人震驚不已。為什麼，為什麼要刺她？這人、這人是季大郎？怎麼會？

嬌嬌被這樣的想法震驚住，整個人呆滯在那裡，眼看著再次出現這樣的場景，她的血也融入骨中。

韋貴妃不顧體面，直接衝了過來將嬌嬌抱在懷裡。「孩子，我可憐的孩子，我的孫女兒，妳是我的孫女兒啊……」

嬌嬌被此事刺激得呆愣了，完全沒有想到，竟是這樣的結果。她的父親，逃荒而來的季大郎，是當年離奇失蹤的皇太子，這是怎樣的陰差陽錯？

王太醫看韋貴妃哭得厲害，仍是低言。「啟稟皇上。皇上、貴妃娘娘、季小姐的血均能融於此副骸骨，可見，此人與您是至親之人，應該可確認為皇太子無疑。」

「可以確認，安兒，我的安兒，我的俊安，當年、當年究竟是哪個狠心的將你帶出了宮？」韋貴妃邊哭邊喊。

嬌嬌看她哭得厲害，忍不住拍了拍她的背安撫她。雖然自己沒有做過母親，但是大抵也知道失去自己孩子的滋味。

感受到嬌嬌的安慰，韋貴妃把她抱得更緊。「我的孫女兒，安兒的女兒，怪不得，怪不得這般的聰明，我的安兒自小就最懂事、最能幹，所以我的孫女兒也是如此。嬌嬌，嬌嬌……」

對他們來說，她不是季秀寧，而是季嬌嬌，是季大郎的女兒季嬌嬌，他們的孫女兒。

皇上走過去，將兩人俱是圈在懷裡，語氣堅定。「朕不會讓安兒平白出事，當年的事，必須有個說法。當年朕年輕氣盛沒有查清真相，如今朕斷不會如此，便是掘地三尺，朕也要將安兒運出宮的人找到。以後，只要有朕在，便再也沒有人能夠算計妳們。朕的孫女兒，嬌嬌，嬌嬌是朕的皇長孫女兒。」

在場之人並不多，除了韋風，便是三位太醫，知道了這樣的皇家秘辛，幾人並沒有怕得不能言語，反而是感嘆不已，這後宮爭鬥，當真是害了不少的人。

「皇上，可還滴血驗親？」

「罷了，你也說過，隔代之間，這個不是萬無一失的準確。」皇帝言道，拒絕了太醫的提議。

然這時韋貴妃偏是抬頭，她抹了一把自己的淚，看著皇上道：「驗。」

呃？眾人俱是不解看她。

「滴血驗親，我要我的嬌嬌沒有任何瑕疵，不會讓任何人來質疑她的身分。」不管旁人怎麼想，韋貴妃卻固執地認為，事隔這麼多年，他們都能陰差陽錯地找到自己的兒子和孫女兒，那麼老天爺也斷不會讓她有一絲讓人懷疑之處。她堅信，便是驗血，嬌嬌也定然能夠與皇上相融，堅信老天爺不會再苛待他們的孫女兒。

韋貴妃堅持，皇上看她表情，嘆息一聲，點頭。

嬌嬌規規矩矩地任由太醫過來再次刺傷她的手。

看著兩滴血漸漸地融在一起，皇上顫抖著言道：「融了……」

嬌嬌從來沒有想過，生活會給了她這麼一大盆的狗血。

她的「爹」，一位貌似憨直的農夫，竟然是當年神秘消失的皇太子，而她自己也轉眼就從小孤女變成了皇長孫女兒，這事兒說出來大抵都能拍一部電影了。

題目就是「宮闈秘辛」，呃……

看著哭得歇斯底里的韋貴妃，眼眶微紅的皇上，一臉欣慰的眾位太醫，嬌嬌默默將滴骨驗親不做準的話嚥了回去。想來，皇上這麼有心思的人，也不會隨隨便便就認親吧，應該還有其他證據在佐證，才造成了今天這個局面。

「來，跟祖母來。」韋貴妃拉著嬌嬌就要往外走。

派。

嬌嬌只能老實地跟著，這身分的變化已經將她打懵了，而她委實也不是一個什麼演技

可越是這樣，大家越發地覺得，她是震驚到了。沒有錯，她確實是震驚到了，但是此震驚非彼震驚。呃……嬌嬌自己都說不好自己是個什麼樣的感覺了。

韋貴妃將嬌嬌拉到自己的寢宮，不斷地翻著，看她將那些小衣服、小撥浪鼓什麼的都翻了出來，絮絮叨叨地講著兒子小時候那些事的時候，嬌嬌忽然就發覺，不管多麼能幹的女人，在對自己的孩子時都是最溫柔的。

想到她在最好的年華失去了自己的兒子，將自己封閉了起來，如今雖然也貴為貴妃，享受榮華，可是許多事情總不是看起來那般的簡單。

這裡面的苦楚旁人怎可知曉，夜深人靜之時，許是她也只會悄然地哭濕枕帕，卻無從找尋自己兒子留下的一絲蹤跡。

這麼想著，嬌嬌握住了韋貴妃的手，韋貴妃怔住，看著嬌嬌。

「我知道您很傷心，可是，不在的人已經不在了，活著的人還要繼續過活啊。如果、如果爹爹看您因為他這麼傷心難過，他也會心疼的。」

韋貴妃淚水掛在臉上，就這麼看著嬌嬌，許久，問道：「他、他知道有我這個娘親嗎？」話音裡有著期待，她多麼希望，自己的孩子不會忘了她。

嬌嬌認真地點頭。「他一定記得，每個人在自己的記憶深處都不可能忘了自己的娘親。」

這個時候的韋貴妃是需要安慰的，也許她說的是假話，可是不管是什麼，有用就好。

嬌嬌如是說，韋貴妃再次落下淚來。

「我的安兒。嬌嬌，妳爹、妳爹是個什麼樣的人呢？」韋貴妃定睛看嬌嬌，眼神裡有著期待，她迫切地想知道關於自己兒子的一切。

嬌嬌咬唇，她其實並不知道，穿越的時候季大郎已經過世了，讓她現編，自然也是可以的，但是這樣欺騙一個傷心的老人，這人還是這具身體的祖母，她做不來。

「爹爹不在的時候我還小，很多事情都記不得了。貴妃娘娘，您不要怪我好不好？」嬌嬌有些怯怯地說道。

韋貴妃看她這個樣子，將她攬到懷中。「可憐的孩子，我命苦的孩子，我怎麼會怪妳。」

這件事情本就沒想著瞞下來，先前沒有張揚是不確定真假，如今既然確定了，又有許多的不同了。

皇上隨即便將事情昭告天下，曾經的皇太子被找到，而季家的養女是皇長孫女兒，這事足以讓所有人錯愕，不過是半天的工夫，這消息便一溜煙地不脛而走。

而嬌嬌則是直接被韋貴妃留在了宮裡。

季老夫人聽到這個消息當真是震驚得不能言語，世間之事多是如此，總是讓人怎麼也算計不來，他們家的秀寧，竟然是皇長孫女？

季老夫人如此，旁人更是如此，有那心思重的，立時便想著如何討好季家了，呃，也不對，這事楚攸楚大人是不是還撿了一個大漏兒？

旁人都能如此回過味來，皇帝又是如何不能，待將一切處理妥當，他便是想起了這事。將季大郎夫婦一同葬在了皇陵，倒是沒有什麼過多的排場，事情已經如此，他縱使想著讓自己的兒子體體面面，卻也抵不過嬌嬌的一句話。

嬌嬌只言，她的父親，必然是希望能夠安安靜靜不被打擾，聽了她的話，皇上和韋貴妃明瞭了。

嬌嬌在宮裡已經很多天沒有回季家了，她並不想生活在皇宮裡，這裡雖好，可是終究不適合她。但是這個時候，她說不出離開的話，便是說了，皇上和韋貴妃也未必會同意，她只能暫且等待著。

而她這邊等著，皇上那裡卻回過了味。

是啊，他之前將自己的孫女兒許人了啊，而許的這個人，還是楚攸，這怎麼得了！這個傢伙必定配不上自己美麗大方、聰明伶俐、足智多謀、乖巧貼心的孫女兒，必定配不上。

可是如若剛認了孫女兒就悔婚，倒是顯得他這個皇帝小家子氣了，暫時不能不承認這樁婚事，可是又極度看不上孫女婿，皇上深深陷入自責中，他當時怎麼就沒有再多想想、多抻抻呢？

皇上醒過味來了，韋貴妃又何嘗沒有。

每每想到這事，韋貴妃都要捶胸頓足，如若再早上那麼一個月，或者是二十來天，只消早上二十來天啊，這事便是全然不同了，他們也不會做出這麼後悔莫及的決定。

楚攸這個老男人又陰險、又狡詐、又沒有陽剛之氣，拿什麼配嬌嬌，拿什麼？

嬌嬌這時還不曉得這兩位的心緒糾結。

三人一同用膳，看兩人都在發呆，嬌嬌有些不解地捏了捏帕子，那個……這宮裡吃飯也複雜啊，每一道菜都要被嚐過，就嬌嬌來看，這不是都是人家的口水了嗎？

還有就是，這兩位的戰鬥值她是見識過的，雖然現在都是一派的溫柔慈祥，可是嬌嬌心裡總是有些打顫，就算別人不知道她是穿越之人，可是她自己心裡清楚啊，甚至……有那麼一丁點的愧疚。

她覺得，自己占了嬌嬌的身體。有點矯情的想法，可是又確實如此。

初時穿越身邊已經沒有人了，她自己也沒什麼感覺，可是現在不同，看兩位老人拚命要補償她的樣子，嬌嬌又覺得難受，自己不是他們的孫女兒，最起碼靈魂不是。

好在，嬌嬌的矯情沒有持續太久，事情已經如此，總是不能鑽進死胡同不出來的，她現在只希望，自己能夠替真正的嬌嬌好好地待兩位老人家，以彌補他們心裡的遺憾。

三人俱是發呆，來喜倒是痛苦起來，這做奴才的不易啊，你看看，好好的三個人吃飯，三個人都在發呆，他可如何是好？

來喜跟了皇上多年，知道皇上糾結的點在哪裡，他看著皇上深幽的眼神，心裡默默地為新上任的楚大人點了一根蠟燭哀悼！這個時候，神仙都保佑不了他了。

「咳咳，貴妃娘娘……」嬌嬌開口。

「妳這孩子，說了多少次了，叫祖母。」韋貴妃糾正她，她總是改不過來。

嬌嬌囧了一下，再次開口。「祖母，我什麼時候回季府啊？」

韋貴妃奇怪地看她。「宮裡不好嗎？為什麼要回去啊？那裡畢竟不是妳的家，我們才是妳的親人啊，以後妳就留在宮裡陪伴我好嗎？」

嬌嬌見所有人的視線都停留在自己身上，露出一抹笑容。「宮裡很好，祖母和祖父都是我的親人，可是我自幼就是生長在外面的啊，這宮裡規矩多又複雜，我自己生怕一個不小心做了什麼給你們丟臉；而且，就算是回到了季家，我也可以天天來看祖母的。」

韋貴妃有幾分不樂意，也不答話，將視線別開，開始吃菜。

嬌嬌咬唇，繼續言道：「我可以每日都進宮來看你們，我從小就在季家長大，季家的每個人待我都很好，我如果就這麼不回去了，他們也會傷心的。」

「妳只顧著他們的傷心與否，就沒有想想，祖母會多麼傷心嗎！」

嬌嬌握住韋貴妃的手，認真言道：「祖母，您能讓他們都出去一下嗎？」

這屋裡伺候的人不少，大家聽了這話，俱是等待主子的調遣。皇上一擺手，來喜攜小宮女、小太監退下，此時屋裡便只有他們祖孫三人。

嬌嬌調整了一下自己的心情，言道：「祖父，您知道我為什麼不叫您皇爺爺嗎？」

皇帝挑眉，緩緩搖了搖頭。

「我不喜歡皇爺爺這個稱呼，總是透露著一股外道，你們就是我的祖父、祖母，和尋常人家一模一樣。我不是要故意惹你們生氣的，可是你們都知道，我自幼生活在那樣的環境，這裡、這個皇宮都讓我特別地不自在，我要時時刻刻警惕自己不要壞了規矩，我很累。當然，我心裡明白，就算我沒有規矩也沒關係，反正你們都會護著我，可是你們能護得了我一時，能護得了我一世嗎？不提這些，就算能，我也是不想給你們丟人的。我可以每日進宮來看祖母，來給祖父、祖母請安，好不好？」

「行了，這事，我們再考慮考慮，妳且乖乖地留在宮裡。」

雖是這麼說，但是嬌嬌也聽出了話音裡的鬆動，笑著應是。

不過皇上再次擰眉。「當時將妳許給楚攸，本也有幾分私心，可是如今看著，竟是朕作繭自縛了。」想到楚攸，皇上臉黑了。這廝在外敗壞他的名聲也就罷了，如今還想求娶自己失而復得的孫女兒，如何能夠讓他滿意，真是氣煞他也。

如果楚攸聽到這樣的評語，可真是要罵娘了，事實上，這樣的評語，最先是從皇帝身邊傳出來的啊，究竟是誰在「故意」，用腳趾想也明白；還有那賜婚之事，若算起來，楚攸也是半個受害者，但是現在竟成了是他求娶。你看看，這便是不同。

身在高位就是有這點好，就算是自己的錯，也可全然推到他人身上，而皇帝更是如此。

嬌嬌自然也明白這一點，她微笑安撫皇帝。「祖父不須太過擔憂的，其實嫁與楚攸也沒有什麼不好。」

皇帝立時橫眉怒目。「哪裡好？他哪裡好？一個娘娘腔，還是個老男人，就他那個行將就木的歲數，怎麼配得起妳；再說他是什麼身分，妳是什麼身分，癩蝦蟆想吃天鵝肉，朕看他是活得不耐煩了。」

「最關鍵的是他還是個陰沈沈的傢伙，我的嬌嬌比他強上十二萬分不止，這廝絕對是癩蝦蟆。」韋貴妃補充。

嬌嬌看兩人表情和言語，目瞪口呆。

媽的，這就是腹黑的皇帝和韋貴妃，這個時候怎麼像老小孩一般？

再說了，楚攸不到三十就行將就木？祖父啊，您可真是，呃……「善用成語」。

不過看他們這般地厭棄楚攸，嬌嬌也覺得好玩起來。剛開始接到聖旨之時她是錯愕憤怒的，可是隨著時間的推移，她總結了諸多的點，竟然發現，嫁給楚攸也不是百分之百不好，便也釋然了；可今日見這兩位當權者的意思，怕是他們的婚事要再起波瀾？

呃……也不能這麼說，這麼說好像她滿期待似的，其實，她也頂看不上楚攸那個老男人啊。

不過如若現在反悔，反而不美。皇上是個有心思的，這點嬌嬌一早便是知道，可是他們總是年紀大了，自己又是初被找回，許是他們會一時衝動？不管如何，嬌嬌還是開口言道：「祖父。」

「呃？妳也不願意對不對？」皇上連忙問。

「不，我願意。」看皇帝與韋貴妃吃驚，嬌嬌解釋。「我才不過十三，十七、八成親也是可以的，沒有必要嫁得那麼早，有個婚約在身，也算不得什麼；可是如若您現在就取消賜婚，未免顯得太過兒戲，而且外面的人會怎麼想皇家、想祖父您？咱們不能讓旁人寒了心。」

嬌嬌想得圓滿，皇帝更是越發地覺得楚攸配不上自己的孫女兒了，這樣聰慧的女孩子怎麼能嫁給他。不過，嬌嬌說得也有道理，現今，倒不如維持現狀。

點了點頭，皇上沒有再多說什麼。

第五十一章

宮裡一團祥和，季家一片沈寂，而楚家……楚家也沒什麼人，只楚攸一個罷了。

他正不斷地打著噴嚏。

八皇子此時正在楚家做客，看楚攸噴嚏不斷，臉上浮現一絲的笑意。「想來是父皇在念叨你呢，還未恭喜表弟，恭喜表弟得此珍寶。」

楚攸微微哼了一聲，為八皇子將茶倒上。「多謝多謝，只盼著，我這駙馬能順順利利地活到成親。」

此言一出，八皇子忍不住笑了出來。

「父皇總不至於弄死你，他最講究平衡之道，如今你是我這條船上最為能夠維持平衡的主要人物，他會顧全大局的。」這個時候也只有他有心思開玩笑了，真是想不到，季家的秀寧小姐竟然是二哥的女兒。有時八皇子又不禁不感慨命運，如若不是季秀寧表現得太過亮眼，父皇何至於會派人調查，而正是因為這調查結果才有了後續這些事。可要知道，調查季秀寧的可不止皇上一撥人馬，現在想來，真是命運。

「如果有其他更合適的人選，大抵我就要被放棄了，畢竟我和季秀寧可不般配。」楚攸自己都覺得十分不可思議，不過他也想到了另外一個層面。

「還有一件事。」

「何事？」

楚攸認真開口。「咱們的人手還是不行，最起碼能力不是最好。同樣都做了調查，季家沒有查清真相，我們也沒，可皇上的暗衛卻查清了，由此可見，咱們的實力還不夠。」

八皇子點頭。「我也想到了這一點，不過你說，父皇會不會是認為你們查到了真相才會對季秀寧這般好？」

楚攸冷笑。「表哥還真是不瞭解自己的父親，你覺得他的人都是繡花枕頭？皇上的暗衛在各地擁有的管道是我們如何都無法比擬的。」

「正是如此。」八皇子嘆息。

「如果我沒有猜錯，接下來我要陷入無休止的忙碌中了。為了顧全大局，皇上不會毀了這樁婚事，但不會讓我好過是一定的。你沒看今兒早朝，皇上都已經用鼻孔看我了。」

「你都占了大便宜，被用鼻孔看一下怎麼了，一個大男人，何必如此矯情，要我說，我還不樂意呢。我的姪女才十三，你看看你，都二十有八了，將她嫁給你，怎麼著也是我家虧了；再說如若詳細論起來，你還比她長了一輩。你瞅瞅，作為女方的親眷，我們不樂意也是正常。」

「你們這家人真是夠了。」他娘的！當初是誰賜婚的！楚攸幾乎想掀桌了。

八皇子笑。「你可得趕緊收起你這副不情不願的表情，現在這個時候，你就是過街老鼠，人人喊打。何況你自己不都說了嗎，皇上為了顧全大局不會取消婚事，不會取消，你就是佔便宜。你看父皇訓斥你，四哥他們可曾有一絲高興？沒有，因為他們心裡明鏡一般，就算是將你罵得狗血淋頭，你依舊是占了便宜的那個，而我，也算是既得利益者。」

「只看見賊吃肉，沒看見賊挨揍，這就是你的兄弟。」楚攸冷言。

季老夫人被韋貴妃召進了宮，嬌嬌聽說了卻不得相見，雖不知韋貴妃要說什麼，不過嬌嬌想著，這事必然也是為她。好在，季老夫人安然離開，嬌嬌也算是放下心來。

在嬌嬌看來，韋貴妃絕對是個戰鬥力爆表的女強人，雖然她看似溫溫柔柔，但是這裡面有幾分真就不知道了。當然，嬌嬌也沒想研究這麼多，韋貴妃對自己，是切切實實地疼愛，那樣便好，至於其他，嬌嬌自認為還沒有達到聖母的境地，因此，她並不多管。

「嘉祥公主，貴妃娘娘差人過來請您過去呢。」

皇帝自然是雷厲風行的，既然尋回了嬌嬌，便立時將她封為了公主，這嘉祥，便是她的稱號。對這些嬌嬌倒是不甚在意。

嬌嬌明白，皇上和韋貴妃都在竭盡全力地對她好，以彌補在她父親身上缺失的親情，嬌嬌很珍惜他們待她的這分感情。

按理說她該是有自己的院子，但是因著韋貴妃的交代，嬌嬌便直接住在了韋貴妃宮殿裡的偏殿。嬌嬌自己也覺得甚好，如若有一個宮殿，她大抵就不能回季家了。

她身為公主，不住在宮中或者公主府反而住在一介平民的家裡確實是有些不合禮法；可是，凡事總有個例外不是？嬌嬌明瞭，只要皇上和韋貴妃同意，那麼旁人是斷不會隨意胡言的。

「嬌嬌見過祖母。」按照皇上和韋貴妃的意思，既然這嬌嬌是季大郎起的名，那便是最好的，饒是旁的有多好，也不及這個，因此她便又從季秀寧改名成了宋嬌。

季嬌嬌、季秀寧、宋嬌——嬌嬌每每想起自己的名字變化，都要默默望天，總是變換稱呼什麼的，也很容易讓她糾結的好不好！

「快來坐。」韋貴妃笑著將嬌嬌拉到自己的身邊，滿臉的慈愛。

「在宮裡待著，悶了吧？」

嬌嬌搖頭淺笑。「哪裡會，我不過是住了那麼幾日，一切都新鮮著呢；再說了，這裡有祖父、祖母，我倒是覺得有趣得緊。」

韋貴妃笑，嬌嬌細細打量韋貴妃，她年逾五十，保養得極好，若不是眼角那一抹皺紋和眼神裡的滄桑，說她三十多歲也是有人信的。

這時嬌嬌越發地覺得，經歷挫折磨難，委實會讓人蒼老，就算是表現不明顯，但是眼神卻是騙不了人的，如老夫人、如韋貴妃。

「妳這丫頭，真是個伶俐的，這剛住幾日是新鮮，日子久了就無趣了，對不？說話留半分，果然是我的孫女兒，聰慧得緊。自然，也是……季老夫人教得好。」韋貴妃言道。

嬌嬌點頭贊同。「季老夫人確實教得很好。」

韋貴妃聽了，笑著點了點她的額頭，言道：「不過季家的嫡孫季子魚好像沒有什麼天賦，她不難過嗎？」

「不。」嬌嬌正色道：「她並不難受，相反的，她很高興。有好的才華又怎麼樣，她的兩個兒子都有才華，大兒子更是天才橫溢，可是結果呢，還不是死得不明不白。父母對孩子的期許很多時候不見得是出人頭地，而是平安康順。祖母，您說我說得對嗎？」

韋貴妃噗哧一聲笑了出來，而室外也傳來拍掌的聲音。

在宮裡還敢如此，不是皇帝又是哪個，也不知他在那裡聽了多久。

「不愧是朕的孫女兒，果然自有一番見解。」皇帝語氣略驕傲。

韋貴妃卻笑言。「也是季老夫人教得好，之前只是聽說此人，卻不曾相見，今日看了，果然是不同的；許是她自己並不十分出色，但是在教育孩子上，她是成功的。」

皇上挑眉。「寧元浩成功嗎？楚攸成功嗎？齊放成功嗎？嬌嬌聰明，那是因為天資好，是朕的血脈好，與他人有何關係。」往日裡嬌嬌覺得皇上深藏不露，可是自在宮中住了些時日，她覺得，果然是身分大不同的關係，這人竟似一個老小孩。

「您說的，都是少數事件。寧駙馬是什麼樣的人我並不知曉，但是齊放和楚攸算不得壞，只能說，有時候有些事，只是一時想歪，其實還是能扳過來的。誰沒個青春期呢？也不是說犯了一次錯，就要被打死一輩子，釘在恥辱柱上。」

「青春期？」這詞他可沒聽過。

呃？嬌嬌發覺自己用了現代語言，而皇上與韋貴妃又是一臉的問號，遂解釋道：「這個青春期，呃，大體就是孩子與成人間過度期特有的一種以自我為中心的思維、行為模式，他們容易產生反叛情緒，有其自我認同的標準，但往往他們的判斷基準本身就很曖昧，從成年人的角度看來非常扭曲，看起來很滑稽，是其特徵。」

聽了她的話，皇帝笑問：「朕倒是從來都沒有聽過這個說法，再說楚攸現在也不是孩子和成人間的過度期吧？」

「這樣的俗語，您在宮中自然聽不到。他雖然不是在那個過度期，但是他的青春期爆發得晚了些，而延續得又長了些，所以才是現在這般。總的來說，您不覺得楚攸不似前幾年那麼怪了嗎？」嬌嬌揚著小臉問道。

「妳也甭替他說什麼好話了，既然想娶公主，他就不能是個菜瓜。朕琢磨著，將安兒當年的案子交予他，如若他不能查清真相，就沒有能力娶朕的孫女兒。」皇上板著臉言說。

靠！嬌嬌聽了皇上的話，忍不住腹誹，當年都沒有查出來，現在已經過了三十年，您讓楚攸去查，那個時候他還沒生呢。他……呃……嬌嬌在心裡默默為他點了一根蠟燭致哀！

「我配合他調查吧。」嬌嬌建議。

這並非是對楚攸有什麼好感的幫襯，而是單純地覺得自己該這麼做，她占了人家的身體，就要盡自己該盡的責任，調查自己父親當年的案子，這是她現階段最該做的。也不是說不相信楚攸的能力，只是嬌嬌覺得，自己與楚攸的配合還算默契，如若兩人湊在一起能達到一加一大於二的結果，那麼何樂而不為呢？

皇上看嬌嬌認真的表情，緩緩點頭。「好孩子。既然如此，妳就配合楚攸，不管這事牽扯到誰，是活人還是……死人，朕都要知道當年的真相，如若不是如此，安兒何至於受了這麼多苦，又何至於早亡。」

韋貴妃表情也有一瞬間的猙獰，不過卻是開口。「當年你沒有查出，我復出用了近十年也沒有查出，孩子也未必能夠真的找到真相，你也莫要太過逼著她。」

「朕豈是逼她？嬌嬌只是協同調查，楚攸才是正主兒。」

韋貴妃點頭，她也頂看不上那廝，沒有能力，就別想娶公主。

這兩人的意見倒是出奇的一致。

「我也會盡自己最大的努力，這是我做人家女兒該做的。」嬌嬌小臉嚴肅認真。

兩人欣慰地點頭。

「祖父，嬌嬌想向祖父尋個恩典。」

「嗯？」皇上看她，這些日子他們的賞賜嬌嬌雖然表面歡喜，但是並不十分看重，他們明白，這孩子就不是個勢利的，現在聽到她要尋恩典，立時打起了精神。

嬌嬌言道：「我想討個恩典，可以自由出入皇宮。」言罷，又連忙解釋道：「也不須很久的，只要這段時間便可，我想著，既然要查案，難免會涉及到一些事情，大抵也要出入皇宮，所以希望能夠方便些。」

如此要求，皇上自然是同意，不僅如此，他也擔心嬌嬌安危，想著為她撥些人手。然嬌嬌卻言道：「我有合適人選，可不可以讓他來就好？」

「妳說。」

「六扇門有個捕頭叫江城，就讓他保護我吧，他受過季老夫人的恩惠，可以信任。」

「江城？此人如何尚且不知，保護妳不見得妥當。」

嬌嬌解釋。「他人品是可以信任的，而且武功極高。我說句您不愛聽的，您宮裡的人雖然也很能幹，但是如今奪嫡進入白熱化階段，誰有問題、誰沒問題可不見得能知道。也不是說他們一定會害我這麼一個小姑娘，只是若我調查的問題涉及到他們的親眷呢？在會影響到他們的情況下，我覺得，他們不見得不會做些什麼。」

嬌嬌一席話說完，就見皇帝和韋貴妃都是目瞪口呆。

「嬌嬌……果然聰慧。」

嬌嬌也不藏著、掖著。「我說得都是實話，當年父親都能莫名其妙被人運出宮，可見宮裡不是固若金湯。」

皇帝眼色幽暗，緩緩回道：「正是有那前車之鑒，這宮中再也不能有人行些不軌之事。不過妳提到的這個江城，沒有問題，稍後朕會將他調過來。」

嬌嬌反駁。「如若真是再也不能有人行那不軌之事，二公主之事又怎麼說呢？可見，天底下沒有真正的固若金湯，有的只是您所以為的固若金湯。」

呃……嬌嬌說完看著再度陷入深思的皇帝，覺得自己有些說多了。如若是尋常人家的祖父、祖母，她這般說自然無礙，可是這是皇上啊，她怎麼一時之間又大放厥詞了呢，嗚嗚！

「朕果然是在位久了、年紀也大了，有些事，竟是不如妳一個孩子看得透澈明瞭。」

「我是旁觀者清。」嬌嬌撓頭。

次日。

金鑾殿。

聽著皇上的宣佈，眾人不敢低聲議論，只心裡腹誹，再看那楚攸，心裡又多了幾分同情，看來……這廝的日子，還有得磨呢！

而楚攸已經預見到皇上的刁難了，不過調查三十年前的案子……，楚攸心裡苦澀。為何皇上會在這金鑾殿上宣佈，重新徹查三十年前皇太子的案子？為何會啊？

「臣遵旨。」

「嘉祥公主會協助你調查，不過你是刑部尚書，如若全然指望一個女子，那麼朕便要重新審視你這個刑部尚書稱不稱職了。」

楚攸負責調查三十年前皇太子離奇失蹤案，而新出爐的小公主嘉祥公主協助調查，眾人雖然為楚攸默默點蠟，不過倒也是有幾分羨慕；雖說案子的難度高了些，但是能和公主在一起，怎麼著也算是培養感情了，就算是將來查不到真相，只要公主磨一磨，說不定這事也會不了了之。

旁人如何想楚攸並不在乎，他只想著，這次怕是又不能善了了。可是，這次的調查也不見得不是一個契機，一個將來能徹查林家案件的契機。

他現在倒是十分希望，自己能夠查出真相，這宮中齷齪之事頗多，不管怎麼查，都是查不到八皇子身上的，那是自然，彼時他的姑姑還沒有進宮，這事自然是和他們無關。

如若案子牽扯了旁人，最好是……已故皇后，那麼便有趣了。

這事如若細說起來，皇后也確實是嫌疑最大的人。她貴為皇后，可是她的兒子卻不能被封為皇太子，哪個女人能甘心呢？

這麼想著，楚攸打起精神來，或許，他真的能得償所願洗刷冤情呢！

韋貴妃為嬌嬌安置了兩位大宮女，青蓮、青音，這兩女都是有功夫的，原也是伺候在韋貴妃身邊。

「青音，妳去與祖母說一下，我要宣楚攸進宮，不合計一下，如何能夠破案。」

「是。」

不多時，青音歸來，面色有幾分變化。

「出了什麼事？」嬌嬌也沒在她們面前隱藏自己的本性，本就是自己的大丫鬟，要一直伺候自己的，如若天天演戲，未免太過疲累。

青音微微一福，回道：「啟稟公主，剛才奴婢按照您的吩咐去求見了貴妃娘娘，當真是巧了，楚大人也遞了牌子要見您呢。」

這算是……心有靈犀嗎？青音不確定地想著，卻不敢多言，她很確定，皇上和貴妃娘娘是不會喜歡這樣的詞的。

楚攸得到通傳進宮面見公主，心情真是有些怪異，曾幾何時，他們還算是能在一起插科打諢說話的人，如今小丫頭竟然一躍成了小公主，還是個受寵的小公主，真是讓人覺得怪啊！

「微臣……見過公主。」

這短暫的停頓讓嬌嬌察覺出了楚攸的一絲不對勁，不過別說是楚攸啊，便是她自己都覺得有點怪的說。

「起來吧。」兩人相對無言，須臾，嬌嬌咳嗽了下。「那個，我們按照正常的相處方式就可以，不需要太過謹慎。」

「我懂。」楚攸也不客氣，直接坐下。

「我這次過來主要是想和妳研究一下當年的皇太子失蹤案，我翻看了一下卷宗，卷宗裡可用的東西很少，不過我想，妳應該也看一下。」楚攸將自己手中的卷宗遞了過去，青蓮連忙接過，轉而交給嬌嬌。

這卷宗委實有了些年限，嬌嬌看著已經枯黃的卷宗，翻開。

嬌嬌看得認真，而楚攸坐在那裡卻不說話，只悠閒喝茶，對兩人這番交往狀態，彩玉和鈴蘭是清楚的，但是青蓮和青音則是有幾分迷糊。然這兩人也是在宮中浸淫多年，自然也是經歷過些事的，各自將心底的疑惑按了下去。

也不過一炷香的時間，嬌嬌將手中的卷宗放下，她看楚攸，言道：「可用的線索很少，隨著時間的推移，現在看來，幾乎算是沒有。」

楚攸點頭。「當時在場的人只有那麼幾個，口風一致地都說皇太子落水了，皇上也逐一調查過，基本上每個人都被用過刑，也調查過他們身邊的親人，可是他們全都言稱不知情。因著此事，當時這幾個目擊者和其家人被悉數問斬，如此看來，人證已經徹底沒有了。」

嬌嬌皺眉疑問。「當時調查這個案子的人還在嗎？」

楚攸笑。「自然是在的，那個人可不就是祝尚書嗎？我已經去見過他了，此事事關重大，他倒是也沒有什麼隱瞞。據他所說，當時不光是他，皇上還派了暗衛調查，兩幫人馬，卻仍是沒有查清，當時宮中幾乎被掘地三尺，也曾考量過是否是被帶出了宮，可是守衛宮牆的不止一人，如說所有人一起串供，也不可能。當時大家普遍的認知是，皇太子必然是被誰害死了，藏住一個死了的孩子，總是比藏一個活的容易。」

嬌嬌看著卷宗，開口。「我覺得，我們該從幾個方向調查。一是當年宮牆的守衛，當時孩子失蹤宮中立時警戒起來，我猜測，一定是那天就被帶了出去，所以父親失蹤當日的所有城門守衛都要調查，有一個查一個，總歸是不會全都死了。二是當時祖母宮中的所有宮人，如若不是熟悉的人，斷不可能做得出這種事。三是將宮中所有經歷過此事的老人集合，看看大家在那天有沒有發現什麼異常，一絲也可以。最後一點，將前三項迅速查完，我們去一趟父親的老家，我要知道他小時候的情形、他身邊有什麼人，既然他與那個青梅竹馬是一起長大，必然能夠有一些蛛絲馬跡。」

聽她說完，楚攸點頭。「與我想的一樣，不過我倒是沒有想到第三條。這宮中之事，還要多勞妳費心了，我就算是刑部尚書，對後宮也總是不甚瞭解的；妳卻不同，我相信，韋貴妃會給妳最大的幫助。」

「不！」嬌嬌清冽地言道。

「呃？」楚攸不解。

「不是幫我，而是幫自己，我們每一個人都是在幫自己。」對於韋貴妃而言，只有覺得自己為此事盡了心力，她才會少幾分的傷心。

嬌嬌是明白她的，這個堅強的女人斷不會與他人有相同的想法。

楚攸直愣愣地看著嬌嬌，許久，臉上浮現出一絲的笑意。「我最是喜歡妳這點，犀利。」

嬌嬌也是笑。「就算你喜歡我，想娶我也不是那麼容易的。」

聽到這個，楚攸還真是心有戚戚焉，自從季秀寧進了宮，皇上是一天照三頓飯吡他。不管是什麼，反正他是哪兒都不對了。

倒不是說他真心戀慕嬌嬌想娶她，只是這肉都放他碗裡了，要是拿走，總覺得是自己虧了啊！

當然，這廝也就只敢在心裡這麼想想，如若是敢和嬌嬌說，就算她不是公主，呃，楚攸也可以預見比較悲慘的未來了。對楚攸來說，嬌嬌是戰鬥力不可小覷的一個奇女子啊！

「所以，任重而道遠啊！」

「楚攸，刑部尚書，總不是那麼好當的。」嬌嬌認真言道。她的言下之意很清楚，便是沒有她這個事，他的刑部尚書之位也未必好當。如今皇上是因為她在為難楚攸，可是照嬌嬌看，這些為難倒是不傷大雅，最起碼，是全然沒有惡意的。

「為了讓微臣能夠走到最後，臣就此告辭，如若公主有了什麼進展，還望聯繫楚某。」

「自然。那個，雖然男女大防，但是怎麼著你也算是我的未婚夫，而且，咱們還共同查案，該來的時候也甭客氣啊，隨時歡迎。」嬌嬌開著不大不小的玩笑。

楚攸眼光瞄到那個自他進來就盯著他的江城，勉強露出一個笑容。「這廝是在監視我嗎？我這麼光明正大地進來，能做什麼不好的事。」

聲音很低，只有周圍幾人能夠聽到。

嬌嬌捏著小帕子掩嘴笑。「你不被信任也是正常的，看臉就不是好人啊。」

「公主還真是直言。」楚攸抄起卷宗，這是要走人了。

「這是我的美德。」嬌嬌一本正經言道。

噗！幾個丫鬟內心都噴笑了，再看那位準駙馬，果真是經歷過大場面的人啊，完全沒有一絲的驚訝。

「公主……公主的美德還真多。」楚攸勾起嘴角，笑得若有還無。

「那是自然。」

兩人雖然說的話聽起來很正常，但是話裡的小刀子卻颼颼地互飛。

話不投機半句多，楚攸覺得，如果自己再繼續待下去，肯定會被氣得吐血吧。

言一聲告辭，楚攸立時離開。

青蓮、青音哪裡見過兩人相處，均是暗自感慨，看來，自家的小公主也不是什麼省油的燈啊，外界傳聞十分給力的楚大人都能被氣走，可見這是多麼凶殘的一個妹子。

當然，她們也沒覺得這是因為身分的緣故，如若是這樣，那麼你看彩玉和鈴蘭哪有露出一絲異樣，可見本就是如此，既然這樣，貴妃娘娘也該放心一些了。

「走吧，我們去見祖母。」韋貴妃宮裡的老人，她一定都要見一見，否則她是怎麼都不能安心的，就是不知，那些人還剩下幾個了。

按照楚攸的說法，當年為了這事也是死了不少的人，而這些人大抵都是韋貴妃身邊負責照顧小皇子的人。

果不其然，聽了嬌嬌的話，韋貴妃沈默了一會兒言道：「說實話，當年的老人，除了幾個本宮極為重要的心腹，幾乎都死了。」

「祖母能給我講講嗎？事情隔得太過遙遠，我們只能如此調查了。」

韋貴妃點頭。「當年安哥兒失蹤，所有的目擊者都是我派去伺候他的人，我根本不信什麼化為仙童的話，這事必然是有貓膩，當時皇上已經徹底地查了，卻並無一絲線索。這些人家都被悉數抄斬，沒有留下活口，當時我也是懷疑我身邊人的，這事外人根本不可能做到，可是幾番調查下來毫無線索；再後來，太后看著宮裡實在是亂得不成樣子，命我不准胡鬧，說是既然成仙，那是好事。我終於絕望，於是將自己關了起來，不再見人。」

「可是宮裡不是有暗衛嗎？他們什麼也查不出？」

韋貴妃又點頭。「奇怪就奇怪在這兒，所有人，大家都是一絲線索也沒有，縱使當時死了很多人，可是依舊找不到線索。其實我當時是有懷疑過皇后的，可是沒有證據，一絲的證據也無。我把自己關了二十年，這二十年，沒人知道我過得是什麼樣的日子，也正是這二十年讓我明白，自己斷是不可能嚥下這口氣，於是，我走了出來。這次我沒有明目張膽地調查，反而是私下謹慎調查，然而讓我吃驚的是，當年在我宮裡那些服侍的人，已經全都死了，因為各種各樣的原因，全都死了，如若說這裡面一絲貓膩也無，我怎麼都不能信。」

「那太后呢，她為什麼不讓妳調查，她會不會是知情人？」嬌嬌提出自己的懷疑，雖然，她知道這個懷疑太過脫離現實。

韋貴妃看她，認真道：「不會。想來嬌嬌還不知道吧？我是皇上的表妹，太后，是我的親姨母，她不會害我，只會幫著我。」

嬌嬌只一回想便想到了當初江城與她說過的話，確實，太后是韋貴妃的姨母，按道理，她是該向著貴妃，而非皇后的。這麼一想，嬌嬌又有幾分無可奈何。

「他們都因為各種各樣的原因死了？」

韋貴妃頷首後繼續開口。

「他們不可能全部串通，可是既然全都死了，也必定不是偶然，我倒覺得，一定是其中一個或者兩個有問題，將所有人都弄死，完全是為了掩蓋這兩個人曾經是內奸的事實。楚攸雖然討人厭，但是查案子還是有些能力的，要不然也不至於這麼年輕便扶搖直上，這次有妳幫襯，只希望能快些找到真相。」

「我們都會盡自己最大的能力來找出真相。」嬌嬌拉著韋貴妃的手，笑言。「祖母，外面天氣不錯呢，不如我們去外面轉悠轉悠？」

韋貴妃笑著同意。

說起來，這皇宮內院嬌嬌還沒怎麼轉悠過，她挽著韋貴妃，兩人在御花園中閒逛，這個季節御花園已經沒有什麼好的景致了，不過兩人心情倒是不錯。

兩人正逛著，卻見一素衣女子站在樹下，雙手合十，狀似祈福。

「只願貴妃姊姊能夠早日找到那歹人，也希望小公主能夠為父報仇。」這人正是許多年都不曾見過的薛青玉。

嬌嬌不置可否地撇嘴笑，這麼多年了，她還真是一點長進也沒有，用的招數都是從前的，當真以為旁人都是傻瓜了。

韋貴妃連理都不理她，拉著嬌嬌逕自走過。「走吧，回去祖母幫妳召集人，妳來處理。」

嬌嬌巧笑，她都能看明白的，韋貴妃這種在宮中生活多年的人怎麼會看不出薛青玉的小伎倆。如若是破案之類的問題，韋貴妃不如他們，但是若是論起宮鬥，嬌嬌覺得，怕是宮中不見得有韋貴妃的對手。

薛青玉看她們毫不理會地走開，心中惱怒，不過卻仍是只能這麼看著她們的身影，猶自氣惱。

而已經走至遠處的韋貴妃問道：「妳與她是相識的？」

嬌嬌笑著應道：「可不是嗎？這位麗嬪，可不是什麼簡單的人物呢，如若她得了權，怕是不會輕易饒了季家。」

對於這點，韋貴妃並不知曉，不過麗嬪的大姊是季二夫人，她又為何有這樣的想法呢？這麼想著，韋貴妃便問了出來，嬌嬌自然是不好講得太過明顯，只簡單幾句，然韋貴妃倒是也懂了。

只是現在薛青玉不可能有什麼機會上位，她們自然也無須理會她，還是專注於當年的案子才是。

第五十二章

按照嬌嬌他們的認定，楚攸與她進行了分頭調查。

楚攸這邊並沒有找到什麼線索，提起當年的事，大家都是印象很深，可是如若說起這孩子是怎麼被帶出去的，他們又全然不知道。

待楚攸來到宮中，與嬌嬌兩人四目相望，看到了彼此眼中的失望。

「什麼線索都沒有，也沒關係，我們去父親的老家看看吧？我想，也許我們可以透過他小時候身邊人的一些蛛絲馬跡，找到更多的線索。」嬌嬌先開口。

楚攸點頭。「就這麼定了，不過……妳確定皇上會讓妳和我孤男寡女的一起離開京城？」他似笑非笑地，皇上怎麼會允許，怎麼會！

嬌嬌挑眉，做出與楚攸相似的表情，有幾分調侃。「孤男寡女？你想太多了好嗎？我是有保鏢的啊！至於你，我也不相信你一個人都不帶。」

楚攸哼哼兩聲，不再言語。

嬌嬌微笑。「怎麼？看樣子你很失望啊？哦，我明白了，你是很想和我獨處的，對不對？」

這個時候楚攸脹紅了臉，一點也不似年近三十的老男人，他瞪嬌嬌。「妳一個女孩子，怎麼可以這麼講話？」雖然她一向都有些大膽，但是也不能這麼說啊，讓人聽見，有失閨譽。

「楚大人這個時候倒是開不得玩笑了，不過你放心好了，這裡的人，都是可靠的，如若這事傳了出去，也是好查。」嬌嬌這話說得明瞭，楚攸霍然明白。

他怎麼就忘了，這季秀寧，呃……嘉祥公主是個什麼樣的人，她是不會吃虧的，說話做事也極有分寸，她敢這麼說，那便是對此事不甚在意；而且照她的性格，沒有理由僅僅是開一個玩笑，他狐疑地上下掃視嬌嬌。

嬌嬌被他的謹慎逗笑。「我偶爾也是會開一點玩笑的，楚大人莫要想得太多。」

「這倒是不像妳的性格呢。」楚攸看不遠處嬌嬌寫的那些紙張，站起來走了過去。

這些全是嬌嬌對事件的分析，還有她畫的案情分析圖。許是教育體制下的產物，嬌嬌是很喜歡將東西落在書面上，每一步都寫得清清楚楚，把所有可能的線索、已有的線索都寫出來，然後交叉判斷，看有沒有什麼更多的可能性。

楚攸拿起紙張，見上面寫著密密麻麻的字，而周圍則是錯綜的線條，他自然是一下子就明白了嬌嬌的意思，這也是嬌嬌最喜歡和他交涉的一點，不需要過多解釋，兩人在這方面都算是靈光。

「妳這個方法甚好，能更加地綜觀全域。」看上面寫著皇后、玉妃、清妃……等一干人等的名字，楚攸轉過身看嬌嬌。「妳還真是什麼人都敢懷疑。」

嬌嬌不以為然。「不是懷疑，是將可能涉及其中的人羅列出來，也並非說她們就是那個幕後黑手。楚尚書，您未免想得太多了。」

「究竟是我想得多還是公主妳想得多，咱們仁者見仁。說起來，韋貴妃得寵的時候，宮中妃嬪還真是不多呢！」楚攸暗暗將嬌嬌這個方法記了下來，許是以後也能用得上，真是不錯的方法。

「自然不多，如若再多，我們可真是有得查了。」

「咦？妳怎麼將太后也列了進來？她不該有問題吧？」楚攸看到太后兩字，覺得自己有點被雷劈到了，這丫頭這麼懷疑自己的老祖宗，真的沒有問題嗎？

嬌嬌看他疑惑的眼神，言道：「我只是寫出所有的可能性，又不是懷疑她，你這麼吃驚作甚？如若你當時也在，現在一定也被我列出來了。」

楚攸被噎住了，他現在越發地覺得，這來了京城的嘉祥公主性子越發地活潑了，倒不是說是因為成了小公主，皇長孫女，之前還沒有這身分的時候，他也覺得她更活潑了幾分，許是，那時長輩們都不在身邊？

有點說不出個所以然，但是楚攸的感覺卻越發地強烈，怎麼說呢，這似乎是只可意會不可言傳。

「你幫我看下，這裡可是還有什麼遺漏？」嬌嬌認真討教。

楚攸也不含糊，兩人靠在一起，認真地研究起來。

見兩人這般，幾個丫鬟對視一眼，默默又將眼神別開。她們倒是好說，可苦了在門口偷看的小太監，這廝是來喜打發來的，專門負責盯著楚尚書。

但是，楚尚書和嘉祥公主靠得這麼近，真的好嗎？

雖然也是有婚約的，但是這樣據實稟報上去，小太監覺得後背一冷，皇上必然會生氣的啊！嗚嗚，他怎麼會攤上這麼一個苦差事。

果不其然，皇上聽說楚攸和嘉祥公主靠得近，又是一通大發雷霆，小太監都被殃及池魚罵了，他委委屈屈，果不其然啊！他就知道，這是一個苦差事，如今，他只盼著這兩位快些出宮。

而楚攸在第二日果然再次受到了皇上的訓斥，那是罵得一個狗血淋頭。

眾位朝臣都默不作聲，這老爺子看不上孫女婿，便是尋常人家都是可以打罵的，皇上這樣權勢滔天的人，自然更是可以不管規矩了。

大家也都明白，如若上天再給皇上一個機會，他必然不會將自己的孫女兒許給楚攸，如今不過是不能直接悔婚罷了。皇上顧全大局不能啪啪打自己臉，他楚攸就得不管遇到什麼事都受著。

聽說楚攸要和嘉祥公主一起去南方，眾人都是默默為他掬了一把同情淚。

你啊膽兒也太大了啊。

人家本就不待見你呢，你還敢拐帶小公主一起「私奔」，啊不，是出去查案。都說皇上訓斥你，就你這樣，不訓你訓誰啊！

「宮中可用的線索幾乎沒有，目前最大的線索便是在南方。」楚攸也不含糊，他都是為了「公事」。

皇上瞇眼看楚攸，似乎想看出他是否別有企圖，好半晌，言道：「准了。」

「啟稟皇上。」宋俊寧大聲出列。

眾人俱是看向他，但是他倒是一絲尷尬也無。「臣請旨，輔佐嘉祥公主和楚尚書一同調查此案。」

「哦？」看他主動提出要跟著，皇上露出一抹笑容。「准。」

有個「長輩」看著，也是好事，不然單單只有這個楚攸，他如何能夠放心。

退朝之後，楚攸與小世子兩人站在長長的臺階前互相對視，這氣勢簡直是要決鬥有沒有！

「小世子如若跟著，可要多帶些人手，以免出了什麼亂子，楚某擔當不起。」冷冰冰的小刀子。

「之前季秀寧是我的外甥女，如今她是我的姪女，我自然是要好好保護好她，以免讓有些歹人鑽了空子，孩子年紀小不知道人心險惡，我這做長輩的，可不能不管。」你有刀子我有箭，我戳！

楚攸笑容可掬。「瞧小世子這話說得，若是真的說起來，嘉祥公主的能力還在小世子之上呢！小世子保護她？您可真會開玩笑。」

「哼，她是很聰明，不過在看人上，還差得遠呢！如若不是這般，又怎麼會與一些小人為伍。」

「確實是的。」楚攸上下打量小世子，眼神深邃，表情有幾分贊同，不過卻偏是給人一種感覺，他這分贊同，是認為小世子也是小人。

不管旁人如何想，小世子是這般做的，他看著楚攸，越發地氣結，又想到這廝是個恬不知恥的傢伙，與他鬥嘴委實有些降低格調，於是他一甩袖子，招呼不打，逕自離去……

「還真是個孩子呢……」楚攸喃喃自語。

旁人見此情景，一臉黑線。

兩人這番對話不多時自然也是傳得宮中皆知，嬌嬌聽聞，並不當做一回事，這兩人互相對付也不是一、兩年了，安啦！至於說小世子跟著他們去南方，她也並不覺得是壞事，多個人，多分力。

鈴蘭是有幾分不解的。「小姐，您為什麼不和楚大人悄悄走啊，這麼大張旗鼓地在朝堂之上請旨，就不怕其中有幕後黑手，然後人家早作打算？」

嬌嬌看她，微笑搖頭。「我卻覺得，這事正好呢，如此大張旗鼓地說了出來，眾人的眼睛都盯著那一處，幕後黑手又怎麼會動手腳呢？便是他想，也不敢肆意為之，我們要的，便是打草驚蛇。」

「呃？」鈴蘭有幾分不懂，嬌嬌也不解釋，只是笑。其實，這事旁人不須懂得，只要她和楚攸知道自己在做什麼就可以了。

而楚攸，果真是刑部的一把好手。

嬌嬌這次出門身邊的大丫鬟只帶彩玉和青蓮，沒有帶太多人。彩玉熟知她的生活習性，青蓮武功好，如此便可；如若說再有旁人，便是江城這個保鏢。

楚攸那裡，卻只有楚攸一人，他也帶了一個護衛小隊，但是裡面並沒有他身邊得力的幾個副手。

這是兩人心照不宣的默契。

他們走了，要的便是打草驚蛇，這廂他們可以仔細調查皇太子幼時身邊的人物；而另外一邊，花千影、李蘊、李蔚他們則是緊緊地盯住了京城各家的動作，只待察看，到底是誰會因為這事亂了手腳。

一箭雙鵰，卻是好計。

嬌嬌這邊宮裡正在準備，那邊楚攸也並沒有耽擱，只認真地交代三人。「李蘊，你負責刑部日常工作，無須管得太多。李蔚、花千影，你們兩個則是將人手分散開，我要知道誰狗急跳牆。」

「是。」

「另外通知鳳仙兒，讓她換個身分化名周婉容進來儀閣。」

幾人頓時呆滯了。周、周婉容？這是已故皇后娘娘的名字啊！大人這是鬧哪齣？

楚攸但笑不語，若有所思。

甭管楚攸打什麼主意，他們並不知曉，也無從得知，幾人只須領命便是。

不管大家怎麼想，或者是想了多少，這三人小組的出門計劃卻已經敲定，他們講究的便是兵貴神速，也無須找什麼宜出行的好日子，準備妥當了，便出發。

眾人趕路極快，嬌嬌為了方便，一身男裝，騎馬而行，兩個丫鬟也是如此。

看嬌嬌一身男裝，小世子愣愣地看著她，只覺得她氣質不凡。

楚攸看他表情，皺了下眉。

「小公主這般穿著，如玉公子一般，楚某甘拜下風。」楚攸笑言，調侃嬌嬌。

嬌嬌在打嘴仗上又哪裡吃過什麼虧，她微笑言道：「楚大人便是要比，也該找那顏如玉般的女子。」這是暗指楚攸是男生女相的美人兒呢。

「若說顏如玉，小公主才是當真的如玉美人啊。」楚攸略顯輕佻的笑，這不光是與嬌嬌鬥嘴的緣故，也是故意氣在一邊瞪他的宋俊寧。

「你夠了喔，當我們宋家沒人了啊，竟敢調戲我的姪女，是可忍，孰不可忍。」小世子果真不樂意了。

嬌嬌笑咪咪的，小世子的性格還真是衝動單純咧。

「世子這是說哪兒的話，楚某並無多餘的想法，可切勿以小人之心，度君子之腹。」

「你說誰小人？」小世子怒。

楚攸望天。「不過是比喻罷了，世子少安勿躁。」

「他娘的！」

眾人目瞪口呆中……這兩人是三歲孩子嗎？哪有這樣的，作為兩個成年人，這樣打架真的好嗎？真的好嗎？

嬌嬌看兩人一個怒氣沖沖，一個似笑非笑，扶額打圓場。「事情因我而起，委實不好意思。堂叔，楚大人，我們還是快些趕路吧，莫要在這些小事上耽誤時間。」

見嬌嬌如是說，小世子輕哼一聲將頭別過，而楚攸則是略微垂首。

幾人都極為著急趕路，也基本不太停留。

不出幾日，已經快到目的地了。

楚攸看著嬌嬌略顯疲憊的小臉，堅持提出要停下來休整半日，這個時候小世子倒是難得地能和他站在同一陣線，自然，他這麼做的原因也是看嬌嬌的臉色不好。

到底是養在深閨的女子，便是經過些鍛鍊，可是這麼急地趕路，也是吃不消的。

嬌嬌看他們兩人堅持，也只得同意。其實自從出了京城，很明顯，是嬌嬌在主導全部的人，按照她定的時間趕路，原本楚攸和小世子也不多言什麼，畢竟他們都是男子，並不覺得這有什麼難的，可是看她越發地疲憊，兩人都強硬地不同意起來，如今他們是起得比雞早，睡得比狗晚。

「妳好好休息下。」楚攸將水遞給嬌嬌，嬌嬌接過喝了一口，往不遠處望去，那裡有一條小溪。

「我洗把臉去。」她想早日破案，因此快馬加鞭地趕路，但是如今看來，自己果然是有點吃不消的，嗚嗚，錯誤地估計了自己的抗疲勞能力。

想到穿越之前看過的武林外傳，嬌嬌想起了佟掌櫃的故事裡有一集她變得超級亢奮，話說，她也弄根人參吃吃？

呼呼！只怕那時她得再度流鼻血。

胡思亂想完了，嬌嬌起身就要去洗臉。

即便距離很近，楚攸也是不放心她。

「我陪妳過去。」楚攸與嬌嬌一同往河邊走。

小世子立刻就要跟上去，江城奇怪地看他。「人家未婚夫妻培養一下感情，你跟著幹啥？沒看彩玉姑娘都沒跟著嗎？」

江城這廝真心沒有什麼心眼啊，他這麼一說，小世子臉色尷尬嗆道：「都是未婚了，自然是不能亂來，我們自家人可不能讓別人騙了。」

他奶奶的，你這麼說真的好嗎？誰敢騙嘉祥公主啊？

小世子抬腿就要往那邊走，他的心腹終究是沒忍住，拉住了他。「世子，您、您跟著委實不妥啊；再說，也不是很遠，咱們在這邊也是能看見的。」

淺言之，您跟上前確實不太好啊，在這兒盯著也一樣的，同樣能看到兩人的舉動，如若楚大人有什麼不妥，您再衝過去也沒有關係。

小世子就如同獵犬一樣緊緊盯著楚攸和嬌嬌的背影，彷彿要把兩人的後背看出一個洞。

楚攸這人感覺甚為敏銳，便是不回頭，他也能感覺到小世子那如炬的目光。

微微淺笑，他低聲言道：「看來您這位年紀不大的堂叔對妳可是十分地關愛，如果眼神能殺人，估計我早死一萬次了，當真是嚇人啊。」雖是這麼說，但是語氣裡可全然都是調侃，哪有什麼害怕可言。

「如果眼神能殺人，你以為你還用得著世子下手嗎？」皇上、韋貴妃、季家的人，誰會饒了他，這廝怎麼就看不清楚形勢呢？

呃！楚攸點頭道：「確實。」

兩人坐在溪邊，秋風拂面，他們的髮絲微微揚起，好一幅動人的畫面。

楚攸望著翻過一絲漣漪的湖水，言道：「再有兩日大抵我們就要到了，只希望，一切順利。」

嬌嬌並不看他，垂著頭，語氣輕快。「就算沒有線索，我相信，只要我們願意，總是還會有許多人浮出水面的，這點倒是要感謝楚大人的足智多謀。」

兵分兩路，這是楚攸想到的。他們這邊鬧些動靜，京中才會有人動作，打草驚蛇，要的便是這點。

「我始終堅信，這天底下就沒有不透風的牆。先前妳已經見過那些老人了，如若真的知道內情，他們自己心裡未必沒有琢磨。當年林家那樣被追殺尚且有不止一個人逃出來，我就不信，這麼大的事，都涉及到皇太子了，竟然沒有一個人知道，滅口總也不至於是全部。」

嬌嬌點頭贊成，只要做過，就會留下痕跡，這是必然的。

「其實，我們還可以有後招，拿我做誘餌其實是最好的方法。」嬌嬌轉頭看向了楚攸，表情裡有幾分的神秘。

楚攸看她，轉瞬，鄭重搖頭。「不行，妳想都不要想，這樣太不安全了。」

嬌嬌了然，與明白人說話就是這點好，不用拐彎抹角，也不用費心解釋。

「為什麼不可以？」

「我可以用，妳卻不行。我是孤身一人，怎樣都可以，要的是最大的利益；可妳不同，妳有許多的親人，妳就沒有想過，一旦妳出事了，別說那兇手能不能活，就是我們這些跟來的人，又有什麼活路呢？這事我斷不可能同意，再說，也許涉及當年這事的人已經死了呢？」

嬌嬌很肯定地道：「就算是當年的幕後黑手死了，我也要查出所有的一切，更何況，她的幫手一定還在。其實我們都知道，下手的人一定是後宮之人，若沒有利益上的牽扯，哪裡需要這麼做；而這事又只是一個人能做到的嗎？就算那人是皇后，也不可能讓皇上查不出來，所以我的意見是……」

「聯合作案，家族幫忙。」楚攸接話。

嬌嬌點頭。「確實，我就是這麼想的。」

楚攸沈寂不語，他撿起一塊石頭，扔到了水中，水面泛起一絲漣漪。

「可是妳又確定，自己要驚動這平靜的水面嗎？如若涉及到的家族不能動呢？」楚攸語氣平靜，不過在問這個話的同時，也在想著其他的問題。

「你又怎麼知道，皇爺爺不想驚動他們呢？我們只消查案就好。」

嬌嬌說完，就看楚攸看她，呆在那裡。

「怎麼了？」嬌嬌有幾分不解。難不成是太過危言聳聽，楚攸有點吃不消？不至於吧，那是楚攸呀，心裡素質超強的楚美人。

嬌嬌咬唇，她其實也挺討厭自己這一點的，總是在別人面前講些大道理，這樣，總是給人感覺太過賣弄造作。道理又不是只有你懂，就你巴巴地說，有意思嗎？這麼想著，嬌嬌在心裡給自己劃了個大大的叉，批註——改！

「當然，那些也都是我自己的揣度，事實如何，也是不一定的。皇上是天子啊，天子的想法，哪裡是我們這些凡人可以揣度的？或許，皇爺爺偏偏就是故事裡那樣嫉惡如仇的人呢？」

楚攸總算是轉過頭看她了，似笑非笑地「哦」了一聲，呃，用的是二聲。那樣子，分外地詭異。

嬌嬌翻白眼。

第五十三章

季大郎原本的青梅竹馬喚作玉娘，如今已然是中年婦女，再看她的孩子，也和嬌嬌差不多大。

因著之前韋風在這裡留了人，嬌嬌他們直接找來，玉娘沒有意外。

「家裡有客人，你們都出去做活吧。」玉娘叮囑自己大大小小的幾個孩子，玉娘的丈夫並不在，據說是出去做工了。

嬌嬌一身男裝，玉娘就這般地盯著她，許久，言道：「小郎君、小郎君定是大郎的孩子。」

他們還未介紹，玉娘便能一眼認出自己是季大郎的孩子，想來，自己應該是與季大郎比較像的，抑或者是說，這玉娘對他的記憶十分深刻，有著感情。

「姑姑過得可好？」嬌嬌清清脆脆地問道，待她開口後，玉娘便立時察覺這是個女娃兒。

而嬌嬌也不曉得該稱呼玉娘什麼，想來想去，大抵上，叫「姑姑」也是比較妥當的吧。

玉娘嘴角囁嚅幾下，又看周圍的人，這次她的視線放在了喉嚨的位置上。

「原竟是小娘子，快坐快坐。」玉娘言道，有幾分的手忙腳亂，也虧得嬌嬌等人趕路比較急，風塵僕僕，並不精緻，否則大抵玉娘會更加地緊張。

先前趕路的時候嬌嬌便發現了，這裡雖然都是一個國家，而這個國家是她所不知道的，但是就如同現代一樣，各地也是有些方言，稱呼什麼的，也略有不同。

嬌嬌打量她，按理說，玉娘該是比韋貴妃小一輩的人物，可是如今看來，竟是似乎比韋貴妃還老，臉上皺紋頗多，而兩鬢的白髮也已凸顯。

與此同時，玉娘也在打量嬌嬌，看了一會兒，言道：「小娘子長得真像妳爹。」

「姑姑當年是怎麼與爹爹失散的？」嬌嬌站起身坐到玉娘的身邊，握住了她的手。

想到這事，玉娘立時便紅了眼眶。「一切都是命，一切都是命啊！當年家鄉遭災發了水，我們本是要一起走的，結果我因著失足落入水中，他為了救我也跳了下來，待我被救起之後才知曉，他的屍身沒有找到；我也想隨他而去，可是我還有娘親，那時我兄弟年紀又小，如若我也去了，我娘和我兄弟哪還有什麼活路。後來、後來也為了安定，我便嫁給了孩兒他爹。」

嬌嬌聽了，眼眶也跟著紅了幾分。

「看我，說這個幹麼，徒惹小娘子傷心，想來，妳爹對妳娘很好吧？」玉娘的表情有幾分說不清，道不明的情緒。

嬌嬌點頭，不過卻也傷心言道：「可惜，他們都是沒有福氣的，哪像姑姑如今，兒女承歡膝下。這人的一輩子啊，無須過得多麼富足，只要有安定的家，和睦的親人便是最好。」

「可不正是這個道理，小娘子被教得很好呢。」

楚攸、宋俊寧、江城站在一旁，玉娘也不好只與嬌嬌說話。「三位小郎、小郎君也坐。」

楚攸長得太美，玉娘遲疑了一下，然看他喉結，也知曉這是男子。這女眷本是不該見外男的，然鄉下粗野之地，規矩總是放鬆許多。

「姑姑，想來姑姑也大體能夠猜到一二的。其實，父親本是大家公子，卻被人拐走流落到了這裡。」

嬌嬌拉著玉娘的手，也不避諱其他三人，繼續認真言道：「實不相瞞，姑姑，我這次來，便是想詢問些父親小時候的事情，我聽說，您是與他一起長大？」

玉娘點頭，孩子是娘心頭掉下的一塊肉，這感覺她如何不懂，抹了抹眼睛，她直言道：「上次那位大人來的時候已然問過了，可是、可是有什麼不妥？當時他還拿走了我訂親那塊玉。我本也是不欲給他的，別看我這些年過得艱辛，可是我一直都沒有將此物當掉，想得也是也許有朝一日，大郎能夠回來，便是不回來，我也有個東西可念。但他說，他是大郎的親人，說是大郎的母親已經找了大郎三十多年了，只盼著能用這個證明一下。我也是有孩子的人，我受不住……」說著，玉娘哭了起來。

嬌嬌也掉淚，小鼻子哭得紅紅的。「姑姑，上次您見那人，是我的表叔，他不是騙您的，他是父親的表弟。」又指了指宋俊寧，嬌嬌繼續言道：「這是父親的堂弟。誰能想到，我竟會重新找到自己的親人。」

「能幫到你們就好，能幫到你們就好啊。」玉娘繼續哭。

「姑姑，父親如今已經不在了，可是當年將他偷帶出來的歹人卻沒有被找出來，也許，這人也已經作古了，可是不管怎麼樣，我都不能讓父親死得不明不白啊。您不知道，我祖母因為失了孩子，將自己關在佛堂二十年沒有出來，便是出來了，也是用盡了力氣只為找出當年的真相……」嬌嬌將頭靠在玉娘的胳膊上，哭得慘兮兮。

玉娘看她這般，心疼地將她攬在懷中。「乖，乖啊。不哭，妳不哭！可憐的妮子，妳想知道什麼，妳想知道什麼姑姑都告訴妳。」

嬌嬌淚眼婆娑地點頭。

「姑姑，您講講你們小時候的事吧。父親家中都有什麼人呢？他是如何來到你們村的？」

玉娘仔細地回想，言道：「那日那位韋公子走了，我又仔細地多想了想，也不知道是否於你們有用，只盼著，將那偷孩子的歹人抓到，這樣的人販子才是最該沈塘。」

嬌嬌心有戚戚焉。

「小時候？小時候大郎便是跟著季伯伯和季伯母的，他還有個弟弟二郎，也就是普通尋常人家，並沒有什麼特別。季伯伯對大郎不太好，但是對二郎倒是很疼愛，其實大家都知道，大郎、二郎都不是季伯伯的親生兒子。季伯母是寡婦，這兩個孩子都是季伯母帶來的，大郎長得俊俏，人雖然不太愛說話，但是也是個能幹又心腸好的。」玉娘回憶陳年往事，似乎想到了什麼有趣的事，面色上也輕快許多。

「我記得那時，大郎常與我說，他夢到自己小時候是住在一個極為華麗的地方，吃的用的，都是好的。不過他娘就說，那是他的臆想，時間久了，大郎也不在意了。我還打趣他，說那定然是他的前世，前世裡，他是有錢人家的哥兒呢。竟是不想，那原不是前世，就是今生。」

玉娘正在講述，就聽外面傳來喊聲。

「娘……」玉娘的小兒子呼呼地跑了進來，看門口的侍衛，有幾分瑟縮，低聲扭捏道：「舅舅又送阿婆回來了。」

玉娘立時支楞起耳朵，也不顧嬌嬌他們在，便衝了出去。

院子裡，一白髮老嫗拎著個小包袱，髮髻凌亂，她看著自己女兒，登時落淚。「玉娘……」

「阿姊啊，妳弟妹近來身體不太好，沒法伺候娘，我且將娘送回妳這裡住幾天，妳看可好？」中年男子一臉奸猾相，也不管自家姊姊和老娘如何想，直接就將人扔下要走人。

玉娘氣得胸口不斷起伏。「你、你、你這渾小子……娘養在你那裡，我每月不是都給你銀錢？你接銀子的時候什麼都好，接完了銀子，便又不管咱娘，你到底有沒有良心？」

中年男子嘿嘿笑。「阿姊，妳給那點銀子又能做什麼，左右姊夫做工勤奮，賺得多嘛！」

這話說得頗為無賴，嬌嬌雖坐在屋裡，但是透過半開的窗戶還是察覺出了一二。撇了一下嘴角，她嘟囔。「真是小人。」

「我告訴你，這是最後一次，往後，我不會再將娘親送到你那裡，我也不會給你什麼銀錢，你姊夫勤奮賺得多，賺得多我們孩子也多，以後娘我自己養，用不著你。」玉娘嗓門大，口不擇言。

然這男子倒是也習慣了，根本不當一回事，只嘿嘿笑著離開。他自有自己的盤算，他是兒子，只要缺錢了，就可以將娘接回去，誰敢阻攔，便是自家阿姊也是不可以的，總歸是出嫁的女兒；將娘接回去，他便有理由要錢，不給，不給他就折騰老貨，看誰心疼！

見他得意離開，玉娘氣得再次流淚。「娘，您別難過，以後您跟著我，就算他找來，咱們也不跟他去了……」

老婆子倒是雙眼無淚，淚水早就讓兒子氣乾了，還有什麼淚。

尋常人家哪有不重視兒子的，倒是不想，她這些年的慣縱，竟是養出這樣一個白眼狼；如若不是為了有銀錢給他娶妻，玉娘何苦嫁給一個中年喪妻的鰥夫膠續？

「是娘的錯，是娘的錯啊！」老婆子喃喃。

「阿娘，家裡有客人呢。」玉娘的小兒子倒是個機靈的。

玉娘恍然想到，連忙扶著自己娘進門。

「娘，來，您也進來，您看看這小娘子像誰？」玉娘指著嬌嬌問道。

老婆子倒是不想屋內有這些人，又想到自家的家醜被看到，有幾分羞愧，再聽女兒之言，她細細打量嬌嬌，搖頭道：「看不出啊，果然是人老了。」

玉娘落淚。「她是大郎的女兒啊。」

「大郎？」老婆子驚詫。

再一細看，果真是有幾分像。「季家大郎，季家大郎……他竟是還活著？」老婆子激動。可見，對季大郎，她也是有感情的。

嬌嬌起身微微一福。「家父已經去了七年了。」

「七年，大郎是個沒福氣的，這年紀輕輕的……我就說這老天爺不公平，我這該死的，總是不死，那不該死的，卻早早去了……」

玉娘也連忙安慰自己母親，安慰之後，又解釋嬌嬌來歷。聽說季大郎是個這樣的來頭，老人竟是並不十分驚訝的樣子。「我當年便說，大郎不是那如娘的孩子，如今看著，竟是真的。」

雖然玉娘和季大郎是青梅竹馬，但是那時畢竟玉娘也是個孩子，所知有限。上次韋風來，所見也只是玉娘家人，她娘還在兄弟家，因此並不知曉。

嬌嬌看她知道得更多，而且按照她的年紀，自然該是知曉更多，便殷殷地看著她。「阿婆，您給我講講吧。我爹當初被人從戒備森嚴的家裡偷了出來，我祖母三十年來不能安寢，好不容易盼著終於找回了阿爹，可是阿爹也不在這麼多年了。現在我們不求別的，只求找到那作惡之人。」

老婆子聽了點頭贊同。「這作惡的，必沒有好下場。當時如娘出現在我們村的時候，我就說，這小娘子不似正派人，可他們卻沒人信我，端是看她是個顏色好的；今日想想，倒是叫我說對了。當時這如娘自稱是從家鄉逃難過來的，領著兩個孩子，一個大郎、一個二郎，說是丈夫死了，家裡逼她嫁給有錢人家換錢；那時可是把我們村子裡那些爺們氣著了，紛紛表示讓她住下呢，後來也不過半年，她就嫁給了季獵戶。當時看著，如娘對大兒子好些，季獵戶更喜歡小兒子些。」

「那她小兒子呢？」

「死了，死了啊！這世道，可不就是如此。說起來，自從如娘嫁給季獵戶，他們家條件也是很好的。據說如娘出門的時候帶了些銀錢，這可是極大地幫補了季獵戶，大家都說季獵戶好運氣，不過他好像卻不太高興，大家問啥也不回。季獵戶性子不好，時常打人，對她並不好，但她倒是忍著，大家都說她性子好。哦對，她針線功夫極好，我曾經偶然看她繡過一次東西，當真是巧奪天工，再也沒有比這更好的了，當時極為驚訝，不過卻再也沒見過。她都對外人說自己不會，可我看過她手上的繭子，那必然是長年做繡活兒留下的，我們鄰裡鄉黨十來年，她極力想表現得和我們相同，不過卻也總有些怪。」

阿婆自然知道得多，想來也是，從天而降一個與他們截然不同的女人，她自然是會更加地關注，甚至關注到一些細枝末節。

嬌嬌抓住幾個關鍵字，繼續問道：「那您為什麼覺得父親不是她親生的呢？明明她待父親更好不是嗎？」

「哎呦，也說不好，就是一種感覺，等妳當了娘就知道了，那就不是當娘的對自己兒子的感覺，捨不得打，捨不得罵，還不是溺愛那種，反正就是一個怪。」

阿婆連續兩段話用了兩個「怪」字。嬌嬌皺眉，可見，這人確實是與尋常人不太一樣的。

「那您記得她大概的長相嗎？」楚攸問道。

「好看，不過也不是那種好看得不得了那樣的，肯定不如妳，不過她總歸不像個農婦，我還懷疑過她是逃家出來的小妾呢？但日子久了，又覺得不是，她哪裡像小妾，她是讀過書、認過字的。」

聽老阿婆這樣說，楚攸也並沒有介懷，自然，按照阿婆這個年紀，給如娘做什麼外貌描述也不現實，時間太過久遠，她的年紀太大，下意識裡會美化如娘，這些都是必然因素。

嬌嬌明白這個道理，不過讓她描述特徵還是可以做的。「那阿婆，您說她還有什麼特徵呢？就是很顯著那種，能讓您記住的。」

老阿婆搖頭。「這個可記不得了。」

一個沒有任何特徵的人，還真適合將皇太子帶出京城。她覺得，便是有幕後黑手，也並非隨便選人。

「那您和她家都成親家了，就沒發現她家的一點異樣？」

老阿婆仔細想了起來。

「阿婆，您好好想想。」嬌嬌滿眼的期盼，老阿婆也擰眉更加仔細地想了起來。

「呃，對。如娘，如娘這個名字，我知道她的姓。」

嬌嬌一聽，來了精神，她雙眼亮晶晶地問道：「她叫什麼？」

「她姓曲。有次孩子們在玩，不知怎地說到了學曲，說是唱曲兒的妮子就該叫曲妮兒，有人喊了聲曲妮兒，她當時錯愕地回頭呢！當時我就留心了，那時大郎、二郎來我家玩，我故意問過他們曲妮兒，兩人竟然都說好像在哪兒聽過。」

回驛站的路上嬌嬌感慨，這次也多虧了玉娘的母親，如若不是她講了這許多，他們怕是還什麼線索也沒有；可是如今卻不同了，說起來，有時候有些事真是冥冥之中自有定數。

想來不光是嬌嬌這般想，連楚攸和小世子也有這樣的想法。似乎，合該就是嬌嬌來的時候才能見到老人家。

「其實現在我們的線索已經很多了，曲妮兒，刺繡好，溫柔，很多線索都是可以看得出來的，我們只須小心謹慎地查證便好。我要和你們討論的問題是我之前提過的，要不要對外宣稱我們找到了大證據，我帶著證據先行回京，這樣他們一定會全力搶奪。你說他們會不會中計？」嬌嬌將手撐在臉蛋旁，認真地詢問這兩人，之前她就與楚攸談過這事，楚攸是不同意的。

小世子哪裡肯同意，楚攸也是一樣。

兩人都沒給嬌嬌什麼好臉色，這丫頭也太大膽了有沒有！

也不是一絲證據也無，完全可以走穩妥的路線慢慢查證，她倒好，偏是要劍走偏鋒，兩人自然是不樂意的。

「如果我們所知道的這些並不足以調查出真正的黑手呢？又該如何？」嬌嬌也是有自己的考量。

小世子還要再勸，楚攸倒是冷笑起來。「我說不行，就是不行，妳就算是公主也不行，這裡還是我說了算，妳不過是來配合我的。」

媽的，楚美人你要不要這麼高冷。嬌嬌默默無語。

「楚攸這人雖然挺討厭，但是這次他說得對。」真是太難得了，這兩人竟是站在同一個陣線上。如果沒有第一句話，楚攸大概會更高興些。

嬌嬌一直覺得自己這個主意很好，但是看楚攸連搭理都不搭理她，直接往回趕路，不禁有幾分的惆悵。癟癟嘴，嬌嬌默默地將多餘的爭辯嚥了下去。

在他們的隊伍中，雖然嬌嬌看似是主導，但是因著侍衛都是楚攸的人，而且他確實是主要的調查人，因此關鍵的主意還得他拍板決定。

連皇上都沒有想到，幾人這麼迅速，說起來也是，去的時候嬌嬌著急，回來的時候楚攸著急，如何能不加快步伐，一旦這丫頭再出什麼么蛾子可怎麼辦？

以身做誘餌什麼的，真的不是最愚蠢的做法嗎？

嬌嬌一回京就被韋貴妃宣了過去，而楚攸和小世子則是被皇上找去。

韋貴妃仔細檢查嬌嬌，見她除了略顯憔悴，並沒有什麼大礙，皺眉有幾分不喜言道：「這個楚攸真是的，本宮將妳交給他，他就不能放慢些行程？一點都不知道體諒妳，看這小臉兒，都瘦成什麼樣了，真是不知道心疼媳婦。」

嬌嬌撒嬌地挽住韋貴妃的胳膊。「祖母，您有沒有覺得，我瘦下來顯得更加好看了？」

韋貴妃嘴角含笑，作勢打了她一下。「妳這丫頭，慣是喜歡胡說，我倒是喜歡妳略顯豐腴的樣子，女孩子家的，略豐滿些，顯得有福氣。」

嬌嬌搖晃她的胳膊，才不肯承認胖是好看呢。

「我都跟在祖父和祖母身邊了，自然是最有福氣的，福氣多得不得了，哪裡還需要胖瘦來加持，如果我沒有福氣，當年就不會遇見老夫人，現在也不會找到你們。」

看她將話題轉開強辯，韋貴妃失笑。「妳可真是個鬼靈精。對了，今晚皇上會在宮中設家宴，到時候妳幾個叔叔也會來，妳進宮這麼久了，怕是所有人還都沒有認全吧，今日正好也是一個機會。舟車勞頓的，妳且回去好好休息一下，晚上祖母要看到一個光彩奪目的嬌嬌。」

「好。」嬌嬌回答得乖巧。

其實她有些想祖母，呃，就是季老夫人還有季家的人了。

「祖母，明日我想去季家轉轉，好不好？我都很久沒有見到他們了，也不知道他們過得好不好？」嬌嬌一臉期待。

韋貴妃倒未反對，如若她反對，顯得頗為小家子氣，更何況，她是很感謝這麼多年來季家為嬌嬌做的。平心而論，如若她處在和季老夫人相同的位置上，她未必能夠做得這麼好。

「去吧，不過妳也注意些安全。」

韋貴妃是全心全意地對嬌嬌好，嬌嬌感動地點頭。嬌嬌將腦袋枕在韋貴妃的腿上，呢喃道：「祖母對我真好。」

「傻丫頭，剛才還誇獎妳是個鬼靈精，這會兒就開始冒傻氣了，果然還是個孩子。妳是我的親人，這世上值得我對他好的人已經不多了，我只盼著，我的嬌嬌能夠平安康健地生活，我不對妳好還能對誰好？」韋貴妃摸著嬌嬌的頭，眼中閃過幾多受傷，雖然轉瞬即逝，但還是被嬌嬌看到了。

她一怔，隨即有幾分明白。是啊，雖然現在韋貴妃和皇上看起來極為恩愛，可是有時候有些裂痕一旦出現，那就再也回不到從前，無論如何都回不去了，宋俊安已經成了韋貴妃心上一輩子都拔不出來的刺。

「我會對祖母好的。」嬌嬌直起身子，認真地看著韋貴妃言道，那小模樣認真極了。

韋貴妃笑。「嬌嬌是個好孩子。好了，快些回去休息休息吧，晚上怕是未必那麼簡單。」雖然是笑，不過韋貴妃提到那些皇親國戚，眼中冷了幾分。

嬌嬌自回歸以後並沒有見過大家，皇上沒提，她自己自然也不多言。如今在這個時候讓嬌嬌見眾人，她總是覺得有幾分不對勁。

韋貴妃算是她最親近的人之一，雖然對別人來說，她是心計多、深不可測的貴妃娘娘，可是對嬌嬌來說，她只是對自己很疼愛的祖母。

「祖母，祖父這樣做，可是有什麼緣由？這個時間段，略微詭異啊！」嬌嬌意味深長地說。

看她這般，韋貴妃笑。「這是一個頂好的時間段，妳只要按照自己正常的樣子表現就可以了，至於旁的，這不需要妳操心。妳也放心，我們是怎麼都不會把妳放在火上烤的。」

嬌嬌嘟唇。「我哪裡是擔心這個，我是在想，祖父選擇了我調查回來的時候讓我露面接風洗塵，是不是要利用這件事做什麼？故意讓那些人懷疑我查到了什麼？呃，也不對。」

嬌嬌顰眉自言自語，韋貴妃委實無奈。「妳這丫頭，就是愛多想，趕緊給我回去休息，我都說了，這事不消妳管，妳只要打扮得美美的，乖巧可愛地出席就可，旁的哪是妳需要操心的？青蓮，伺候妳家公主回去休息，舟車勞頓的，她還多想，這丫頭黑眼圈都出來了。」

「是，奴婢知道。」青蓮伺候嬌嬌回房。

一通洗漱之後，嬌嬌神清氣爽。

「小姐果然還是年輕，看您不過是洗了個澡就又恢復過來了。」青蓮言道。

「小姐都瘦啦。」鈴蘭嘟唇。這些日子不見小姐，現在見她消瘦幾分，鈴蘭是打心眼裡心疼。

嬌嬌看幾個人都圍著她，笑言。「我睡一覺就好了。呃，晚上青蓮和青音陪我一起去赴宴好了，彩玉，妳一路跟著我，也是疲憊，早些休息，其他事情讓鈴蘭負責。」

「是。」

將幾人分配好，嬌嬌滾到床上。「哪裡都沒有自己的床舒服啊！真舒服。」

青音笑著解釋。「鈴蘭姊姊說您最喜歡曬被子的味道，我們知曉您要回來了，已經將被子曬過了呢。」

現在已是深秋，只有中午的時候陽光好，嬌嬌笑嘻嘻地道謝，惹得青音幾人都不好意思起來。

嬌嬌將腦袋埋在被子裡，自己嘀咕，記得原本沒穿越的時候，她看過一個微博啊，叫做

「消滅小清新」，其中有一句說到了曬被子的味道，曬被子的陽光味，其實是烤死的螨蟲的味道，嚶嚶（注）！

不過，就算是這樣，她也很喜歡啊！

嬌嬌窩在被子裡像豆蟲一樣蜷在一起，彩玉等幾個丫鬟見了，魚貫而出，不敢擾了這一室的安寧。

嬌嬌確實有些累，洗了澡也更加深了睏意，她迷迷糊糊地想著晚上的宴席。

希望晚上一切順利，可不要出什麼事情才好……

她現在是如是想，卻不曉得，竟是一語成讖。

呃，其實是烏鴉嘴了……

注：嚶嚶，即低泣或輕細低語的聲音。

第五十四章

傍晚，鈴蘭為嬌嬌打扮，嬌嬌是鵝蛋臉，大眼睛，就算用現代的審美習慣看，也是個小美人胚子，在古代不流行錐子臉的情況下，她更是顯得俏麗可人。

嬌嬌選了一身玫紅的裙裝，如若往日，她並不喜這般鮮亮的顏色，但是今日卻略有不同，她第一次出場，總是要閃亮一些的，這一身玫紅更是襯得她嬌豔。

「公主，今晚大抵所有王爺還有家眷都會到，貴妃娘娘交代我了，如若您有什麼疑問，問奴婢便可，這些人奴婢都是知道的。」青音年紀不大，看起來也單純，不過嬌嬌知道，這一切都是表相啊表相。

嬌嬌點頭說好。

嬌嬌是與韋貴妃一同出席的，韋貴妃看她打扮，點頭笑。「我還以為妳這丫頭又要把自己弄得素淨呢？」

嬌嬌嗔道：「這可是我第一次鄭重出場呢，自然要耀眼出現，祖母您看可好？」她拎著裙襬在韋貴妃面前轉了一圈，然後微微半蹲行禮，如同一個舞者。

韋貴妃也作勢細細打量，吩咐道：「青楓，妳去把本宮那支翡翠碧玉簪拿過來。」

取過來後，韋貴妃將簪子為嬌嬌別好，微笑打量。「嗯，如此才是相得益彰。」

嬌嬌靠在韋貴妃身邊低語。「紅配綠，賽狗屁。」

如果生在現代，大抵韋貴妃是要對嬌嬌說一句熊孩子的，不過這個時候倒是不可能，她只是微微一怔，隨即在嬌嬌身上打了一下。「妳這孩子，怎地就學這些粗俗的，妳且來看，是不是清新可人小美女一枚？」

嬌嬌也是逗韋貴妃的，她笑咪咪點頭道：「祖母眼光最好。」

「妳呀，慣會說嘴。」

看天色已晚，嬌嬌揚著小臉問韋貴妃。「祖母，咱們什麼時候過去？」

韋貴妃看一眼天色。「我們陪妳祖父一起過去，讓他們等著便是。」語氣雖低，但是其中的冷凝卻有幾分女王味道。嬌嬌在心裡伸大拇指，讚！

嬌嬌知道這不是自己的錯覺，似乎只要提到那些所謂的宗親，韋貴妃就會表現得冰冷幾分。嬌嬌猜測，許是之前在找尋皇太子的事情上，他們也沒起什麼好作用吧。

「皇上駕到……」

聽到通傳，兩人接駕。

皇上看嬌嬌打扮，笑著點頭。

皇帝將宴席安排在福相宜。

「這是……」嬌嬌看三個龍飛鳳舞的大字，有些錯愕。

皇上點頭笑。「福相宜三字確實是當初的季致遠狀元所題，據說嬌嬌素來擅長模仿季致遠的字，不知比起此字，妳的字又是如何？」

這話若是旁人說，嬌嬌自然是會覺得是在找事，但是皇帝倒是沒有必要的，他只是單純地好奇。
「嬌嬌雖自小學習季大人的字，但是終究是難以入骨，形似神不似罷了。」
皇帝看一眼嬌嬌，言道：「其實妳學字的時候應該有自己的習慣，而不是全然的模仿。」
嬌嬌微笑。「我其實滿喜歡寫父親的字，這樣也沒有什麼不好，人總是不能太完美的。」
皇帝一聽，吹鬍子瞪眼睛。「我宋家的女孩兒，自然是完美的。」
這家人真是自戀到一定程度了，韋貴妃想著。
待皇上抵達，眾人自當參拜。
嬌嬌打量一番，倒是不獨男子，還有不少的女眷。
「平身吧。」
「謝皇上。」
「今日雖是給嘉祥接風洗塵，但是也是借這個機會讓大家都見見，畢竟都是自家人，免得出門的時候對面不相識就不好了。」皇上威嚴地坐在上首位置。
嬌嬌與韋貴妃分坐其兩側，雖說是兩側，但是還是稍有些距離的。
既是第一次見面，嬌嬌自當起身參拜眾位叔叔伯伯，鑒於人物眾多，她只微笑福下，倒是給人端莊靦覥的感覺。
眾人也是第一次見這位小公主，說起來，確實有幾分像韋貴妃，不過卻比韋貴妃柔了許多，整個人輕盈俏麗，一雙大眼亮晶晶的，甚有神采，小梨渦也是隨著笑容若隱若現，兩個孩童般的髮髻只別了一支碧玉簪子，雖知曉她已然十三，但是卻是一副小女孩兒的單純模樣，是個討喜的娃娃。

這時大家大抵又有幾分明白皇上的意思了，如若自家的閨女、孫女兒這般單純可愛，也是不想許給楚攸那樣的人的，絕對不想，楚攸可不是什麼好人。

不過雖是這樣想，眾人也不胡言，只微笑誇讚小公主。皇上失而復得，就算她不可愛，面目可憎，這個時候他們也要說好話，更何況，如今這小公主看起來還是個討喜的。

不多時，這宴席便是熱鬧起來，嬌嬌吃得不多，她只安分地靜坐在那裡，聽著上下一片恭維，而青音則是盡職地低聲為她講述每一個人。

皇帝的兄弟，也就是她的叔公有三位，安親王、梁親王、瑞親王，而他們的家眷也都俱在。安親王自不用說，嬌嬌早早的時候便見過，她還曾喚過王妃外祖母。

梁親王則是與安親王相反的類型，整個人瘦小精幹，若說起來，這位還真不像正統的皇室成員，在一干俊男靚女裡也顯得尤為突出，不過他的王妃確實為極美的大嬸，按照如今的年紀看，也是比許多小姑娘強，可見年輕的時候是多麼動人，真是詭異的組合啊！

最後則是瑞親王，說起來嬌嬌已與瑞親王有過幾次交手，不過卻並沒有見過他的廬山真面目，原來，瑞親王也算是冷傲大叔一枚。嬌嬌與他的視線對上，若有還無地笑了一下，就見瑞親王擰眉，不過嬌嬌可不管他怎麼想，她只消知道，這人並不與她同一陣線，一個似敵非友的人，該要多多注意。

而瑞親王妃則是給人平易近人的感覺，與身邊的安親王妃說話極為快活，偶爾用帕子掩嘴微笑一下，十分具有親和力。

「瑞親王妃看起來好溫柔。」嬌嬌將視線放在她身上，原本她懷疑這人是林雨，可是既然楚攸說了，林雨是死在他的面前，那麼嬌嬌便明白，她不可能會是林雨。

「瑞親王夫妻很恩愛的，這麼多年，瑞親王都沒有納妾，被京中的女子奉為好男人的代表呢。王妃也是個溫柔的，京中許多貴婦都與其交好，人緣極好，不過她倒是並不太出門，也鮮少露面。」青音言道。韋貴妃將青音安排在嬌嬌身邊便是有這層意思，讓她能夠幫襯嬌嬌，青音對皇親國戚、王公大臣都極為熟悉。

嬌嬌聽了沒有什麼反應，反而將目光放在了剛上的一碟甜點上。

見自家主子感興趣，青蓮連忙為她挾至小碟之中。嬌嬌嚐了一口，酸甜的感覺讓人覺得有些不同，她笑著言道：「這甜點真好吃。」竟是類似與現代藍莓慕斯一樣的東西，這也是令她覺得奇怪的原因。

青音回道：「這道甜點的方子也是瑞親王尋來的呢，說是在外地遊歷偶然得知。」

嬌嬌心中驚訝，不過卻沒有表現出來，看那藍莓慕斯，嬌嬌微微垂首，之後又笑言。

「瑞親王倒是個有心人，不過看瑞親王的外貌，還真不怎麼能看出來。」

青音嗯了一聲，回道：「正是。」

嬌嬌沒有再問這些，看向了其他人。

大皇子是皇后所出，不過先天不足，沒有滿月就去了。二皇子是嬌嬌的父親，也已經不在了。三皇子是個傻子，每天瘋瘋癲癲的，自然也不會出席。四皇子是皇后的嫡子，嬌嬌望過去，見他肖似其父，五官硬朗，一看便是不苟言笑之人。至於五皇子，賢妃所出，資質有限，不過也汲汲地吸納人才，希望能夠抗衡老四、老八，在奪嫡大軍中脫穎而出。六皇子早夭，七皇子則是最為本分膽小的一個人，據說平日裡最喜歡刻木頭。嬌嬌囧。

老八便是楚攸的表哥，相比於老四的魁梧硬朗，他偏斯文一些，算是儒雅男子一枚。至於老九，據說母親是個小常在，生他的時候難產死了，皇上後來將他過繼給了膝下無子的梁親王夫妻做兒子。至於老十，他還是個和季子魚一樣大的十一歲小豆丁（注）呢！

聽青音介紹完，嬌嬌默寒，雖然孩子生了不少，但是如今真正有實力角逐皇位的，委實不多。

看完皇子，嬌嬌又將視線放在了這些皇子身邊的女眷上，雖然皇子與自家媳婦兒沒有坐在一起，但是青音是個很好的幫手，她根據每個人的衣著簡單地為嬌嬌進行了介紹，嬌嬌也仔細地觀察了每一個人，心中暗暗記下這些人的特徵。

皇上的兒子多，女兒倒是不多，除了已經故去的大公主、二公主、便只有三公主和四公主還在了。三公主遠嫁暹於國，四公主則是寡婦一枚，現今冷冰冰地坐在那裡，誰人也不搭理。

嬌嬌低言。「四姑姑看樣子人緣並不太好。」

青音似乎怕皇上聽見，以更低的聲音道：「正是，四公主結婚當日駙馬喝酒猝死，所以四公主對眾位親眷意見很大。」

嬌嬌點頭，這點她能理解，如今也不過是大略知道個梗概，具體每人的情形，嬌嬌還是打算回去再詳細詢問的。嬌嬌正想著，就聽有人開口了。

「皇兄，算起來，我也是嘉祥公主的叔公，這你不心疼孩子，我可是心疼的。好端端地，你讓她往南邊跑什麼，這一來一回的，可不累壞孩子了。」梁親王開口，嗓音略大，與他消瘦的外形極為不符。

皇上微笑。「也是這孩子自己孝順，非要為她父親做些什麼，不過她能去調查也是好的，朕哪裡還能信得過別人，當年的案子一日不明，朕實在難安。想到那人必然是宮中顯貴之人，朕竟是覺得，人人都有可疑之處。」

靠！嬌嬌迷糊了，皇上大老闆說話不是應該一句話繞三個圈，讓你去揣摩意思的嗎？這麼稀鬆平常地說出來，還暗指他們都有嫌疑，真的沒問題嗎？

「刑部尚書楚攸少年人才，且與嘉祥公主有婚約在身，如今讓他調查，最好不過，想來他也定然能為皇上分憂。」梁親王繼續開口。

嬌嬌瞇眼看著兩人，她怎麼覺得，這兩人是在一唱一和呢？

「楚攸算什麼少年人才。呸！那麼大歲數了，他好意思自稱少年嗎？再說了，如果連這樣小小的案子都調查不好，他好意思自稱刑部尚書嗎？他有能力做到刑部尚書這個位置上嗎？朕已然說過，此事不查清楚，他就夾著尾巴滾回家，別給朕待在刑部，還想娶公主？作他的大頭夢。」皇上年紀不小了，這些年說話也是越發地武斷，無所顧忌。

注：小豆丁，意指小孩。

看皇上對楚攸的痛斥，眾人均是將視線投向了嘉祥公主。小公主嘴角四十五度角上揚，十足一個精緻的小娃娃，如若是知曉小娃娃心裡想什麼，他們大抵是要吃驚不已的。

嬌嬌聽著皇帝的話，只覺得想笑，怕是劇本裡本來沒有這句臺詞吧，瞅瞅下面的梁親王，錯愕了有沒有？再看其他人，震驚了有沒有？

楚攸，你還是自求多福吧！

「咳咳，皇上，至於當初皇太子失蹤一事，您有介懷也是應當，臣等自然是不怕調查的，只希望，能夠早日地找出那幕後歹毒的黑手。」梁親王這是試圖將劇本掰回來呢。

不過她也明白皇帝的意思了，他是在和梁親王作戲，就是不知，這戲中要套住的，是哪一位了，總歸不可能是自己。

「臣等也隨皇上調查。」眾人跪下。

嬌嬌依舊沒有多餘表情，還是那般地微笑，果然呢，原來要這樣的結果啊，不過，又有什麼用呢？

「咦？你們在幹什麼？有吃的耶！」

眾人正在表忠心呢，就看一個中年男子在門口探頭探腦，笑嘻嘻地衝了進來。

門口的侍衛竟沒有攔住他，這也導致他直接衝到了離門口最近的十皇子的桌邊，直接用手就將糕點塞進了嘴裡。

「三哥搶我東西……」十皇子尖叫。

我勒個去！魔音穿耳。

嬌嬌明瞭，這人定是那個傳說中的神經病三皇子了，不過神經病不是該管制起來的嗎？嬌嬌疑惑地望向了皇上，卻驚訝地看見他眼神裡一閃而過了什麼東西。

三皇子身手倒是挺靈敏，直接將十皇子的吃食塞到了自己的嘴裡，又去搶其他人的。

「快、快按住他！」皇上似乎氣極。

老四、老五、老七、老八、老九等人俱是衝了上去，除卻幾人，還有侍衛。幾位親王倒是沒有動，總歸是長輩，還要顧忌些形象的。

誰想這老三也不知道是不是真的躲避習慣了，竟是滑不嘰溜地一一躲過，他也不管那些人，直接就扯住了離他最近的安親王的鬍子，惹得安親王嗷嗷叫。

這麼一看小世子不幹了，那他親爹啊，他也加入了戰局。

一時間，嬌嬌真是不忍直視。

三皇子奔著吃的，他們奔著三皇子，就見東西亂七八糟地散落了一地。像是八皇子這樣裝那啥穿白衣服的，立時變成了花衣服，七皇子則是被咬了一口，五皇子更慘，鞋都掉了，四皇子似乎會些武藝，算是幾人之中唯一沒有被弄得灰頭土臉的人。

「讓你搶我吃的……」十皇子直接就將旁邊桌上的一個大碗公直接丟了過去，這是意在砸三皇子，誰想三皇子及時閃躲，這東西硬生生地砸中了七皇子，他立刻昏迷倒地不起，碗裡的湯撒了周圍的人一身……

看眾人這樣，三皇子拍掌笑。

皇上陰著臉坐在上首看著，也不說話，不過卻是小眼神冷颼颼的。

韋貴妃趕忙吩咐人將七皇子扶走救治，另外也制止了在一旁表演尖叫的七王妃。

三皇子還真不是會武功，會武功尚且有章法，他是沒有任何章法，完全是憑藉自身靈活的實力，抑或者，呃，就是胡攪蠻纏多了的戰鬥力。

十皇子先前砸中了自己的七哥，這次又要尋找新的東西砸人了，就見他吸取了上次的經驗教訓，不拿大碗公，直接將盤子拿了起來，好歹，裡面是沒有湯的。

「嗖」地丟了過去，這次砸中了老八，還好，人倒是沒暈，不過也一個踉蹌，他捂著自己的肩躲到了一邊去。

「老十，你老實點待著，你到底是幫忙還是添亂。」皇帝終於忍無可忍了。

老十委委屈屈地站在了最外圍。

嬌嬌坐在上首看得津津有味，不時地還感慨兩下，看小太監、皇子接二連三的戰敗，侍衛不得靠前，嬌嬌簡直想伸大拇指，這是什麼樣的節操啊！

雖然現場看起來十分混亂，而皇上又似乎有被人打斷了好事的便秘感，但是還是掩飾不了這一齣戲的喜劇效果。

嬌嬌也不笑，不過看她略微有些抖動的肩頭，便可知她忍得有多勉強了……

終於，老四一個使力，從身後抱住了老三，幾個人衝了上來將他按住，再看現場，那個，菜市場有這裡這麼亂嗎？身上滴著菜湯均有傷痕的，都是身分高貴的皇子？

嬌嬌望天。

「快，快將老三給朕弄下去，這都是什麼亂七八糟的，他究竟是怎麼出來的？你們都是豬嗎？」皇上暴跳如雷。
三皇子倒好，被眾人綁了起來，順勢倚在了四皇子身上，全然一副挺屍狀。
嬌嬌再次感慨，真是神經病啊，完全無所顧忌，別說皇上了，就看四皇子那越發掩飾不住抽搐的嘴角，嬌嬌也知道他心裡是多麼暴躁。
再看眾人身上那一身的菜湯，嬌嬌有些不確定地想，這該不會變成他們的噩夢吧？
「起駕，回宮！」皇上看著這煩亂的一切，直接一甩袖子，起身回宮。
這是眼不見心不煩啊！眾人解讀。
韋貴妃見狀也起身。「今兒略有些意外，不過總歸都是家裡的事，大家都是一家人，想來也不會太過計較。不管是皇上還是本宮，都不大希望聽到什麼不好聽的閒言碎語，你們，懂嗎？」韋貴妃嘴角噙著笑，不過眼神卻淬著冷冰，這句「懂嗎」，頗有些意味深長。
「臣等自然明白。」在場的都是宋家的人，說出去丟人嗎？這三傻子怎麼就跑到這來了，臥槽，真是點兒背（注）。
「如此便好，你們都是明白事理的，本宮也無須多言。嘉祥，跟本宮回去。」
嬌嬌哎了一聲，連忙跟上韋女王。韋貴妃果然是有氣場的，而且氣場爆棚。
兩人順著宮中的青石臺階往回走，一陣秋風吹過，嬌嬌微微露出笑容。
韋貴妃大抵是看見了她的表情，言道：「妳笑什麼？」
嬌嬌俏皮地抬頭。「笑好笑的事啊。祖母，我們要不要過去看看祖父？呃，我想，他應

注：點兒背，意指運氣不好，遇到倒楣的事。

該挺鬱悶的。」也不知他跟梁親王商量了怎樣的對策，可是全部都被三皇子給搞砸了啊，還有雪上加霜的十皇子，哈哈，想起來就想捶地笑有沒有！這皇家竟然比普通人家八卦還多。

韋貴妃也露出幾分笑意。「既然妳有這個心，那咱們就去看看他吧，不過倒是不用去御書房。」

「呃？」嬌嬌不解。

「想來，皇上必然是先回了本宮那裡。走吧。我們一老一小，正好開解開解他。」

韋貴妃說得對，兩人回宮便見皇上等在了那裡，不過他似乎不是生氣，反而是在笑，多麼驚悚，在笑耶！

「祖父這是怒極反笑嗎？您定是被氣得不輕。」嬌嬌有些憂心。

「難不成，妳不覺得有趣？」皇帝看嬌嬌的小表情，更是笑得暢快。

「我是覺得有趣啊，可是我覺得有趣是正常的，您怎麼能覺得有趣呢，您不是該很氣憤嗎？看看現場都被弄成什麼樣了，多下您面子啊！」嬌嬌分析得頭頭是道。

皇上一揮手，來喜連忙為皇上將茶斟上。

皇上抿一口，繼續笑。「這年紀大了，倒是不喜歡太中規中矩，偶爾有些小混亂，也滿有意思的；再說了，妳看他們一個個的，往日裡那般有君子風度，可是今兒呢，一身菜湯，渾身油漬，挨打的挨打，被抓的被抓，妳沒看安親王都要氣昏了嗎？沒看見老四都顫抖了嗎？老八挨了揍不說，白衣服還都花了，老七更蠢，直接被砸暈……」皇上細數每個人的遭遇，心情似乎更好。

這個歲數的老人家，是很愛看熱鬧的，即便那熱鬧是他親弟弟和兒子的盡情演出。嬌嬌聽了這話，只覺得囧。她以為，皇上真的生氣了，畢竟被打斷了布局，可是再看他高興的神態，嬌嬌又覺得，果然帝心不可揣摩。

「其實，這樣也是可以的，彩衣娛親唄！」嬌嬌言道。

皇上點頭，自古以來，是有這個說法，不過這丫頭說得倒是理直氣壯。話說，這個丫頭回宮可沒先來看他啊？更別提什麼彩衣娛親了，她就會說別人。

「妳回來，沒有先來看朕。」皇上抱怨。

嬌嬌再次囧，老小孩兒啊。

「皇上忙於國事啊，再說了，楚攸和小世子不是求見您了嗎？」他們彙報工作，她總是不能搶在他們前頭吧，再說了，還是皇上召見的他們。

「這是兩回事。」皇上食指敲擊桌面。

「祖父原諒我吧。您看，我知道晚膳的時候能見到您啊！我都住在宮裡，每天都可以見的。」嬌嬌對著手指解釋，惹得兩位老人笑。

皇上看嬌嬌，表情緩和。「明兒妳要去季家？想來你們也有些時日沒見了，妳且住一日吧。」

咦？嬌嬌驚訝地抬頭，隨即高興應道：「謝祖父。」

皇帝自然是感覺到嬌嬌的目光了，十分明顯。

「妳這丫頭，總歸是向著季家。」皇上有些沒好氣。

韋貴妃坐在一旁，一直都沒有說話。

嬌嬌正色。「祖父、祖母是我的親人，可是季家的人也是我的親人啊；如果沒有他們，我或許這一輩子都沒有辦法找到你們，如果不是我在季家，你們會去調查我嗎？如果單從宮中這邊找，又怎麼可能找得到我？季家人對我很好，我爹自幼便教我要做個好人，不能忘恩負義，雖然我沒有見過季致遠，但是我看過他的許多書，我曾立志要向他學習，我要代替季致遠將季家發揚光大。在宮裡，我是嘉祥公主宋嬌，可是在季家，我還是那個小三小姐季秀寧。」

「瞧妳這丫頭，妳祖父不過是逗妳，妳幹麼這麼認真。行了行了，妳呀，也別耽擱了，明早還要出宮呢，快些回去休息吧，明天精精神神地回季家。」韋貴妃說道。

韋貴妃竟然力挺嬌嬌，嬌嬌有些感動，認真地對韋貴妃點頭。「祖母，您相信我，這一切，我都會做到。」

「嗯。」

「那嬌嬌回去休息了。」

見嬌嬌回去，韋貴妃對皇帝言道：「這孩子是個有責任心的好孩子，都說女兒像父親，如果我的安兒還活著，是不是也是像嬌嬌這般堅定、正義、能幹？」

皇帝有幾分動容，將韋貴妃摟在了懷中。「會，我們的安兒最能幹。」

「我並未詢問嬌嬌查到什麼線索，她也沒有提，不過我看她的狀態，似乎是有了幾分眉目。」夫妻兩人躺下之後閒話家常。

皇帝沈默一下，言道：「他們是有些線索，那個帶著安兒的人刺繡極好，姓曲。」

「姓……姓什麼？」韋貴妃霍地一聲坐了起來，有幾分不可置信地看著皇上。

「姓曲。」皇上緩緩閉上了眼睛，面露幾分痛苦。

曲，他們母親共同的姓氏，京兆曲家。

「可還查出什麼其他的了？」韋貴妃聲音更冷。

「還未。朕已經交代楚攸，不管涉及到任何人，都必須查。此事妳放心，朕不會讓妳這麼多年的委屈白受，安兒也白白受了這麼多年的苦，不會的……」

韋貴妃再次躺下，兩人都沒有再次開口，她更不曾問，如若當年的事真的是太后做的，到底又是為了什麼？她是她的姨母啊！

許久，韋貴妃言道：「三皇子那邊如何處理？」

「愛妃妳看？」

「我想，還是算了吧，這孩子也是個苦命的，暫且將他關幾日便好，雖然他鬧了這一齣有些不妥當，但是咱們總不能和一個有病的人計較，不然倒是顯得我們小氣了。」

「都依妳。」

嬌嬌洗好澡之後坐在床榻邊，歪頭看青蓮、青音。「妳們在宮裡時間長，給我講講宮裡的事唄！三皇子是怎麼傻的啊？還有九皇子，怎麼就被過繼出去了呢？」

彩玉在一旁收拾東西，鈴蘭也有幾分好奇地看兩人。

青音想了一下，言道：「三皇子是皇太子出事一年後出事的，也是落入了池塘，不過他倒是沒有失蹤，沒有失蹤，卻變成了傻子，之後他就在宮裡亂來了。至於九皇子，據說梁親王年輕的時候為了救皇上受了傷，不能有孩子了，而九皇子那時很喜歡梁親王，所以皇上就狠心將九皇子過繼過去了。」

事情倒是簡簡單單。

「原來是這樣啊，可是三皇子沒有母妃嗎？」

「三皇子的母親喚作昭貴人，在三皇子五歲那年病逝了，從那以後，三皇子越發地胡來。其實想來也是，三皇子是個傻子，他的母親又不在了，唉！日子能好過到哪裡去，說是經常挨餓呢，下人們也欺負著，如果不是偶然間被皇上發現他的處境，怕是三皇子已經不在了。不過打那以後雖然別人不敢欺辱三皇子，他倒是落下了病根，只要看見吃的，就要搶，就像今天一樣。」

嬌嬌想到今天發生的事，失笑搖頭。

「那四公主呢，又是怎麼回事？」

青音嘆息。「四公主太命苦了，本來好端端地嫁人，結果那些宗親勸酒的時候，新郎官直接猝死了。主子您想四公主是個什麼心情？夫家那邊自然是不敢做什麼的，可是四公主平白頂了個寡婦的名聲，如意郎君又死了，如何能夠心情舒暢。後來四公主又在外面，呃，呃，呃，也不是外面，是公主府，養了些、養了些面首，那些宗親這個時候倒是跳出來要說些亂七八糟的話。您說，四公主能是什麼好性兒，別說旁的，安親王、梁親王、四王爺、五王爺，他們都悉數被四公主堵在門口罵過呢！說讓他們還她相公，還說、還說飽漢子不知道餓漢子饑。」

這段話青音真是講得極為艱難啊。

嬌嬌聽了，抱膝言道：「其實，也是可以理解的。」

幾個丫鬟俱是用驚懼的眼神看嬌嬌。彩玉生怕嬌嬌被帶壞，勉強扯出一個笑容對青音言道：「以後還是少在主子面前說這些吧？她還沒嫁人呢！」

幾人心有戚戚焉地點頭。

嬌嬌這時候正在沈思呢，沒看見她們的眼神交流，聽了彩玉的話也不甚在意。

「這宮中，還真不是看起來那麼簡單的。」

「那是自然啊。」

嬌嬌重新打起精神。「明天妳們四個都跟著我出門吧。」

第五十五章

翌日。

嬌嬌想到今日能夠見到季家的人，覺得空氣都格外地清新呢，一大早就哼著小曲兒梳妝。

不過這樣的好心情也只維持到剛出城門，一出城門，鈴蘭就稟報。「主子，楚大人在等您。」

嬌嬌直接將轎簾子掀開，看楚攸一身黑色蟒袍，正是刑部尚書的官服。妖豔的臉，配合這樣一身衣服，當真給人一種很強烈的印象，彷彿，一切都是那般的相得益彰。

「楚大人賞風景？」

楚攸淡笑。「非也，是賞美人。」

這人來人往的，眾人再次為他的找死表示了活該。

也難怪人家祖父挑剔你啊，你就這麼貧嘴，不收拾你收拾誰。

嬌嬌伸出手，將自己小小的梳妝鏡遞了出來。

「主子？」彩玉默默無語，小姐您出門怎麼還帶這個……

「楚大人要賞美人呢，快將鏡子遞給他啊，這天下難得的美人，可不就是楚大人自己嗎？我想，楚大人一定是忘記帶鏡子了。」嬌嬌輕輕地言道。

周圍所有人都感覺到楚攸的臉被打得啪啪響了。

「多謝……公主！」楚攸意味深長。

「無須客氣，楚大人還是莫要擋路才好，本宮急著呢。」嬌嬌模仿韋貴妃的語氣，她也要感受一把女王的滋味。

楚攸笑著搖頭。「可是，楚攸還想請公主去刑部一坐呢！」

果然是找死！

不過嬌嬌顯然不這麼想，她立時來了精神。「可是要對誰用刑？我也滿感興趣的。」

楚攸抿嘴。「是呢，對我……自己。」

「呵呵，那就走吧。」這笑聲好冷。

兩人不顧眾人視線，揚長而去……

不得不說，楚攸真是一個討人嫌的傢伙，別說是皇上、韋貴妃討厭這廝了，現今看來，季家也恨不得把他綁起來抽打啊。

人家這麼久沒回來了，偶爾有個機會，你還要半道劫人，劫就劫吧，還要做得這麼騷包，你說你討不討人嫌。這世上偏偏是有這樣一種人，他自己明知道這麼做讓人討厭，他還樂此不疲，這樣就更讓人不能忍了。恰好，楚攸楚大人正是這樣一種人。

待來到刑部，嬌嬌下轎，眾人連忙請安，不過請安的同時也瞄著楚攸。昨晚也沒下雨啊，他們家尚書大人腦子怎麼就會進水呢！跟著一個這麼認不清楚形勢的主子，真的是正途嗎？一片迷茫，他們都要忙成了狗啊，他們大人還找死地招惹小公主！

沒有錯，在皇上明的暗的授意下，刑部的工作量迅速往上飆升，連帶的，其他人也都一片怨聲載道。呃，當然，這個怨聲是放在心裡，畢竟，他們家頂頭上司也是惹不得的，能將前任祝尚書幹倒，可見這廝也不是什麼省油的燈。更讓人髮指的是，他還沒有胸懷，你說為啥這麼說？一上來就將原本依附祝尚書的刑部右侍郎架空，這種事他們會說嗎？好好一個副手現在就差去掃茅房了，你看看原本跟著祝尚書的人，哪有一個得了好？

站隊很重要，領導不能惹。這是眾人默默腹誹出的結果。

眾人心裡盤算頻繁，嬌嬌倒是沒有什麼特殊的想法，直接跟著楚攸進了他的「辦公室」。好吧，古代不是這麼叫的，但是又有什麼關係呢？

將幾個人都打發了出去，嬌嬌將披風解開放在一邊，挽袖子。「說吧，有什麼新線索？」

楚攸沈吟一下，開口。「本朝姓曲的人家並不多，最有名的，當屬京兆曲氏。說起這京兆曲氏，這十來年十分消沈，但是在幾十年前，卻是鼎鼎有名的，他們家的幾位女子都嫁得極好，而比較顯赫的，便是咱們皇上的生母曲賢妃，也就是曾經的太后娘娘。」

嬌嬌聽他所言，語氣平穩地問：「這件事你如實地稟告給皇上了嗎？」

楚攸挑眉，似笑非笑地說：「自然是稟告了，本官負責查案，有了線索，難不成要直接嚥到肚子裡？」

「這只要留心就會知道，我要知道其他的問題，你直接將我帶過來，不會是只說這個吧？」嬌嬌在紙上寫上「太后」兩字。

楚攸閒閒地捏著手指玩，回道：「不過一晚上的工夫，我又不是神仙，能查到這些已經不錯了，如若我像小公主一樣，大晚上看了一大齣好戲，怕是我會笑得睡不著覺，這點也查不出呢。」

「八皇叔倒是無聊得緊，想來，大抵是他沒有將祖母的話放在耳中吧，家醜不可外揚，他倒是渾不在意。」嬌嬌將筆放下，杵著臉蛋看人。

楚攸笑。「妳又怎麼知道，一定是八皇子說的呢？這宮中也不算是很秘密吧？更何況，當時那麼多人，又鬧得那麼大，就算大家不說，誰人猜不出個一二？出門的時候一個個灰頭土臉的，沒有人是傻子，心照不宣罷了。」

嬌嬌挑眉。「你倒是個實在的，不過這些，和你有關係嗎？哦，對對，看我這個記性，自然是和你有關係的，皇上惱怒了呀。他說，如果你不將這個案子調查清楚，就讓你滾回家吃自己，吃自己這種事，難度還真是滿大的。」插刀教教主現世！

楚攸也沒有不高興，只是微笑。「其實我倒是怕皇上接受不了接下來的調查結果，有時候啊，像三皇子一樣是個傻子也沒什麼不好，最起碼凡事都是高高興興的，不須每日想著眾人的算計。」

嬌嬌板起臉。「楚大人說話可真難聽，什麼叫傻子，三皇叔怎麼就是傻子了？好端端地叫人家傻子，就不考慮一下家屬的心情嗎？真是不懂事，難怪大家都不待見你，就你這樣，別人如何能夠待見？」

楚攸望天。「那倒是要請教一下公主了，三皇子那不是傻又是什麼呢？楚某倒是要請教一下。」說傻不對，那妳解釋吧！楚攸看嬌嬌，一臉「妳說」的表情。

「三皇叔也不過是大腦智力薄弱，若是真傻，怎麼受傷的不是他，而是其他人呢？」嬌嬌反駁。

嬌嬌這般強詞奪理，楚攸真是自嘆不如。

「小生佩服公主的伶牙俐齒。」楚攸作揖。

「哎，我一會兒還要去季家，你能不能不說這沒用的東西？快點好不？還有啥重要的？我才不信，你楚攸一個晚上只查了一個一問皇上便知曉的消息。」閒磕牙什麼的，也需要她有時間啊。

楚攸看她確實是著急去季家，也不再開玩笑。「我其實當時第一時間就想到了太后，回來之後也詳細地翻查了她家的檔案，他們家並沒有叫曲妮兒的。」

「當年太后帶進宮的那些人有叫這個名字的嗎？」嬌嬌問道。

「沒有，不過還是讓我找到了一絲的蛛絲馬跡。太后進宮之前有一個二等丫鬟叫妮兒，如果我猜得不錯，這人極有可能便是那個如娘。一般這種無父無母自小買來的丫鬟都是跟著主家的姓，她叫曲妮兒，再正常不過。當時太后進宮的時候名額有限，並沒有帶著她，據說曲府將她配給了家裡的家丁，並安排在繡房，自從皇太子的事之後，這個人就再也沒有音訊了。」楚攸能在一宿的時間裡查出這些，可見他是真的下了大工夫。

「那麼久遠的事你都能查出來，楚大人果然是名不虛傳。」嬌嬌真心感慨。

楚攸微笑。「只要用對方法，這不算什麼。」

「既然懷疑了她，那麼繼續調查就是，你可是有什麼難處？」

楚攸想了下。「難處倒是算不上，我需要將玉娘他們一家接過來，特別是玉娘她母親，然後和我這邊能找到的人進行佐證，只要雙方能夠對得上，可以判定大皇子的假母親如娘就是太后身邊的曲妮兒，那麼這事基本就可以判定為太后所為，我只怕皇上那裡，可能無法接受。」

嬌嬌想了下，認真言道：「這事我來處理，我去和祖父說。想來你昨日稟告了曲姓，他就該有一絲心理準備了。我有些擔心祖母，不過你且放心，宮裡都交給我。」

楚攸要的也正是這一點。

他微笑。「既然這樣便好。我已經在早上聯絡人去南方了，其實這事說起來我們也算是燈下黑（注）。」

「怎麼說？」

楚攸看嬌嬌已經亂塗亂畫得不像樣子的紙張，言道：「費了這麼大的力氣，難道只是為了將皇太子弄出宮？這樣不僅會留下後患還有可能被找回，完全不符合一般人做事的方法。皇太子被放過了，而且好好地長大了，那些妃嬪可不會不捨得他死，唯一不捨得他死的，大抵就是他的親祖母了。現在的問題是，太后為什麼要這麼做？要知道，韋貴妃也是她的親外甥女啊！」

嬌嬌點頭，贊同他的說法。「也許，還有什麼我們不知道的情形，而且我相信，一定有人知道真相。太后動用了原本曲家繡房的曲妮兒，曲家的家主不可能不知道，他家與太后同輩的人還有活著的嗎？」說完，嬌嬌就看楚攸古怪地看著她，她豁然明白，對哦，太后如果活著，大抵都是九十多了，她家同輩的人活著……呃……可能性，不大啊！

「曲家老一輩的人確實都去了，最年輕的就是太后的姪子，與皇上差不多大的年紀，我覺得，他知道真相的可能性極小，畢竟當時他還年輕，若是真的要辦這等大事，不會用到他，可是我也有另外一個人選。」

「你說。」嬌嬌有點對他刮目相看了，有些人，真是天生就是吃這行飯的啊！楚攸絕對是機器貓小叮噹一樣的存在，什麼都能查啊！

「當年太后身邊的大宮女。我倒是覺得，太后做這件事必然會用到人，而她身邊的大宮女是極為可用的。當年太后去世之後此人還在宮裡待了一段時間，再後來韋貴妃出來，她竟然就告老還鄉了；更為奇怪的是，她當時沒有回曲家，反而是不知所蹤，雖然她也很有可能不在了，但是我還是傾向於找她。」

這下換嬌嬌笑了。「楚大人啊，你的意思是，你要找一個已經失蹤了十年的人？」

「我說找她，自然有我的道理，她不是從石頭縫裡蹦出來的，她還有親人在曲家，她的親人既然沒有為她做喪事，便可說明，他們是知道的，她還活著。」楚攸當然不是傻瓜，他什麼時候做過無用功，斜眼睨了嬌嬌一下，嬌嬌失笑。

兩人一番交涉，雖然他們懷疑的真凶十分讓人震驚，不過對兩人來說，也不是不能接

注：燈下黑，油燈照明時由於被燈具自身遮擋，在燈下產生陰暗區域，由於這些區域離光源很近，引申人們對發生在身邊很近事物和事件沒有看見和察覺。

受。

「這事我們分開處理，我來告知皇上和韋貴妃，會讓他們有個心理準備的；你先查著，任何情況都要保密，切不能讓外人知道，如果真是太后做的，皇上大抵是要找個替死鬼的。」嬌嬌語出驚人。

楚攸何嘗不是這麼想。

「知道，我送妳去季家。」他起身。

嬌嬌似笑非笑地看他。「送我？楚大人當真是個喜歡出風頭的人啊。」

楚攸聽聞此言，傲嬌地揚頭。「我不過是考量嘉祥公主是跟我出門，如若不將妳安全送回，難免會招惹麻煩，既然公主無所謂，那麼我自然也是無所謂了。」

嬌嬌拉拉裙子，將自己的袖子放下。「如若您跟著，想來大家都要盯著您這絕色的容顏了，我看還是不必了，就此告辭，楚大人還要多些時間查案才好。」

嬌嬌將丫鬟喚了進來，果斷地準備離開。

楚攸思索了下，還是默默地跟在了嬌嬌的身後。

「咦？」嬌嬌回頭看他，不明白他怎麼還是跟著。

楚攸態度平和。「我想，如若我不送妳，皇上會把我削得更慘吧。」果然很有自知之明。

一路上，本來大家是不知道這轎中是何人，可是招搖的楚大人硬生生地讓大家明白，此人是皇上新找回的皇長孫女——嘉祥公主。

總算是到了季府門口，嬌嬌鬆了一口氣，被人注視的感覺還真是不怎麼樣啊。

「楚大人回吧。」

「是。」

言罷，嬌嬌有些迫不及待地進了季家大門。

季家可沒管這位楚大人，直接關門。呃，如果他進去，大抵就是還要多個放狗的動作了……

一路上下人們見了嬌嬌都是立時跪拜，嬌嬌也沒有太過在意，不過是瞬間就跑到了老夫人的主屋。

「祖母……」她笑嘻嘻地微微一福，那樣子十分可愛。

老夫人早就在等著她了，知曉她被楚攸拐走，頂不樂意呢！

「妳這丫頭，倒是知道回來了，我還以為妳覬覦楚攸美色，跟著他私奔了呢！」老夫人可是難得說這樣的玩笑話。

嬌嬌笑了起來，逕自盤腿坐到了榻上。「我終於回來了啊，我都想您了。不過和楚攸私奔什麼的，很沒有必要好不好？我們可是有名分的耶，這名分還是皇上欽定的。」

老夫人白了她一眼。「妳呀。不過，想來皇上是要悔死了吧。」想到這裡，季老夫人笑了起來，誰能想到這事竟然能夠走到今天這個地步。

「楚攸天天挨呲。」為他點蠟哀悼！

老夫人看她高興的小模樣，絲毫不知情事，不禁覺得有趣起來。照她看來，不論是嬌嬌，便是那楚攸也沒有一絲動了感情的樣子，這兩人，如若在不解除婚約的情況下，還真是有得耗了。

老夫人與嬌嬌細細地述說了這些日子雙方的事情，聽聞嬌嬌這些事，老夫人嘆道：「妳這孩子，竟是有這樣的際遇，誰能想到山村小孤女竟然會是皇長孫女兒，這世間事，真是不好說。」

「是啊，不過不管我是什麼身分，我都還是我，也沒有什麼特別的，日子還是要照常地過。如今我正在查皇太子的案子，待將此事查明，我會稟了皇上，重新翻查父親的案子。」

嬌嬌早就想過這件事了，她一直都沒有機會重查此案，如今她的身分不同了，是不是也可以開始行動了？

老夫人想了一下，搖頭。「暫時不妥。」

「為什麼？」嬌嬌皺眉不解。

季老夫人看她，表情有幾分落寞，不過還是直言。「我自然是希望早些查到真相，可是我也知道，這並不是最合適的時機，我們沒有任何的證據，妳又是剛剛被皇上認回，現在查案，難免讓皇上多想。我覺得妳還是先查清皇太子的案子，過些日子找到些許證據再重提致遠之事才好。」

嬌嬌顰眉，過了一會兒，點頭稱是。

季老夫人看嬌嬌有幾分消瘦，抱怨。「這在皇宮裡怎地還能瘦了呢？妳這丫頭，是不是又胡思亂想了？」

「才沒有。」嬌嬌不依。

兩人又是說了一會兒話，就聽外面陳嬤嬤通傳。「老夫人，小少爺說您不能一個人霸著公主，讓您把人交出來呢。」說起來，也是有趣。

老夫人一聽，笑了起來。「這孩子還真是依賴妳。」

嬌嬌掰手指。「其實不管是內在的我，還是真正的宋嬌，都和子魚有親戚關係耶！算起來他既是我表弟的兒子，又是我堂姑姑的兒子。靠，說起來好混亂有沒有！」

這是在老夫人面前啊，如若是旁人，她可斷不會如此言道。

老夫人拍了一下她的腦袋，笑著吩咐，說是讓大家都過來吧。

須臾，眾人皆來看她。

嬌嬌還是如以前一樣，照常稱呼眾人。

「姊姊再不回來，我就要央了母親帶我進宮呢。」子魚嘟囔。

嬌嬌失笑。「可是我前些日子都不在宮裡啊，你進宮了也碰不見我的。」

子魚點頭。「我知道啊，所以我是打算過幾日嘛！姊姊在宮裡過得好不好？有沒有人欺負妳？」子魚已經習慣了稱呼嬌嬌姊姊，並不曾改過來，家中人竟也沒有糾正他，連嬌嬌都不覺得有什麼問題，自家人在一起，本就該親親熱熱的。

「宮裡哪有人敢欺負你姊姊，便是之前她也不是任人捏圓捏扁的小可憐好嗎？」秀美還是一貫地看不上嬌嬌，並未因嬌嬌的身分變化而起了什麼尊敬。

二夫人白了女兒一眼，笑道：「妳這丫頭，慣是喜歡胡說，越大，越是口無遮攔起來，倒不似小時候那般可愛；妳再如此，將來可怎麼嫁得出去。」

秀美也不還嘴，只勾了下嘴角。

幾人坐在一起又是寒暄了幾句，嬌嬌看大家都很好，心裡也高興。

「二叔身體怎麼樣了？」季致霖之前不是有知覺了嗎？

二夫人微笑回道：「還是那般，偶爾哪天就會有些知覺，我看著，這有知覺的狀況似乎越來越頻繁了，只希望他能早早地醒過來。」

嬌嬌點頭，她倒是覺得，自己該早些想到這個問題的，宮中御醫多，多找些人為季致霖治療，自然也好得快，這麼想著，嬌嬌也就提了出來。

季家眾人自然是欣然應允。

本來皇上是答應讓嬌嬌在季家住一宿的，但是嬌嬌卻並未如此，今日她已與楚攸談過，這事總是不能拖延，還有季致霖的病情，這是她的疏忽。

見了老夫人之後嬌嬌突然就覺得淡然了，其實住在哪裡，和誰一起住並不重要，他們都是她的親人，即便是分開了，感情依舊還在，他們沒有因為她變了身分而對她不一樣，她也不必太過於拘泥形式。

嬌嬌與老夫人簡單地解釋了一下這些繁雜的事情，老夫人也是嘆息，誰能想到，涉案的人竟然是皇太子的祖母，想來不管是對於皇上還是韋貴妃，這都是不能承受的痛苦。

「妳回去陪陪他們也好，想來這事對他們打擊也大。」

嬌嬌坦誠。「其實我主要也是希望他們能夠看開一些，他們年紀也都不小了，事情沒有這麼簡單，以後還會牽扯出誰也未可知，做好這一切，楚攸的調查才會順利。」

老夫人摸著嬌嬌的頭，雖然她已經不是一個小女孩了，但是老夫人卻依舊將她當成了孩子。不光是老夫人，每個人都是一樣的，不管孩子長到多大，在長輩心裡永遠都是孩子。

「在皇宮裡處處小心，那裡到底比不得家裡。」

「我知道的，祖母放心好了，韋貴妃對我很好的，皇上也對我很好，他們似乎把對兒子的那些遺憾都彌補在我的身上。不過這皇宮還真是讓人覺得有幾分奇怪，每個人都奇怪；對了，祖母，您知道嗎，我竟然在皇宮吃到了藍莓慕斯，雖然不是一模一樣，但是極為相似，據說，那是瑞親王獻上的方子。您還記得二公主的案子嗎？二公主給人的感覺就特別像一個穿越者，我是懷疑過她的，但是卻也不敢肯定，如果二公主不是真正的穿越者，有人設了一個局，您認為，可能嗎？」這些話嬌嬌只敢和老夫人說，至於旁人，她是絕對不敢多言一句的，可是這懷疑在她心裡扎了根，如果說沒有問題，她真的不信。

老夫人沈吟半晌，拉著嬌嬌的手交代。「妳是個聰明的丫頭，此事確實甚有可能，不過我們不宜莽撞行事。」

別人說話，嬌嬌也許會有所考量，但是老夫人說的，嬌嬌是一定會放在心上。認真地點頭，嬌嬌回道：「我知道了，我會。」

本以為嬌嬌要留宿季家，誰想竟然在傍晚的時候回到了宮中，京中晚上是有宵禁的，嬌嬌並沒有拖到很晚，不過這個時候韋貴妃仍是已經用過了晚膳。

聽說嬌嬌回來，韋貴妃有幾分的喜悅，卻又聽說嬌嬌去求見了皇上，她猜測大概有了什麼重要線索。

青楓見狀安慰。「主子無須擔心，總不會有什麼事的。」

韋貴妃笑得很冷。

「嬌嬌那般地重視季家卻仍舊是回宮了，只說明，早晨楚攸找她，確實有大的發現。」

「主子，奴婢知曉您傷心，可是不管如何，您也要悠著自己的身子啊，就算不為了自己，您也要為了小公主多想想啊。貴妃娘娘，如果您再不好好照顧自己的身子，將來一旦有事，小公主依靠誰去？安親王？瑞親王？還是梁親王？他們哪裡是可以信賴的人，就是那些所謂的叔叔又有幾個會善待小公主呢？只有您能護著她。」青楓以自己的方式勸著韋貴妃。

韋貴妃平復了一下心緒，來到盆栽旁。「將剪刀給我，我要修剪花枝。」

好一會兒，見貴妃似乎平復了許多，青楓看著滿地的樹葉，並不多言。

「是啊，我們都老了，我的兒子已經被他們給害了，我必須一直好好地活著，只有這樣，我才能護著嬌嬌，讓她做自己想做的任何事。」韋貴妃說這話的時候，已然恢復了往日的溫柔。

「貴妃娘娘才不老，您好好保養著，才能多照看小公主。」

韋貴妃略垂首。「是呀，我要守護她，守護她度過風雨。」

「皇上駕到，嘉祥公主到……」

嬌嬌從皇上那裡出來，表情輕鬆了幾分，能說的，她都說了。

皇上也不糊塗，他自然是知道查下去可能會經歷什麼，也許，那個結果是他們最不希望看到的，而且逝者已逝，說這些已然無用，不管是太后還是皇太子都已經不在了；可他們卻不能不查，一個埋藏了三十年的秘密，如果不翻查出來，他總是覺得，人生空留一段遺憾。

「臣妾見過皇上。嬌嬌，快來祖母這裡。」韋貴妃笑意盈盈。

「哎。」嬌嬌連忙來到韋貴妃身邊。

「妳這丫頭怎麼不在季家多住住？昨日聽到這個消息還興高采烈呢，今兒竟是沒待在那裡，委實讓祖母覺得奇怪哦！」韋貴妃命青楓將滿地樹枝收拾了，自己則是親自為這祖孫兩人泡茶。

「我來吧祖母，我茶藝很好的，自小季老夫人就找人教了我。」

韋貴妃含笑點頭。

看嬌嬌洗茶、暖壺、刮頂淋眉……小小少女，動作優雅嫻靜，韋貴妃贊同地點了點頭。

嬌嬌將一套程序做好，為兩人斟上，一擺手，做了一個請的姿勢。

「嬌嬌沖的茶，果真是好。」皇上讚道。

祖孫三人就茶又是探討一番，皇上終於步入了正題，他將楚攸懷疑太后的事情說了出來，韋貴妃吃驚，隨即便是哭了出來，樣子甚為讓人憐惜。

皇上將她擁在懷中安慰，嬌嬌只站在一邊，許久，韋貴妃不再哭泣，她也言明，一切都聽皇上的，而皇上的意見是一個字——查！

他們不能讓這件事繼續不明不白下去，只盼知曉原因。

待嬌嬌回到自己的寢殿，她其實也沒有想到，這事竟會這麼順利。嘆息一聲，她悄然躺下。

一夜無夢。

第五十六章

這些日子嬌嬌大部分的時間都陪著韋貴妃，卻又聽說三皇子在宮中鬧了幾次，幾個皇子又挨了打，不過這幾次嬌嬌倒是並沒有看見。

她有些奇怪三皇子為什麼被放了出來，發現竟是韋貴妃向皇上求的。皇太子是失足落水的時候不見的，三皇子也是失足落水變成了傻子，韋貴妃有些感觸，便和皇上求了情。

如此一來，嬌嬌更是有幾分不尋常的感覺，說不好為什麼，單是那種感覺。

「小姐、小姐……」

「呃？」嬌嬌抬頭看彩玉。

「小姐想什麼吶？奴婢叫了您幾次，您都沒有應聲，您近來有些不對勁呢。」

嬌嬌支著下巴問道：「那妳說說，我哪裡不對勁？我自己倒是不覺得呢？」

彩玉想了一下，回道：「也不知道為什麼，就是感覺，呃，好像不太符合您的性格的感覺。按理說，您這個時候不是該與楚大人聯手查案嗎，就算是不，也不會這麼安靜。呃，雖然您一樣關心案子，就是有點不太對的感覺。」

彩玉是無心之言，但嬌嬌也明白自己有些變化，這些日子她想明白了老夫人的話，極力讓自己的性子穩下來，因此對案子雖也關切，但是並不表現得十足在意。咦？對啊！

嬌嬌突然也就發現了韋貴妃不對勁的地方，韋貴妃對皇太子的事是最耿耿於懷的，可是韋貴妃的狀態不對，就如同彩玉說她，這是一種感覺。

嬌嬌沈靜下來，不再多言，只認真想著這些事，突然就有些明白過來。

韋貴妃的平靜，很不尋常！

「彩玉，妳陪我去見祖母。」一想到這裡，嬌嬌立時站了起來。

「是。」

嬌嬌將眾人遣了下去，認認真真地問道：「祖母究竟想做什麼呢？」

「祖母最喜歡妳的聰明。」韋貴妃緩緩將頭抬了起來，看著嬌嬌，表情依舊慈祥。

「祖母那麼關心父親，您現在的狀態本就不尋常。」

聽了嬌嬌的話，韋貴妃略變了一下表情，隨即言道：「妳都看出來了，不知曉他有沒有看出來。」這個他，不是他人，正是皇帝。

「祖母，我知道這事您難以接受，可是但凡是這麼做了，總是有個原因的，咱們會查出來的，嬌嬌不希望您思慮太多、想得太多。季老夫人就曾與我說過，想事情、做事情萬不能鑽牛角尖，換一個角度，也許會發現不一樣的情形。我們會找到原因，找到幕後黑手；可是祖母，如果父親在地下有靈，也會希望您平平安安地生活，而不是這般折磨自己的，就算是我們真的察覺出那幕後黑手是太后娘娘，可是她人也已經不在了，您傷心難過又能如何呢？」

韋貴妃眼角有淚，不過卻強撐著。「如若妳是我，知道了這樣的情形，自己的姨母也是婆婆，將自己的孩子偷偷運出了宮，妳的丈夫是否知情還有待考證，妳會如何？」

「我會調查，我要讓這件事真相大白，但是我不會默默讓自己受傷，我更加會相信丈夫不知情；至於姨母，我要知道她的原因，但是不管怎麼樣，我不會傷害自己的身子，更不會胡思亂想。」

「妳覺得我胡思亂想？」

嬌嬌點頭。「您狀態不對。」

嬌嬌覺得韋貴妃狀態不對，對她又是一通安撫。

韋貴妃看嬌嬌圍在她身邊碎碎唸，心情突然也就溫暖起來，這世上不是沒有人關心她，但是如嬌嬌這般地卻沒有。

「妳不需要擔憂我的，我在宮裡待了這麼多年，許多事情，早已看淡，也看明白了。安兒的事如今走到這一步，我只能感慨一聲世事無常，如若是三十年前，抑或者二十年前知道這件事，我一定要鬧個天翻地覆；可是如今人都不在了，我就算鬧，不依不饒，我又找誰去呢？我原是懷疑皇后的，可是這麼多年了，皇后也不在了，那些可能是兇手的人都不在了，即便那個幕後黑手真的是太后，我難道要到地下去找他們？所以，我只能放棄，縱有不甘，只能放棄，因為，我不可能和死人鬥。」

嬌嬌聽了這話沈默了許久，她拉著韋貴妃。「我們不死，我們好好活著，有嬌嬌陪著您，不管怎麼樣，我們都要好好地活著。」

韋貴妃笑著點頭。

「行了，妳也別勸我了，我自有分寸的，妳放心吧。妳與楚攸安心調查，不管怎麼樣，祖母都站在妳的身後。」

嬌嬌嗯了一聲，笑言。「這事讓楚攸先處理去吧，我只專心陪著祖母便好。」

「這小嘴甜的，怕是楚攸還把妳當成賢內助呢。」說話間，她撇了下嘴，表示了自己對楚攸的不待見。

嬌嬌格格地笑著，反駁道：「我才不是他的什麼賢內助，他那人比猴還精，豈需要別人幫忙？」

韋貴妃笑。

「以前就聽人說，一個人的成長環境可以決定人的性格，原本我並不相信，如今倒是信了的。」韋貴妃揉了揉嬌嬌的頭，言道：「過完年，不管案子查沒查完，我都會稟了皇上，讓妳住在季家，妳只須兩、三日進宮請安一次便可。」

「呃？」嬌嬌不解。

「祖母只希望妳高興。」

兩人這般敘話，就聽宮人稟告。「楚攸楚大人求見公主。」

說起來，楚攸還真是個比較奇葩的，不管是什麼朝代，都不能讓外男隨意地進出皇宮求見公主，雖然那個人是要許給你，但是，還沒有成親啊！

可楚攸偏不管那些，打著查案的名義三番五次地遞摺子，也不管皇上的臉黑成了鍋底，韋貴妃白眼一個勁地翻他，完全視若無睹。

聽說這廝又到了，韋貴妃似笑非笑地看嬌嬌。「這案子真就需要這麼頻繁地請教妳？」確實兩人見面的時候都是在商討案情，但是聽韋貴妃這麼一說，嬌嬌倒是覺得有些不好意思起來。

本來理所當然的事，竟是變得似有貓膩在其中。嬌嬌臉紅回道：「那是自然。」義正辭嚴。

韋貴妃長長的「哦」了一聲，微笑。「自然啊……」

嬌嬌力圖讓自己看起來正常。「我們倆又沒有別的話說，不過談起案子倒算是投契。」

「好了，祖母也不耽擱妳了，妳去找那個和妳談案子比較投契的楚大人談案子吧。」韋貴妃閒閒地擺手，意思明瞭。

嬌嬌跺了下腳。「哪有祖母這麼打趣人的，您真是讓我很難做耶。」

幾個丫鬟看她這般，都掩嘴笑，韋貴妃才不理她，逕自又去修剪花枝。

嬌嬌小糾結一下，到底是微福之後告退。

嬌嬌回到偏殿，見楚攸已經在等她，她微微嘟嘴。「楚大人來得還真不是時候。」

楚攸挑眉。「怎麼？公主不是每日閒得都要發霉了嗎？我這來還要分時候？」看看，就這麼個不會說話的，在朝堂上不招惹敵人才怪。

「楚大人還真是狗嘴裡吐不出象牙，不曉得編排公主是個什麼樣的罪名呢？」嬌嬌側臉一本正經地問身邊的青音。

青音還不待回答，楚攸倒是微笑開口。「按照律例，大抵是要罰做駙馬吧？」

噗！

周圍的下人都噴笑了，也虧得她身邊的這幾位都是心腹，不然傳出去真是貽笑大方。

楚攸這廝……忒不要臉了。

「果然是刑部尚書，律法知道的都與旁人不同，我真是自嘆不如，不過您若是憑此律法斷案，大抵離去見老祖宗也不遠了。」嬌嬌坐下，對楚攸做了一個請的手勢，這廝也毫不客氣地坐在了一邊。

「這世間事可不就是如此嗎？若是真按白紙黑字的律例來斷案，許是連皇上都要被誅了九族。」

楚攸的口無遮攔真心讓人無語。不過嬌嬌卻不瞭解，這楚攸是只在她面前才會如此。

「呵呵！」嬌嬌冷笑望天。

憤世嫉俗小青年，不對，是中年人什麼的，已經不吃香了。

嬌嬌不搭理他。

楚攸總算是收起了那些昏話，正色言道：「玉娘他們到了。」

「如何？」嬌嬌聽到這一點，也打起了精神。

「如娘確實是曲妮兒，我已經讓她們彼此對質過如娘的樣貌特徵，應該確認是她無疑。」

「這事，你該稟了皇上。」

楚攸看一眼眾位宮女，嬌嬌會意道：「妳們先下去。」

幾個丫鬟微福離開。說起來，這人一來就將她們都遣出去，對公主的名聲真的好嗎？眾人不確定地想著，有些無奈，不過，自家公主惹不起啊！

「我找到了太后身邊的大宮女，說起來真是一場狗血大戲。」楚攸語含嘲諷，並不是故作玄虛，不過他還是抿了一口茶，隨即抱怨道：「茶有點冷。」

嬌嬌冷哼。「我不是來和你討論茶的，莫給我裝啊，趕緊痛快地說。」

「呵呵。」他也回報一聲冷笑，隨即言道：「人我找到了，現今關在刑部裡，並沒有旁人知道，我已經審問過她了，據她交代，太后是為了安親王。」

「什麼?!」嬌嬌愣住，她是怎麼都想不到這樣的結果的。嬌嬌提出自己的疑問。「她說的是實話嗎？你用刑了？」

楚攸微笑。「算不得用刑，最起碼，別人是看不出什麼的，妳且放心便是。我這幾年在刑部待著，不光只是看戲的，對付不同的人，有不同的方法，她都八十了，我用了刑，她死了，我找誰哭去？每個人的弱點不同，她還有親人呢！再忠心的人也不見得能夠眼看著自己的親人出事；如若太后活著，她或許還會堅定地誓死不說，可是現在可不同了，太后不在了，她也老了，人老了啊，最是念及親情。」

確實是這麼個道理。嬌嬌明白，設身處地地想，也許她也會如此。

「當年之事，究竟如何？」嬌嬌深吸一口氣。

原來，當年皇上將甫一出生的二皇子宋俊安立為皇太子，大家都是不贊同的，畢竟，那個時候皇后也懷孕五個月了，按照道理，還是立嫡子最為符合正統；但是問題就在於，本朝卻沒有立嫡子的傳統，甚至連皇上自己本身也並不是嫡子，如若說多了，倒像是編排皇帝，因此大家只能將此事嚥下。

在孩子幾個月大的時候，皇上不顧阻攔，將他放到了皇太子的位置上。孩子年紀小，在這樣的位置難免會招惹是非，一時間所有問題都顯現了出來，縱使有皇上和韋貴妃的看顧，太子仍然是受了不少的算計。皇后是個精明的，她自然知曉韋貴妃是太后的外甥女，因此她從不曾在太后面前多言，反而是採取了潛移默化的方式。

時間久了，太后對韋貴妃也有了幾分的意見，而這個時候皇上因著忙碌，身體並不很好，皇后算計得頗多，她自是不會自己多言，卻買通了太醫，如此一來，在太后看來，這病情就極為嚴重了，可皇帝自己卻還不得知。

講到這裡，楚攸冷笑。「皇帝病危，妳說，一個三歲的孩子登基好，還是正值壯年的安親王登基好？孫子總是沒有兒子親的。」

嬌嬌錯愕地看他，雖然現在楚攸形容得輕描淡寫，但是嬌嬌卻似乎已經感覺到了當時的爾虞我詐、精心算計。

「為什麼不能是梁親王或者瑞親王？」

「梁親王傷著了，根本不能有孩子，太后不會選他；瑞親王不是太后親生的，要是妳，妳選誰？」楚攸一個個全是問句，不過卻也針針見血。

「那太后怎麼就會那麼相信太醫呢？」

「那個太醫是太后的心腹，她如何會不信，至於說他為什麼會被買通，我只能說，每個人都有弱點，你攻不下這個人，只能說明你沒找對弱點，只要找對了，那麼沒有處理不了的事。」

「然後呢？」

後面的結果自然是顯而易見的，太后中計弄走了太子，沒有太子，其他的孩子都是小不點兒，這個時候如果皇上真的有事，就算是登基都是名不正，言不順，最名正言順的人已經不在了，自然就該是親王，而如果太后屬意安親王，想必大臣也不會拒絕。不過皇太子終究是太后的親孫子，太后也是不捨得害死他，遂聯絡了自己的哥哥，安排曲妮兒將孩子帶走，彼時曲妮兒丈夫剛死，沒人會注意一個繡娘到哪裡去了。

皇太子失蹤之後的半年，太后一直也都是處於被蒙蔽狀態，甚至還制止了鬧得天翻地覆的韋貴妃，這事也就淡了下來；但紙終究是包不住火，皇上沒事的事後來被太后知道，即便是這個時候太后恨毒了皇后，仍是騎虎難下，太后沒有辦法，只能想到要滅口。然而皇后拿住了太后的這個小辮子，太后也奈她不得，畢竟她沒有證據是皇后算計了她，可皇后卻有證據證明是太后下了手。而皇后也不是其他人，想要將她滅口，很難，皇后在宮中的勢力也不容小覷，太后甚至查到皇后對三皇子下手，畢竟，如此一來，四皇子就是長子了，誰想三皇子沒死倒是成了傻子，太后和皇后彼此抓著對方的把柄，互相制衡。

嬌嬌聽了這一切，緊緊地攥住了拳頭，她真是想不到，事情竟是如此。

楚攸看她臉色難看，言道：「如今不管說什麼都沒用了，不管是太后還是皇后，她們如今都不在了，說這些也都沒有用了。」

「你將所有材料整理好，交給祖父吧。」

「壞事做多了，總是要有報應的。」楚攸站起，背手立在那裡。

嬌嬌望向窗外，太陽就要落山，天邊最後的一抹餘暉也將要散去，她回道：「皇后是個宮鬥的好手。」

「是，太后、韋貴妃、姑母，她們無一不敗在她的手下，而她同時還能蒙蔽住皇上，這樣的女人，比狐狸還有心計；可是人呢，終究是逃不過命，她最後還是死了，沒有為她兒子籌謀到皇位的時候就死了，而她的兒子，不如她。」楚攸並不認為四王爺是無堅不摧、心機深沈、沒有弱點之輩。

嬌嬌歪頭看楚攸。「你懷疑她是你林家巫蠱案的真凶？」

「不是懷疑。」楚攸冷冷淡淡的四個字，說得卻分外淒涼。

嬌嬌恍然明白，針對四王爺的打擊不光是為了皇位，也是為了那切切實實的深仇大恨。

「這世間不管什麼事，終有一天，都會大白於天下，沒有冤屈是不能昭雪的。皇太子案是這樣，季致遠、季致霖案、林家巫蠱案，也不會例外。」嬌嬌堅定地說。

楚攸看向了嬌嬌，小小的少女一臉堅定，不知怎地，楚攸彷彿受到了蠱惑。「嗯，一定會。」

兩人相視而笑，室內一片溫情。

「我現在去求見皇上，只希望，將來我調查林家案件的時候，小公主能夠如同現在一般和我站在同一陣線。」楚攸笑得燦爛。

這與他一貫的笑容不同，往日裡他總是給人冷冷的感覺，便是笑也並不認真，可是今日卻不同，不知怎地，嬌嬌突然就想到了一個詞——剎那芳華！多奇怪，她竟然想用這個詞來形容男子。

嬌嬌望著他的背影，想到事情的真相，嘆息，宮裡的人都被滅口了，所以他們查不到任何人，更是不會懷疑太后；可是誰又能想到，從完全相反的方向查起來，結果卻是這麼地顯而易見。

嬌嬌想了一會兒，嘆息著往韋貴妃的寢宮走去……

韋貴妃早已猜到了事情的真相，她呆滯了許久，哭了一場。

韋貴妃說：「妳先回去吧，我再想想這事……」

嬌嬌告辭。

事情的發展就如同嬌嬌所預料的那樣，太后不能是幕後黑手，而皇上也不能說參與的人還有皇后。既然楚攸查出了凶手，他們又不能視若無睹，而失去了二公主的玉妃再次出現在大家的視野，是啊，如今看來，她是最適合做替死鬼的了，而皇上也沒有做更多，只將玉妃打入冷宮，任何人不准探視。

韋貴妃的表情沒有任何異常，嬌嬌也平靜得緊，原本轟轟烈烈的調查竟然就這般地結束了……

天冷得快，也不過轉眼的工夫便到了年底，嬌嬌這些日子對在宮中的生活有些倦怠起來，她趴在窗邊看著外面的大雪，笑咪咪問：「不知道梅花有沒有開呢？」

青音聽了回道：「稟主子，開了呢！」

「哦，那我們去賞梅花吧。」嬌嬌終於打起了精神，每日都悶在屋子裡，也頂無聊的。幾個丫鬟看小公主終於不再怏怏的，也高興，立時張羅起來。

嬌嬌交代青音。「妳去看看祖母忙不忙，如若不忙，就說我邀請她一起賞梅花。」

青音應是之後離開。

不多時，嬌嬌與韋貴妃一起在園子裡溜達。

「這些日子祖母的心情似乎好了些呢？」嬌嬌在韋貴妃面前並不藏著、掖著。

「她們都死了，就算是知道了真相，我又能如何?就如同妳說的，仇人死了大抵也是件比較令人煩惱的事，不過既然事已至此，我倒也不必太過讓自己煩悶，我好好地活著，才是正途。」韋貴妃看似已經不太在意了。

「我們都要好好活著。」嬌嬌點頭，挽著韋貴妃的胳膊，笑咪咪。

雖然仍是下著大雪，但是兩人撐傘站在雪中賞梅倒是別有一番滋味。

韋貴妃笑言。「這樣的場景，如若是個如玉的男子陪著嬌嬌，而不是我這個老人家，想來是會更美。」

「這世上哪兒有什麼真正的如玉男子啊，祖母見過嗎？」嬌嬌才不信什麼如玉男子呢，哪有人是真的如此呢？

韋貴妃朝天空望了一眼，將傘挪開。

嬌嬌咦了一聲，連忙為她遮擋雪花。「祖母莫要著涼了。」

韋貴妃用手接住雪花，笑。「我清醒一下。好像，到我這把年紀了，也沒見過什麼如玉的男子呢。」

噗！嬌嬌忍不住笑了出來。

「傻丫頭。」

「傻丫頭……」一聲男聲響起，緊接著嬌嬌就被雪球砸中，雪球倒是不大，不過誰敢在宮中這樣啊。

她錯愕地回頭，見三皇子得意地拿著雪球看她，剛才正是他學韋貴妃說話。

又一個雪球飛了過來，嬌嬌一閃而過。

「打不著、打不著！」她得意地看三皇子。

這分明是挑釁啊！

丫鬟、太監們後知後覺地就要阻攔三皇子的動作，不過他很顯然已經習慣了做這樣的事，整個人閃躲得迅速，青蓮、青音都沒追到，其他人很顯然是不會功夫的。

「你們讓開。」嬌嬌將傘交給韋貴妃，自己低頭團了一個雪團，直接就砸向了三皇子。

三皇子閃躲不及被砸中，主要是他確實也沒想到嬌嬌會團雪球砸人啊。

小丫頭得意洋洋，她很久沒有打雪仗了啊，當年她可是一夫當關，萬夫莫敵的。

嬌嬌動作快，三皇子也快，不多時，這一大一小就打了起來。看兩人這般，太監、宮女們也都散開了，沒人敢靠近。三皇子在初時被砸中幾次之後很快地就習慣了過來，躲避得極為及時，同樣，嬌嬌也不是容易被砸到的。

兩人打得厲害，旁人倒是遭了殃，嬌嬌還好，還會注意一些，三皇子則是完全不管，全是混打。

韋貴妃比較有先見之明地躲到了稍遠的地方，但這些下人們不敢啊，一旦小公主受了傷，他們可是說不清楚的。兩人正打得厲害，就聽遠處有腳步聲傳來。

三皇子一個大雪球砸到了從遠而近走來的皇上臉上。

「天啊，萬歲爺……」

「皇上……」

現場在此亂成了一團，嬌嬌呆了一下，連忙上前。「祖父，您要不要緊，快叫太醫……」說話間，嬌嬌一個回頭，就見三皇子嘴角微微上揚了一下。

她怔住，剩下的話全嚥了下去，也不過是一瞬間，她就再次回頭，而這個時候韋貴妃也過來了。

「皇上您怎麼樣？」

皇上被雪球砸了一下，雖然挺大力的，不過確實沒怎麼樣，他板起了臉。「你們這是在幹什麼？」

嬌嬌一臉的「我有罪」。

「我和三皇叔打雪仗玩呢，冒犯了皇上，都是我的錯。」嬌嬌連忙跪下。

「這大冷的天，快起來，跪在地上當心傷了膝蓋。」皇上命來喜將人扶起，他看著韋貴妃道：「妳也不知道管著些。」

韋貴妃笑著回應。「孩子還小，喜歡玩樂些，也是無傷大雅的，每日在宮裡悶著，也不適合嬌嬌，她到底不是深宮之中長大。」

皇上一挑眉，虎著臉道：「小？不小了，這都訂親了，還小什麼？那個老傢伙眼巴巴地等著呢；再說了，她小，老三還小嗎？妳總是由著他。」

看樣子今天皇上的心情可不怎麼順，否則也不會是這樣的態度，韋貴妃倒也不以為然，只是笑著道：「都是臣妾的錯。」

皇上自然是捨不得對韋貴妃做什麼，看嬌嬌又是單純的一個小丫頭樣子，唯有拿瞪視自己的兒子開刀。「還不快將三皇子抓起來。」

三皇子聽了這話，「啾」地一聲跑開，邊跑還邊喊。「抓不著，氣死你！」

媽呀！嬌嬌扶額。

皇上氣得吹鬍子瞪眼。「給朕把這個混蛋抓起來，快……」

現場再次陷入一團混亂，似乎只要有三皇子出現，場面就該如此。

嬌嬌表示，她已經習慣了。

皇上倒是沒對兩人怎麼著，一個關起來了，一個該幹麼幹麼。

彩玉感慨。「這天底下，大抵也只有三皇子敢這般地和皇上說話了，我看著皇上的臉色，都覺得黑成了鍋底呢。」

彩玉難得這般不謹慎地說話，嬌嬌笑著點頭道：「不過，其實還滿有趣的。」

「好久沒看小姐這麼開懷了，在宮裡總是不比原來在府裡。」

都是一樣的錦衣玉食，這裡倒是多了幾分束縛。

嬌嬌心有戚戚焉地點頭，她是信得過彩玉的，也不在她面前隱瞞。

「在宮裡委實無聊，不過還好，祖母應了我，過完年就讓我回季家了。」

「其實，還是季家令人感到放鬆。」

兩人都笑了起來。

嬌嬌與彩玉寒暄完，換了衣服去給皇帝賠罪，皇上倒是也沒有說啥，只白了她一眼。

「妳呀，不知道老三是傻子啊，妳與他鬧，也不怕被他打傷。」

嬌嬌勾起嘴角，愉悅道：「我才不怕呢，我打雪仗很厲害的，就是季家的孩子，他們都不是我的對手，十戰十勝。」

看她略微得意地揚了揚下巴，皇上和韋貴妃對視一眼，失笑。

「妳呀！」

「祖父，您不要罰三叔好不好？」嬌嬌乖巧地為皇帝捶腿，然後求情，樣子十分地狗腿。

「不罰他？妳不是和他沒有交集嗎？怎地想起為他說好話了？」皇帝是有些不解的，難不成，這是打雪仗打起的情誼？他倒是也沒有想到，平日裡看起來沈穩的嬌嬌竟然也是個貪玩的。看來，孩子就是孩子啊。沒錯，既然是孩子，就不能這麼早成親，那個楚攸什麼的，閃邊去吧！

嬌嬌鄭重其事地道：「雖然這事是他開的頭，但是我玩得也很歡喜啊，沒道理最後的結果是我啥事也沒有，他被罰了，這不公平的。您是皇上，凡事都要講究公平，這是明顯地不公平啊。」

皇帝被她逗笑，言道：「將妳也罰了，估計就公平了。」

「祖父怎麼捨得罰我。」嬌嬌極端正義的樣子。

韋貴妃笑，幫腔。「可不是嗎？誰也不捨得欺負我的寶貝嬌嬌。」

「不罰，誰都不罰，行了吧？」皇上頗為無奈。

「謝皇上。」

嬌嬌在一邊伺候兩位老人家。

皇上倒是也沒有避諱嬌嬌，逕自與韋貴妃說了起來。「老三這樣，也未必是個事，他這般放縱難免會有問題，不然，還是別讓他出來了吧？」

韋貴妃擰眉，美人就是這樣，就算是年紀大了，還是美人，擰眉也一樣好看。「臣妾並不贊成如此。當年這孩子如何出事您是再清楚不過，現今不過都是當年種下的因所產生的果罷了，還是讓他自由自在，快活地過日子吧；再說了，天下都是咱們宋家的，咱們還能讓老三在宮裡出什麼事嗎？他雖有些鬧騰，不過多派些人跟著也可吧？」

皇上沈吟半晌，點頭。「暫且聽妳的。」

嬌嬌也不抬頭，更不發表任何想法。她現在想的是，那廝，是不是裝的？

而韋貴妃為什麼要如此幫助他？是單純覺得他可憐，還是喜歡他的鬧，抑或者，她是知道他是裝傻的？

沒錯，嬌嬌在懷疑三皇子，她懷疑三皇子是裝傻。

其實在嬌嬌看來，裝成一個傻子比真正是一個傻子難多了。

如果他是裝的？他要裝到什麼時候？

第五十七章

時間過得極快，轉眼就到了年底，這宮裡也越發地熱鬧起來，嬌嬌是第一次在宮裡過年，感覺倒是新奇得緊。

韋貴妃如今統管著後宮，年底更是忙得不得了，嬌嬌每日陪著她，也學到了不少的東西，其實宮中有許多的事是與季家一樣的，只不過一個是「大家」，一個是「小家」罷了，但是綜合看來，倒是異曲同工。

韋貴妃有些疲憊，青楓為她捶肩，言道：「如今宮裡能幫上忙的老人太少了。」

韋貴妃倒是不置可否，她看著已經擺在屋內的金桔，吩咐道：「嬌嬌喜歡這樣喜氣的東西，妳給她送一盆過去，呃……另外吩咐一下下面的人，按照本宮擬定的單子，給季家賞賜些東西。」

「是，奴婢知曉。不過娘娘，想來皇上應該也會正式地賞賜季家的，咱們在那之前送過去好嗎？」青楓提醒。

韋貴妃點頭。「無事，先將東西送過去吧，嬌嬌說得對，人得有良心。」

「是。」

「去把嬌嬌宣來，送禮的時候，讓她也過去。過年這幾日忙碌，沒有機會讓她去季家，正好趁著這個機會讓她與季家好好地聚一下。」韋貴妃凡事皆是想得周到，青楓聽了，微笑應了一聲是，接著言道：「貴妃娘娘待嘉祥公主真好。」

嬌嬌沒想到年前還有機會去季家，心裡十分高興。

正準備出發，卻聽有季家的人求見她，嬌嬌有幾分不解，連忙宣。外人進宮自然不是那麼容易，季家也只是遞了消息進來，嬌嬌聽到之後接過了條子，當時就呆住了。

「小姐，可是季家有什麼事？」彩玉自小在季家長大，自然是對季家極有感情的，生怕有什麼不好的事發生。

嬌嬌一滴淚就這麼落了下來，她看著彩玉，囁嚅嘴角，好半晌，顫抖言道：「彩玉、彩玉，二叔醒了，二叔醒了……」

啪嚓，彩玉手中的瓷器直接掉了下去，她張大了嘴。

「您、您說什麼，二少爺醒了？太好了，真是太好了！」彩玉也是喜極而泣。旁的宮女不知道是怎麼回事，但是彩玉和鈴蘭卻都哭了出來。

嬌嬌本就是要出宮去季家的，如此一來更是沒有耽擱。

她快馬加鞭，急得不得了。

到了季家也不待門房稟告，連忙咚咚跑了進去。

老夫人見嬌嬌到了，笑著言道：「妳這丫頭動作倒是快。」

雖是冬日，嬌嬌鼻尖上倒是泛出了一絲汗珠，她笑咪咪地言道：「恭喜祖母守得雲開見月明。」

季老夫人心情極好，她自然是一直都堅信兒子會醒過來，可是他真的醒了，老夫人又有些無法承受的驚喜。她拉著嬌嬌的手，反反覆覆地念叨。「他終於醒了，七年了，七年了啊，我的兒子終於醒了。秀寧，守了這麼多年，我都不知道在深夜輾轉醒了多少次，多少次被噩夢驚醒，夢到我的霖兒不在了，可是天可憐見，他醒了，他醒了啊！」

嬌嬌為她拭去淚水，自己也哭了出來。「您看我們，這明明是大喜事，我們卻偏是要哭，真是不懂事呢！」

老夫人點頭，嘟囔。「是啊，是啊！走，秀寧，我帶妳過去，我帶妳過去看他。」言罷，老夫人拉著嬌嬌就往二房去。當初季致霖有反應的時候她們都高興得不能自已，如今更是覺得快活得不得了，季家是一片的喜氣洋洋。

嬌嬌跟著老夫人來到二房，季致霖果然已經醒了，二夫人坐在床邊伺候他，而幾個孩子也都圍在周圍，可以看得出來，季致霖臉色蒼白，還很虛弱。

「母……親……」這麼多年昏迷，季致霖說話有些困難。

二夫人連忙將位置讓給老夫人，同時與幾個女兒微福請安。「民婦見過嘉祥公主。」

季致霖有些疑惑，似乎不太明白。

老夫人坐到床邊，對嬌嬌擺手。

嬌嬌坐了過去，喚道：「二叔。」

這一聲「二叔」叫得季致霖更加地迷茫。

老夫人解釋道：「這位是嘉祥公主宋嬌，是已故的皇太子的女兒，秋天的時候剛認了祖宗。之前，她是咱們家你大嫂那房的養女，原本喚作季秀寧。」短短幾句話，倒是也介紹得清清楚楚、明明白白。

「公、公主、公……」季致霖再次將視線放在嬌嬌身上。

看他說得困難，嬌嬌制止。「二叔剛醒沒多久，正是虛弱的時候，何必在乎這些虛禮呢？」

季致霖望向了老夫人，就見老夫人含笑點頭。「你無須和公主客氣，在季家，她就是你的姪女。」

其實這話是說得有些奇怪，旁人感覺不出來，但季致霖是明白的，不管她之前是不是季家的養女，如今她都是公主，她真正的身分是公主，該有的禮數，總是該有。

但是他剛醒，這麼多年發生了什麼，他全然不知，也許，真的有些特別的事發生。

嬌嬌看他面色疑惑，也不解釋，這些等過些時日自有老夫人解釋給他聽，她只回頭看二夫人，問道：「二嬸，太醫怎麼說的？二叔的身體狀況怎麼樣？」

二夫人連忙回道：「太醫已經進宮稟皇上去了。之前他詳細地看過，妳二叔身子是沒事的，只要好好地養著，想來不須多少時日就會好起來。」

嬌嬌欣慰地點頭，笑咪咪地言道：「這樣最好不過。二叔，您不用擔憂，家中一切都很好。」

季致霖看著她，點了點頭。

「二叔許久不說話，又是剛醒，也不必想得太多，凡事循序漸進，慢慢休養才是正途，如若太過心急，倒是不利於恢復的。」嬌嬌提醒道，她覺得如若是她，八成是很想知道這麼多年來發生的事情，但是事實是，慢些養著，不太過心焦，才會好得更快。

季家不是複雜的皇宮，她這麼說，大家也習慣，自然知道她都是好意，遂點頭。

老夫人更是贊同。「秀寧提醒得對，老二，這麼多年，家裡發生了許多事，這些日子，讓你媳婦兒慢慢給你講，你也不要想得太多，好好養著身子，等你好了，才能好好地為家裡盡力。」

「我……知、知道。」

「真好，二叔醒了呢。」嬌嬌真心喜悅。

季致霖感受到她的歡喜，也笑了出來。

「公、公、公主很、很……很可愛。」季致霖由衷感慨。

「謝謝二叔誇獎。」嬌嬌笑得眼兒彎彎。

秀美在一旁嘟嘴。「爹都沒有誇我，妳又來搶人。」秀美十一歲的女孩兒，雖然知曉嬌嬌身分不同，是個公主，但是看大家的態度都沒有什麼變化，她也不覺得自己有什麼需要變的。

看她這般，大家都笑了出來。季致霖雖然不知道這幾年發生了什麼，但是看大家這麼和諧，由衷地高興。

「祖母，二叔早上才醒，如今也不過是半日，想來是不適合過於疲勞，我們就別在這裡叨擾他了吧，讓他多睡一會兒，也好好休息一下。」

「看我，好好，老二媳婦兒，妳留在這裡照顧著，我們也不打擾他，妳們這些小的也都別留在這裡了，好好讓妳們爹休息一下，如今人都醒了，什麼時候見都行。」

「是。」眾人尾隨老夫人出門。

待所有人都出門，季致霖看向了二夫人。「蓮兒，委、委屈妳了……」

二夫人笑著搖頭，淚水卻流了下來，她抓住季致霖的手，貼在了自己的臉上。「沒有關係，沒有關係的，我不委屈，孩子們都很聽話，家人都很好相處。致霖，你醒了，你醒了比什麼都好。」

季致霖也流下了一滴淚，他微微搖頭，這麼多年……似乎想到了什麼，他有些艱難地問道：「大哥、大哥……」

聽他問起季致遠，二夫人呆住，隨即背過身子抹掉了淚。

季致霖隱約明白了什麼，是啊，連大嫂和子魚都來看過他了，如若大哥還在，他怎麼會不來看他，怎麼會？

他徒然地將自己的手放下，隨即痛哭失聲。

「致霖，致霖，你身體仍是虛弱，可要好好保重自己啊。娘已經只有你一個兒子了，如若你真的再有個三長兩短，你讓我們怎麼活？致霖，娘年紀大了，我們都撐不起這個家；原本還有秀寧，可是現在不同了，秀寧是公主，她不可能永遠待在季家，不可能撐著季家的。如果你有事，你讓我們怎麼辦？」二夫人哭著勸道：「你要好好保護自己的身子啊！」

季致霖聽了，痛苦地閉上了眼睛，當年馬兒受驚，馬車翻覆，他哥在千鈞一髮之際推開了他，雖然他還是有受傷，可是卻活了下來，而他哥則是摔下了崖。

如果不是他哥，那時，死的便是他。

季致霖淚流滿面。

季致霖醒來的消息雖然算不得什麼大事，但是卻也震驚朝野，畢竟，季家今時不同往日，光是嘉祥公主的態度便能說明了一切，大家都知道，皇上和韋貴妃極為寵愛小公主，而小公主對季家可真是感恩戴德。

有些人羨慕季家的好運氣，可也知曉，這種事可遇不可求！

季致霖醒了，嬌嬌喜氣洋洋，聽說，楚攸都過去看過了。嬌嬌有些不放心楚攸這個人，她是很想查案，但是這個時候她不贊成楚攸過去詳細詢問，畢竟，她二叔還很虛弱呢，這麼想著，她就央著韋貴妃要召見楚攸。

韋貴妃斜睨她。「妳呀，還沒成親，就一日不見如隔三秋，他不過是有個好的皮囊罷了，那麼老，配妳都是咱們虧了，妳還這麼上心。」

說話間還挺氣憤。

每次韋貴妃或者皇上對楚攸心存怨念，嬌嬌都覺得一頭黑線——當初指婚的正是你們啊！

可憐的楚攸，到底是前世作了多少孽，要受這樣從身到心的打擊？

嬌嬌正色道：「其實我是怕他亂說話，擾了二叔的清靜。其實我們一直都懷疑當年父親和二叔的案子有貓膩，當時楚攸不是還是嫌疑人嗎？他那人您自然是知曉，最為小心眼，別人冤枉了他，他能善罷甘休？聽說二叔醒了，還不三天兩頭地過去騷擾二叔找證據啊。之前他就提過要給自己洗刷清白呢！當然，真相自然是要調查的，但是卻不該是現在啊，現在這個時候二叔正是虛弱的時候，他隔三差五地問一次，二叔傷心一次，問一次，傷心一次，什麼時候身子能好起來？這不是瞎胡鬧嗎？」

聽嬌嬌這麼說，韋貴妃也是贊同。「說起來，這事楚攸還真能幹出來，他就是個拎不清的。」我踩死你！

「可不是嗎？」嬌嬌憂愁地嘆息點頭。

「行了，妳宣他吧，即便是要重新徹查季家的案子，也不能這麼隨隨便便的，必然要通過皇上，咱們光明正大地查。」韋貴妃也不是不明白的，嬌嬌話裡話外的意思淺顯，她自然也是幫著孫女兒。

嬌嬌微笑點頭。

「微臣見過公主殿下。」楚攸是個美人，但聲音卻與他的外表相反，十分清冷淡漠，便是高興之時也鮮少表現得熱情。

「起來吧。」過了這麼久了，嬌嬌依舊是不太習慣這個男人給自己行禮。

楚攸倒是自覺，直直地坐在嬌嬌旁邊上的空位。「不曉得公主有何指點？」

嬌嬌看他這般，吐槽。「我哪裡敢指點楚大人，楚大人可不是一般人呢，如若指點錯了，倒是顯得我婦人之見。」

「那倒是。」楚攸理所當然。

嬌嬌抿嘴笑。「楚大人果然是年紀大了，沈穩得緊，這般自信，想來，將來定然能成大器。」

幾個丫鬟也不管他們說啥，該幹麼幹麼，在她們看來，每每這兩人相處，更似兩個打嘴仗的小孩，有趣是有趣，可是這麼幼稚，旁人看見真的好嗎？

楚攸挑眉。「楚某自然是沒有公主青春貌美，如若不然，皇上也不會這般地不待見楚某。」每日罵三遍的滋味絕對不是尋常人能受得了的啊！原本楚攸也算是皇上的心腹，不管事實如何，最起碼，看起來是這樣；自從找回了嘉祥公主，那個，楚攸徹底從香餑餑變成了狗不理。

呃……這麼說好像哪裡不對！

「楚大人是國之棟梁，皇上哪裡會不喜歡楚大人呢，楚大人可別妄自菲薄。」嬌嬌捏著帕子，閒閒道，嬌俏地睨了楚攸一眼，隨即掩嘴笑。

楚攸望天。

她在嘲笑他，而且是赤裸裸地嘲笑！

抗議！

兩人自然是不能無休止地這麼互相調侃下去，總是要說些正事的，嬌嬌也將自己的觀點說了出來，她是希望早日找到兇手，但是季致霖這麼虛弱，讓他去回憶那些痛苦的往事，並不利於他的恢復，她更希望的，是季致霖好了之後再進行調查。

楚攸似笑非笑言道：「妳當我真是那麼冷漠無情？我雖然很想知道當年是怎麼回事，但是我卻不認為季致霖會知道多少。」

楚攸語出驚人，嬌嬌不解。

「你是怎樣做出這個結論的？」

楚攸嘆道：「當時本來是只有季致遠一個人出門，季致霖是臨時決定加入的，所以如若這是一個有蓄謀的事件，那麼他必然只是針對季致遠，而非季家兄弟兩人。」

「我一定要找到真相的。」嬌嬌嘆息，她走到金桔前，有些鬱悶地拽掉了一片葉子。

楚攸猛然就想到了曾經在季家祠堂的那一幕。自然，他相信皇上不會弄錯，混淆皇室血脈的事不是外人想得那麼簡單，她失蹤這麼多年，他們如若不是多方求證，也不可能將她認回。當時在場太醫很多，每個人都知道，季秀寧是經過層層檢驗才變成宋嬌的，而且，這做不得假，可偏就是這個做不得假的季秀寧，她卻稱季老夫人為姨母。他調查過季秀寧的母親，她從來就沒有出過荷葉村，一切真是亂極了。

嬌嬌感覺到楚攸深幽的視線，回頭看他，有些不解，不過卻調侃問道：「看什麼看，沒看過美人？」

正在擦東西的彩玉一聽差點再次摔了瓷器，如果再摔，她可真是沒臉了，她都摔了一次了啊，嘤嘤！小姐太不矜持啦！

楚攸勾起一抹燦爛的笑容，緩緩言道：「正是……如此。」

既然你這麼覺得，幹麼又要說得這般緩慢，擺明還是不這麼認為。嬌嬌微微揚頭，有些傲嬌。

「在下除了自己，還真沒怎麼見過美人，如今見了公主方知，人外有人，天外有天。」

嬌嬌點頭。「人如若見識少，最是要不得，本公主也算讓你長了些見識。」

這兩人還能再噁心點嗎？彩玉覺得自己有點受不了了，默默地來到門口，她還是在門口守著吧，最起碼，不能讓更多的人聽見這兩人的談話啊！真是……聽不下去。

「那是那是。」楚攸本是開玩笑，但是看著站在金桔樹旁的嬌嬌，又覺得她俏麗可人得緊，而這個年紀不大又聰慧的小丫頭，將來就是他的媳婦兒。

他從來沒有想過娶親，他甚至不明白，自己能不能接受另外一個人在自己的身邊，可是這個時候，他又突然覺得，自己是庸人自擾了。

原來，許多時候，只是沒到那個分上，如若真的有這樣一個可愛的小姑娘與他攜手並肩，呃……其實想想，還滿好的！

楚攸呆呆地看著嬌嬌，嬌嬌也越發地臉紅起來，她怒道：「你還看?!」

楚攸回神，笑了一下，隨即言道：「這不是妳剛才說的嗎？讓我長點見識。」

呃，自己堵住自己的嘴了，嬌嬌惱羞成怒地說：「看多了就是冒犯公主。」

往日裡嬌嬌雖不見得是大家閨秀，可也沒有如此過，楚攸似乎了然她惱羞成怒背後的羞澀，一臉「我懂」的表情，淺笑告辭。

嬌嬌氣結。

的。

果不其然，見過了嬌嬌，楚攸沒有再次去季家見季致霖，當然，他本來也沒想著要去會又鬧么蛾子吧？」

日子就這麼一天天過去，按照慣例，過年的時候眾位皇親國戚都要進宮團圓。

嬌嬌想到了上次大家見面之時發生的糗事，有幾分小生怕怕地問韋貴妃。「您說三叔不會又鬧么蛾子吧？」

瞧給孩子嚇得！韋貴妃看嬌嬌，微笑問：「妳覺得害怕？我倒是不這麼認為，我怎麼看著，妳似乎很高興，覺得很有趣呢？」

「不要將人家的心裡話說出來嘛！」嬌嬌羞澀捂臉。

韋貴妃失笑，事實本就是如此，三皇子鬧，她也更多地是覺得有趣。

嬌嬌笑夠了，想到一個問題，小心翼翼地開口。「祖母，您說，三叔是真瘋嗎？」

要說嬌嬌怎麼會與韋貴妃說起這個，那要看嬌嬌的身分，大體在這個世界上，若說無話不說的信任，對她而言那只有季老夫人一個人，她與老夫人同樣都是穿越過來的，且具有親屬關係，她們自然知無不言、百分之百信任對方。

如若說再有信任之人，嬌嬌認為，她是可以信任韋貴妃的，對於韋貴妃來說，她是最為獨一無二的存在，自己是她的親孫女兒，還是失而復得的親人。

雖然對皇上也是如此，但是感覺卻不同，皇上的親人太多了，許是現在他覺得愧對她會對她好，但是以後怎樣倒不好說，可對韋貴妃來說，她絕對是獨一無二的。

韋貴妃也沒有想到，嬌嬌會提出這樣的問題，她吃了一驚，隨即擺手，青楓連忙去門口看著。

「妳知道了什麼？」韋貴妃認真地問嬌嬌。

嬌嬌搖頭，不過她從韋貴妃的話中明白了一個問題，那就是，韋貴妃也是這麼懷疑的。

「不知道還亂說。」

嬌嬌微笑。「感覺，有時候也不是有什麼證據，單單是對一件事的感覺。三叔確實是很像一個瘋子，可是像不一定就是，我總是覺得，他所做的一切都是他故意去做的。當然，這也可能是我的判斷失誤，我不敢肯定啊，所以才與祖母說。」

韋貴妃摸著嬌嬌的頭。「妳這孩子的觀察力太好了，確實，老三，他並不是真傻。」

嬌嬌錯愕地看著韋貴妃，韋貴妃用的竟然是肯定句。

「當年我的安兒出事，隔年換他出事，想來，是有人不希望還有長子在上頭，除了皇后，做出這事的還能有誰。那時我已然將自己關了起來，不問世事，不過三皇子他母親倒是個伶俐的，為了兒子的安全，她暗中教了三皇子裝傻；之前她便是我一黨的人，後來她身子弱，怕是熬不了多久，便偷偷見了我，也將三皇子托給了我。既然他們那麼喜歡爭奪皇位，那便爭、便搶好了，老三他每日活得自由自在，連皇上都拿他沒有辦法，兄弟幾個也要任他鬧，不是很有趣嗎？」韋貴妃笑，不過笑意卻未達眼底。

「祖母就沒有想過，要扶植三皇子？」嬌嬌認真地說，也不怕人知道。

韋貴妃看她，果真是個大膽的孩子。

「這皇位，呵呵。」韋貴妃冷笑。

「如若他喜歡，我自會幫他，可他偏是不屑一顧，這世上再好的東西，也是有人看不上的，皇位也是一樣。」

嬌嬌微笑點頭，隨即打趣道：「咱們不說這些了，頂無趣的。祖母，這次新年，三叔有什麼即興節目嗎？」

韋貴妃聽了，噗哧一笑，點著她的頭斥道：「妳呀，是看眼不怕亂子大。」

「哪有哪有！」

第五十八章

砰！

宮中稍顯偏僻的宮殿內，薛青玉將茶碗直直地砸在了地上，厭惡道：「該死的，這些該死的！」

「主子，您可悠著些自己的身子啊，氣大傷身。」小桃勸慰自家主子。

「我何時能有出頭之日？本想著進了宮，生了小皇子，何愁不平步青雲；可是如今呢，我得到什麼了？得到什麼了？」薛青玉本就不是那麼容易控制住自己情緒的人，在宮裡這幾年更多的不如意讓她戾氣更盛。

小桃卻另有旁的事憂心，她想得更多，看小姐還在糾結這些無用之事，她言道：「主子，您現在不是氣這些的時候啊！大姑爺醒了固然讓您心情不愉快，可是這又哪裡關咱們的事呢！您這個月的月事到今日還沒來，可這小半年，您根本就沒侍寢過，如若是真的有了，您可怎麼辦啊？」

小桃拋出驚人之語，薛青玉總算是有幾分回神。

「可我勾引了兩次，皇上都不肯來，我該如何是好？原本與咱們相熟的太醫又不負責這邊了，便是想隱瞞也難，我還能怎麼辦？」

皇上自從得知當年之事皇后是利用太醫誤導太后自己要死了，就對太醫院更加嚴格地整頓了起來，在嬌嬌的建議下，皇上採用了交叉輪班制，這樣一來完全杜絕了後宮妃子與太醫的勾結，因此這兩個月太醫院有了大變革。

正是因為這個原因，薛青玉如今是艱難極了。

「不管怎麼樣，我們也不能什麼也不做啊。主子，沒有太醫確診，誰也不能斷定您是否是真的有了，若是貿然地吃那些烏七八糟的藥物，傷了您的身子可怎麼辦？難道您就不能找他嗎，讓他給您出個主意什麼的，左右他也是個皇子啊！比我們有門路多了。」小桃再次語出驚人。

薛青玉聽到小桃的話，總算是冷靜下來幾分，她恨恨地言道：「那個死沒良心的，也不知道跑到哪兒去了，這幾日都沒有進宮，如今皇上對他們看顧得並不十分嚴厲，他卻不來，準是又被哪個小妖精勾住了，該死的！這一切都不順極了，老天爺怎麼就忘了我嘛！」

「小姐，您不能在這個時候還自怨自艾啊，咱們打起精神，改善現實的環境才是正途，不管別人如何，都與咱們無關的，咱們現在還是先想想自己的事吧；如若不行，奴婢想辦法聯絡一下老爺，看看他能不能有辦法？」小桃這幾年也是被磨得不似當初那般看不清楚一切了。

聽到小桃的建議，薛青玉尖銳地喊道：「不行！」

「妳想都不要想，我是不會讓家裡知道我的情況的，妳想都不要想。」

「可是……」小桃想再勸，卻被薛青玉一巴掌打了過來。

「我是主子還是妳是主子，告訴妳不准說就是不准說。」薛青玉劇烈地喘息。

小桃見她如此，連忙為她順氣。「主子，您別生氣，您千萬別生氣，您放心，我不說，我誰都不說，一切都聽主子的。」

薛青玉將手放在腹部，有些惱火。「只要皇上肯臨幸我一次，只要一次，我這孩子就有說法了，這個混蛋偏是不肯。過年這幾天皇上必然是要宿在韋貴妃那裡的，我們更是找不到機會，看來這事必然是要與『他』好好商量一番了。」

雖然挨了打，但是聽自家主子會冷靜考量這事，小桃總算是舒了一口氣。

「過年的時候皇子們都要進宮，主子抓緊機會才是。」

薛青玉點頭。「這不消妳教。」

小桃想得比較多，不過還沒等她想明白，在除夕的前一夜，她的主子，薛青玉，就已經死了！

彼時嬌嬌正在和韋貴妃閒磕牙，看到下人匆匆忙忙地進來在韋貴妃耳旁說了什麼，韋貴妃面色不變，卻回身對嬌嬌言道：「妳且先回去休息，祖母這邊有事要忙。」

嬌嬌也不多問，微微一福淺笑離開。

韋貴妃看嬌嬌離開，露出一抹溫柔的笑，接著問道：「可是找人過來檢查過了？確定了？」

青嵐回道：「回主子，確定了，確實有一個半月的身孕。」

韋貴妃微笑。「本來，人死了也就死了，宮中死個人倒是算不得什麼大事，不過本宮倒是記得，她該是很久都沒有承寵了吧？沒有伺候皇上，如何懷有身孕？將事情嚴密地封鎖好，本宮現在過去。」
青嵐問道：「主子，咱們不通知皇上？」
韋貴妃摩挲著手上長長的護甲，面色調整了幾下，有幾分肅穆。「皇上自會知曉的，咱們現在先去好生察看，麗嬪偷人，這事可是不能傳出去的。」
「奴婢明白。」
薛青玉是從假山上失足落下摔死的，不過這樣說，還真是沒什麼人信，最起碼，韋貴妃是不信的，好端端的人怎麼就會從那麼高的地方掉下來，別忘了她可是懷有身孕呢！
待韋貴妃來到薛青玉出事的地點，這裡已經被處理乾淨，再看韋風在此，韋貴妃笑。「皇上還真是動作迅速。」
韋風行禮，之後言道：「皇上請貴妃娘娘去麗嬪娘娘的殿裡一敘。」
韋貴妃點頭，兩人並排而行，韋貴妃低聲言道：「哥哥身體可好？」
韋風面無表情，然仍是回道：「父親很好，謝姑姑。」
兩人不談其他，待來到麗嬪的宮殿，韋貴妃並沒有看到往日跟在麗嬪身邊的小丫鬟。
皇帝坐在平日麗嬪常坐的位置上，面色難看。
「薛先生能教好別人，卻教不好自己的女兒，妳看看這麗嬪是個什麼貨色，竟犯此大罪，當滿門抄斬。」
「臣妾見過皇上。」
韋貴妃抿了下嘴，表情柔和。「臣妾知道，皇上說的都是氣話，麗嬪不守婦道，薛先生作為父親自然難辭其咎，是他沒有盡到好好教養之責；可薛先生的為人皇上是認可的，如若不是這般，也不會讓他來教諸位皇子。麗嬪往日裡也是個端莊溫順的性子，我想，就算是薛先生大抵也沒有想到，他的女兒會是這個樣子吧？」

皇帝冷哼一聲，不再說話。

便是皇帝，遇到這樣的事情也氣憤異常，這事關一個男人的尊嚴。

「此事，妳覺得誰來調查最好？」皇帝問道。

韋貴妃倒是沒有想過皇上會提這個問題，這事不是該暗衛進行調查的嗎？

「皇上是希望？」

皇帝嘆息一聲。「此事萬不能讓旁人知曉，暗衛調查雖好，可是到底是皇宮內院，多有不便，朕想著，還是妳來處理。」

韋貴妃已然猜到皇上的意思，頷首應是。

「她死了？」嬌嬌呆若木雞地看著韋貴妃，有些不敢相信她說的。

在嬌嬌心裡，薛青玉這樣的女人，不該是最後的大反派嗎，可是為什麼還沒怎麼樣就看她已經走過了場，變成了炮灰，果真是個吃人不吐骨頭的皇宮。

韋貴妃點頭。「死了，不僅死了，肚子裡還有個孽種，而她身邊的大宮女則是失蹤了。」

嬌嬌皺眉。「她懷孕？她偷人啊！」

韋貴妃聽她這般說，糾正。「女孩子家說話不可粗野，不過妳並沒有看過侍寢的記錄，為什麼會這麼認為？」

這下換嬌嬌失笑了。「祖母，如果有一天，我和您去打獵，您的箭根本就沒有瞄準，直接射了出去，然後就有下人拿著一隻被射死的小鹿過來恭喜您，說您百發百中，您怎麼說？」

韋貴妃回道：「自然不是我射中的。」

嬌嬌攤手。「那就是了啊，皇上年紀那麼大了，這不是顯而易見嗎？」

韋貴妃對著她的後背拍了一下。「妳個死妮子，都是誰教妳這些的，竟學些渾的。」

嬌嬌無辜狀。這不是妳問我的嗎，我給妳舉個這麼淺顯的例子，妳還要說我，真是累啊！

「我這不給您舉例子嘛！再說了，我是在講打獵，哪裡是渾說。」她一臉正義有沒有。

韋貴妃無語。

「嫌疑人都身分顯赫吧？」嬌嬌支著下巴問道。

看她這麼伶俐，韋貴妃扶額，她怎麼就一點都不扭捏呢？不過，她真是適合幹這行啊，韋貴妃覺得，也許讓嬌嬌當小捕快也是一個不錯的選擇，這丫頭完全適合做這行啊，別的事可不見她這麼靈光。

「能進出皇宮的男人，只有親王和皇子，當然，也有可能是別人，但是可能性很低。」不待韋貴妃問，嬌嬌直接言道：「安親王、梁親王不算，不會是他們倆，安親王和梁親王都不可能讓薛青玉懷孕。」

韋貴妃看她說得這般自然，深深覺得自己好像才是少見多怪的那個。

「如今三皇子和十皇子住在宮裡，可是三皇子是個傻子，皇上怕他鬧事，派了八百個人跟著他，他時時刻刻身邊都有人，不會是他；十皇子還小，想來一個十一歲的娃娃還啥都不懂吧？喏，其實用排除法，剩餘的嫌疑人也不是很多，皇親國戚裡，也只剩了瑞親王、四皇子、五皇子、七皇子和八皇子。」嬌嬌理所當然地說著。

還不待韋貴妃搭話，嬌嬌繼續道：「其實這事不該祖母調查，應該讓楚攸來，那廝跟狗似的，光靠聞，都能嗅出個一二。我不誇張，他幹這樣的事非常在行。」

這是誇獎嗎，但是，這樣的誇獎真的好嗎？無解！

「楚攸是男人，不適合進宮調查。」冷颼颼的聲音傳來，不是皇上又是哪個。

作為孩子家長，還是爺爺，皇帝表示，自己死看不上孫女婿，在別人都懷疑這是不是誇獎的時候，他的認知是，這就是誇獎，這是公然誇獎自己未婚夫……自己的孫女兒年紀小，一定是被蒙蔽的，楚攸罪該萬死！

嬌嬌看皇帝臉色不好，嘿嘿笑，阿諛地言道：「那是自然，那是自然的，這事祖母能處理好。」其實嬌嬌是覺得，皇帝那麼大的年紀還被小老婆帶了綠帽子，心情不好也是正當，她該好好安慰長輩。

而皇上的想法是——該死的楚攸，你給朕的孫女兒灌了什麼迷魂湯，她竟然不顧身分在宮裡公然誇獎你！

察覺兩人思想上斷片的韋貴妃沈默不語，任由兩人彼此誤會，畢竟她也不待見楚攸。

「這事朕不希望旁人知道，特別是外人。」皇帝加重了「外人」兩字。

嬌嬌點頭。「我懂，我不說。」又想到什麼，她問道：「派人去找小桃了嗎？」薛青玉的丫鬟是叫這個名吧？

皇帝點頭。「已經開始找了。」

嬌嬌嘆息。「我覺得，她八成是凶多吉少了，指不定現在屍體被埋在了哪個地方。」

「她就不能是兇手？」皇上問道。

嬌嬌一臉「你在開什麼玩笑」的表情。

「絕對不會是她，但是她一定是知情人，按照慣例，知情人通常會被滅口。」

皇上和韋貴妃相互看了一眼，覺得壓力有點大，小姑娘這麼熱衷推理，總覺得不太好啊！

大年三十清晨。

嬌嬌早上起來的時候還是決定先去看看薛青玉的屍體，薛青玉的臉色蒼白，身上有許多擦傷，特別是額頭，那裡應該就是她的致命傷。嬌嬌又向太醫詳細地詢問了關於薛青玉懷孕的情況，太醫也如實回答。

因著晚上還有宴席，嬌嬌將此事暫且放下。

不過她也仔細地交代了眾人，過年這幾日皇子們都是要住在宮裡，可是要仔細著，萬不能再出事。

將一切處理妥當，嬌嬌往回走，遠遠地，她看見瑞親王妃，瑞親王妃身邊則是跟著一位小姑娘，看起來與嬌嬌年紀差不大，她一身大紅的披風，毛領襯得整個人好看極了，瑞親王妃則是一身素雅，便是新年亦是如此。

自然，瑞親王妃也看見了她，兩人相視一笑，嬌嬌先福下。「王妃有禮了。」按理說，嬌嬌該叫一聲嬸婆，但是看她的年紀，嬌嬌總是覺得這樣叫有些違和，好在，因著她的身分，叫王妃也是並無什麼不妥的。

「公主有禮，想來這些日子公主忙壞了吧？」瑞親王妃微笑，態度和藹可親，她身邊的女孩也跟著微微一福。

嬌嬌搖頭回道：「我只略微幫些，倒也算不得忙，若說真忙，祖父、祖母他們才是真的忙呢！」

「公主還是能幹的，我家阿瑜只比公主小一歲，可是沒有公主這麼能幹呢。瞧我，真是個糊塗的，還未為公主介紹，公主，這便是我家阿瑜，阿瑜，見過公主。」

宋瑜俏麗一笑。「阿瑜見過公主。」

嬌嬌細細打量宋瑜，她瓜子臉，長得有幾分美豔，並不似一般小女孩兒，若是不說，大體大家都會認為她比嬌嬌年長的；說起來，不知道是不是心理作用，嬌嬌竟是覺得，這個宋瑜……有幾分像楚攸。

「我倒是第一次見阿瑜呢，阿瑜以後可要進宮來找我玩，這宮中好悶的。」嬌嬌更像是個小姑娘。
宋瑜點頭，她雖然長得美豔，倒是很像瑞親王妃，整個人溫順極了，不過這也只是在外面做出的表相。
「好呢，我往日在家中也是無趣，有了公主這句話，我可是要來叨擾了。」
嬌嬌笑得梨渦深深，她不禁想到了她和瑞親王的第一次相見，如若不是因為她判斷出瑞親王有個差不多年紀的女兒，說不定她也是找不到什麼突破口的；可見，瑞親王定然很疼這個女兒。
「阿瑜真好看，不過倒是不怎麼像王爺和王妃呢，我猜，阿瑜定然很像自己的外婆，真是美人胚子。」嬌嬌看起來無害。
宋瑜略頓一下，笑著回應。「我的外祖母早就不在了呢，我倒是沒有見過，我想，這事母親才是知道的。」
瑞親王妃並沒有什麼多餘的表情，依舊是溫和地笑，不過卻言道：「說起來，我也不記得母親的長相了，她在我還不記事的時候就去了。小公主真是個孩子，如此竟然聯想到阿瑜的外祖母。」
嬌嬌捏著帕子，歪頭，樣子天真可愛。「原本我住在季家的時候，秀雅姊姊也不太像二夫人，反而更像是季老夫人的，人家都說，隔代相像，有福氣。」
「如若真是這樣，那我可真是要多祈禱阿瑜多像些我母親，如此才是福氣。」瑞親王妃笑得淺淺的，眼底則是一片深邃。

嬌嬌望向了她，總覺得她的笑容有些僵。

鈴蘭匆匆忙忙地過來，低低稟告。「公主，楚大人過來了。」

嬌嬌皺眉，今兒他不是休沐嗎？

「王妃和阿瑜繼續轉轉，我那邊還有些事情，先行一步了。」

「公主自然是先忙正事。」其實剛才鈴蘭的聲音不低，瑞親王妃和宋瑜自然也是聽到了她的話。

嬌嬌微笑點頭，與她們錯身而過離開，不過剛走沒幾步，嬌嬌突然停下了腳步，她微笑回頭看瑞親王妃和宋瑜，嬌俏地言道：「說起來，阿瑜長得倒是有幾分像楚攸呢！」言罷，她淺笑離開。

待她離開，宋瑜冷下了臉色。「母親，她這是什麼意思啊？」

瑞親王妃則是皺眉看著嬌嬌離開的方向，她淡淡回道：「公主沒有惡意，我們回去再說吧。」隔牆有耳，這裡總是宮中。

宋瑜到底是個女孩子，也不過才十二歲，要說讓她隱藏住自己的情緒自是可以，但這人是她的母親，她哪裡能控制得住。

「她說這話，好似母親與楚攸有什麼似的，又說什麼我像外祖母，她怎麼會見過我的外祖母，當真可笑。」宋瑜噼哩啪啦地言道。

「夠了，我讓妳別說了，謹言慎行。」

宋瑜被瑞親王妃呵斥了，有些委屈地癟了癟嘴，不過倒是不再妄言。

瑞親王妃還沒從自己的震驚中緩過來，她攥著帕子，吩咐身邊的心腹。「妳去看看王爺在幹什麼，如若無事，跟他說我有事找他。」

吩咐完，又看宋瑜，周圍的人都是他們瑞親王府的親信，瑞親王妃依舊什麼也沒多說。「跟我來。」

瑞親王妃這時心裡卻是無比驚愕，她不知道小公主究竟是有心還是無意，但是她的話確實讓她想了許多。好端端地，小公主不可能是無的放矢說這些話，就算是她的女兒，也不會這樣說，更何況是小公主呢，她自小就寄人籬下，該是最為謹慎有心計的。

可是小公主是在說什麼，莫非她知道了什麼？想到季家出品的滑翔翼，瑞親王妃心裡更是猶如驚濤駭浪，其實當初皇上帶回了季家的滑翔翼，自己就是有幾分懷疑的，但是因著滑翔翼並沒有那麼大的動力，所以她也只是懷疑；可是如今看來，將一切問題串起來，她不禁有兩個揣測，一則季家也有一個一樣的穿越者，二則，季秀寧其實下過谷底，知道一切。

滑翔翼是季秀寧根據季致遠的設計圖做出來的，但是瑞親王妃卻並不認為季致遠是那個穿越者，別人相信，她是不信的，如若季致遠真的早就有了那個設計圖，為什麼早不拿出來，這並不符合常理；她更傾向於，季致遠就是個藉口，一個既能讓季家揚名又能讓真正的人隱藏的藉口。

待回到室內，宋瑜看到父親進門，撒嬌地衝了上去。「爹。」

「瑜兒在宮裡玩得可好？」瑞親王態度果真是十分柔和。

宋瑜嘟嘴。「我們碰見那個小公主了，她說了些奇奇怪怪的話，還說我像那個楚攸，您說她怎麼這麼討厭啊，她是在暗示什麼嗎？」

她爹娘是京城有名的伉儷，照她這麼說，好像她母親與楚攸怎麼樣了似的，真是一個討厭的人。

瑞親王有些不明白了，他看向了瑞親王妃。「雨相，怎麼回事？」

而這時的瑞親王妃還在擰眉沈思，她並沒有聽到瑞親王的問話。

「雨相……」

這個時候瑞親王妃才反應過來，她看著望著她的父女倆，言道：「阿瑜，妳先回房，我有些話要和妳父親說。」

「母親……」宋瑜挽著瑞親王的胳膊，有些俏麗地跺腳。

王妃看她，冷下了聲音。「下去。」

宋瑜看瑞親王妃冷下了臉色，有些害怕地收起了手，這個家中雖然瑞親王是一家之主，但是實際上真正處處作主的卻是王妃，這點外人不曉得，宋瑜卻是知道的，她娘比她爹厲害多了。

「我、我知道了。」宋瑜不敢耽擱，只要她娘發怒，他們都是不敢多言的。

待所有人都出去，瑞親王有幾分不解地問道：「可是出了什麼事？看妳怎麼這般地嚴肅？」

瑞親王妃緩了一下心神，問道：「今日，小公主說了一些奇怪的話。」

瑞親王點頭。「這我知曉，剛才阿瑜說過了，她可是說什麼不好聽的了，妳不理她便是了，如今她風頭正勁，咱們犯不上得罪她。」

瑞親王妃搖頭，她看一眼瑞親王，就不明白他怎麼就這般地單純，凡事還是那般地沒有數，如若真是這般，她需要這麼嚴肅嗎！

「若是這般，我需要這樣嗎？今天小公主說，阿瑜不像我們夫妻，必然像外祖母，她還說，阿瑜有幾分像楚攸。」

瑞親王一時火冒三丈。「她這是什麼意思，難不成懷疑妳與楚攸有一腿嗎！真是氣煞我也！」

瑞王妃皺眉，聲音軟軟的，不過卻冰冷。「我常說，讓你做事多想，你為何就是不聽？你難道不能考量到這一點嗎？她有什麼必要這樣編排我，又有什麼必要往她自己的駙馬身上潑髒水？不是祖母、不是其他人，是外祖母，你就不想想為什麼？」

瑞親王不解，問道：「那是？」

好在，瑞親王妃已經習慣了瑞親王的智商，與他拐彎抹角地說，委實沒什麼意思。

「我懷疑，小公主知道我是林家的人，她下過那個谷底，或者說，季家有人下過那個谷底。」

瑞親王震驚。「那她為什麼沒有說出來？還有，這和楚攸又有什麼關係？他就算是和妳現在的姓氏一樣，也不代表什麼啊！他……」

他的話還沒說完，瑞親王妃卻霍地站了起來，她看著瑞親王，囁嚅嘴角，半天，言道：「楚？楚攸？為什麼我沒有想到這個可能性？楚攸多大年紀？」

她激動地拉住了瑞親王的胳膊，瑞親王呆滯一下，隨即回道：「應該是二十有八、九了吧，我先前調查過他的資料。」

瑞親王妃攥著拳頭，呢喃。「年紀對不上，可是，只差一歲，如若他是為了躲避別人的猜忌多說了一歲也不是不可能。」

「雨相，妳怎麼了？妳到底在說什麼？什麼只差一歲？」

瑞親王妃激動不已，而此時她竟是覺得自己身體不能承受，時有幾分喘不上氣來。

瑞親王見狀連忙扶她坐下，為她倒了一杯水。「雨相，妳別激動，妳的身子受不住這些的，別激動。」

瑞親王妃看著瑞親王，緩緩言道：「我的小弟，林冰，字攸之。你知道我為什麼選了楚這個姓，我母親是江州楚氏。小時候，外人便言道，大姊和小弟肖似母親，我與三妹則是肖似父親。你那麼疼阿瑜，不也是因為她長得很像大姊嗎？我沒有見過楚攸，但是相公，你是見過的，你拋棄偏見平心而論，楚攸，他像不像大姊？」

說到這裡，瑞親王呆滯住了，他回想楚攸的容貌，半晌，越想眉毛擰得越深。「有……幾分相似。」

瑞親王妃閉上了眼睛，一滴淚就這麼滑了下來。

「楚攸，年紀故意多說了一歲，與八皇子關係好，其實一切都是很容易看出來的，竟是我疏忽了。楚攸是什麼時候與季家反目的，可不正是三妹死了之後？許多人都以為楚攸愛慕當年的三妹，原來，不是愛情，竟是親情。」這麼想著，瑞親王妃直接站了起來。「我要去見他，他現在在韋貴妃的宮裡，我剛才聽說他求見小公主了。」說罷便激動地就要往外走。

瑞親王連忙拉住她。「此時不妥，就算真的是這樣，我們也不能在宮裡相認，要知道，韋貴妃可不是善類，如若這事讓她懷疑了，咱們的計劃就要泡湯了啊；再說了，還有一個不知是敵是友的小公主，妳就沒有想過，她為什麼會在妳面前說這些？」

這個時候瑞親王總算是帶了點腦子。

瑞親王妃站在那裡半天沒動。

「雨相，咱們要從長計議啊，要見也可以，可是我們不能衝動啊。」

瑞親王妃似乎總算是聽進了瑞親王的話，她木木地回到了位子上坐下，瑞親王見狀舒了一口氣。一絲證據也無，單憑推斷，他們怎麼能去認人呢！

恢復過來的瑞親王妃言道：「你再多講一下季家。」

瑞親王雖不明白她為何又將話題拐回了季家，不過卻仍是詳述了一番。

瑞親王妃問道：「三十多年前就開始了啊，那麼看來，不會是季秀寧……」她喃喃自語，如果有穿越來的，那應該不是季秀寧才是啊，畢竟季家三十多年前就這麼「特別」了……

瑞親王不明所以。

「季老夫人，是個什麼樣的人？」

從前季家雖然住在京城，但是季老夫人基本足不出戶，凡事皆由季致遠、季致霖出來處理，當時他們處事的風格頗為現代，還惹得她有了幾分懷疑，可是詳細調查之下，又發現並不大像。

那個時候，她甚至是懷疑過薛大儒的，畢竟，薛大儒的學生都現代氣息很重，可也只是季致遠那一批，她又覺得是自己想錯了。因著報仇的事更加重要，她才將這事漸漸放下，如今，似乎是時候再次拿出來評估了。

沒錯，她，林霜，如今的瑞親王妃楚雨相，正是一個穿越者，不過她卻不是半道接受了林霜的身體，穿越之前，她因病去世，再次醒來，就變成了小嬰兒林霜，她更傾向於自己不是穿越，而是重新投胎，只不過，她忘記喝孟婆湯罷了。

她幸福地生活了這麼多年，結果林家卻遭遇了大劫，如若她的父母不是好人，她還不會這般地怨恨，可是不是，不是的，他們一家都是好人，而她的父親，則是被陷害的。

一夕之間，家破人亡。

原本她沒往那邊想，她全心只想著如何算計四皇子他們那些人，但是今日看著，原來她真的忽略了很多。

「正是因為季老夫人是一個穿越者，所以季致遠、季致霖、楚攸、季秀寧、季秀慧都或多或少有一些現代人的氣息，原來是這樣，原來是這樣的……並不是有很多穿越者，而是因為那個穿越者影響了他們。那個人，是季老夫人。」瑞親王妃低低呢喃。

瑞親王並沒有聽到她說什麼，問道：「什麼？」

瑞親王妃搖頭。「無事，還有些事我沒有理順清楚，我還要再多想些，你無須管我。楚攸的事，我們先暫且這樣，回府從長計議之後再做定奪。」

「好，一切都聽妳的，不過既然他們下去過、懷疑過，為什麼不來和我們相認？所以我倒是並不十分相信的。」瑞親王發表自己的意見。

瑞親王妃並沒有抬頭。「我們都不敢隨意認他，想來他也是一樣的，不過我倒是很好奇一件事。」

「呃？」

「小公主，嘉祥公主宋嬌，原本的季秀寧，她在其中扮演了什麼角色，如果楚攸真的是小弟，他不可能會將自己的真實身分說出來，唯一可能的就是，這是小公主自己發現的。」

瑞親王再次感慨。「當年我怎麼就沒殺了她呢？」

瑞親王妃睨他一眼。「你當年說，她是個可愛又單純的小姑娘。」

瑞親王理直氣壯。「正是因為我當年看錯了，所以這麼多年來，我每每想起此事，都覺得這是在提醒我的愚蠢。」

瑞親王妃微笑。「原來的愚蠢已經不能挽回，只希望，你以後能多幾分腦子。」

她說得不客氣，但是瑞親王也不生氣，這麼多年來，他已經習慣了，確實，兩相比他聰明多了。

他這人雖說缺點很多，但是最大的優點便是能看清自己有幾斤幾兩重。

「對了，我還有件大事要告訴妳。」瑞親王神神秘秘。

「何事？」

「薛大儒的二女兒死了，就是麗嬪。」

瑞親王妃疑惑。「什麼時候的事？」恍然想到今天嘉祥公主來的方向和身邊的人，她突然有幾分明白。「不是正常死亡？」

「妳怎麼知道？」瑞親王吃驚地問。

「這還用說嗎？如若正常死亡，幹麼隱瞞？」

瑞親王點頭，「應該是昨天沒的，想來是怕晦氣，大抵過完年才會公布，不過，好像不太體面，具體如何沒人知道；但是照妳剛才的話，楚攸在這個時候進宮，說不準也是因為此事的。」

瑞親王妃冷笑。「讓他們鬧去吧，到底如何，與我們無關，咱們坐山觀虎鬥便可。」

「看什麼虎鬥？當時查得轟轟烈烈的皇太子事件最後拉出來一個玉妃，長腦子的都知道玉妃是替罪羊。」

「呵呵，你以為，皇后是能說的嗎？人都死了，總不能說是她吧？你沒看見這段日子皇上對四皇子極為不待見嗎！如若說皇后和這事扯不上關係，我是一百個都不信的。」她再次冷笑。

其實這也是皇上的計策，他總不能讓自己的母親被人懷疑，說是玉妃，根本沒人肯信，最好的辦法便是將此事栽在皇后身上，左右皇后已經不在了，他不須多說，只要表現便可。

「估計和安親王也是脫不了干係，如今朝堂之上只有三個人最為艱難，安親王、四皇子和楚攸，那可是不能多說一句話，不然非呲死你；安親王還好些，到底年紀大，四皇子和楚攸那是照著三頓飯地罵，一個兒子，一個孫女婿，皇上可真不客氣。原本他們倆挨呲我還滿高興的，不過如若楚攸真是小冰的話，呃，他娘的，怎麼就感覺這麼怪呢？」瑞親王無語。

瑞親王妃微笑。「如果挨罵就能娶到嘉祥公主，我倒是覺得這是值得的。」

瑞親王看王妃這般表情，有幾分明白過來，心有戚戚焉地點頭。

「如若他真的是小弟，必然也會為林家報仇，有得寵的公主幫忙，總是好過單打獨鬥。」王妃垂下眼瞼。

第五十九章

嬌嬌相信，如果瑞親王妃真的是林家的某個人，那麼她一定會有所行動，倒不是說一定會在今日，只是不管什麼時候，只要動了就好，最起碼，這說明，楚攸還有親人在世。

楚攸坐在屋內等嬌嬌，看她嘴角噙著笑進門，小小的臉蛋因著外面冰冷的天氣更顯幾分白皙。

「下官見過公主殿下。」楚攸起身行禮。

嬌嬌點頭喚他起身。「不知楚大人求見，可是有什麼事？」

楚攸指了一下放在桌上厚厚的律法典，微笑。「今日皇上差人通知下官，說是讓在下送一本律法典進宮予公主，不曉得，公主如何又需要這樣東西了？」

嬌嬌這才看到放在桌上的厚厚書籍，她並不知道皇上的意思，不過還是過去略微翻閱幾下。

「倒是不知祖父是個什麼意思。」

妳都不知道，我如何能夠知道？楚攸挑眉，表情很是無辜。

這兩人百思不得其解。

不過現在正在主殿的韋貴妃卻是知道的，昨夜看了分析地頭頭是道的嬌嬌，她與皇上兩人總是覺得，女孩子這樣不太好，不過這也只是一瞬間的想法，自己家的孩子總是好的。

嬌嬌既然這麼能幹，那麼皇上的想法也是頗為深遠，楚攸這個孫女婿雖然不大讓人滿意，但是綜觀全朝，更好的竟是沒有，如此一來，只能湊合。

光有實幹經驗不行啊，所以皇上決定，為皇長孫女兒提供些理論依據，呃，結果就是這個律法典了。

「算了，不管了，既然送來了，我閒來無事的時候倒是也可以拿來打發時間。」嬌嬌總結。

楚攸微微勾起嘴角。

看他笑得這麼好看，嬌嬌突然言道：「楚攸，你有沒有覺得，你近來笑得多了？」

楚攸怔了一下，隨即言道：「我不是一直都是這樣嗎？」

嬌嬌搖頭。「那怎麼一樣？以前你自然也是笑的，但是笑容假得讓人覺得可笑，如今不同啊，如今多了幾分的真。我說楚攸，你不會真的是越來越喜歡我了吧？」嬌嬌挑眉，斜睨著楚攸。

呃……楚攸感覺頭頂一排烏鴉飛過……

「公主這般可愛，自然、自然是惹人喜愛。」楚攸覺得自己說得滿艱辛的。

嬌嬌揮手，將下人們遣了下去。

彩玉扶額，又將她們攆出去了，嘤嘤！

待所有人都出去，楚攸挑眉問道：「有事？」

嬌嬌點頭。「我剛才見到了瑞親王妃和小郡主宋瑜。」

「那又如何？」楚攸不為所動。

「真巧呢，我覺得宋瑜長得很像你！」嬌嬌不顧楚攸是男子，逕自將披風解開，掛上。

楚攸呆滯地看著嬌嬌，有幾分遲疑地問：「她，像我？」

嬌嬌點頭回道：「嗯啊，正是呢，我試探了瑞親王妃，我想，如果她真的是林家人，那麼她應該會有所行動。」

「誰准妳這麼做的？如果她不是呢？妳這般，不是將我的事全然洩漏出去了嗎？妳就沒有想過，妳會打擾我的計劃嗎？」楚攸冷下了臉色。

嬌嬌看他不高興，解釋道：「我是那麼沒有分寸的人嗎？如若她不是林家的人，是想不到更多的，只有她是，她才會多想，你且放心便是。」

楚攸緩了一下心神，瞇眼看嬌嬌。「妳為什麼要幫我？剛還說我越來越喜歡妳，不會是妳越來越喜歡我吧？」

嬌嬌冷哼。「你要不要這麼自作多情？怎麼可能？」

「怎麼就不可能？」楚攸靠近嬌嬌。

嬌嬌知曉楚攸是故意的，也不害怕，挺了挺胸，言道：「那你說說，為什麼可能？老男人什麼的，最喜歡自作多情了！」

「妳個小丫頭！」楚攸伸手摸了一下嬌嬌的頭。

作為一個假小朋友，被人家摸頭是極為讓人惱火的啊，嬌嬌一躲，竟然不小心絆了一下，不待有更多的反應，她直愣愣地摔了下去。

「啊……」

楚攸有些慌亂的一拉，竟也被嬌嬌扯倒了，要是往常，他自然不會這樣，確實是事發突然，兩人一同倒在了地上。

好巧不巧，兩人就這般的唇對唇，親上了。

聽到叫聲衝進來的眾人瞬間發窘！

天啊，她們看見了什麼?!

嬌嬌和楚攸倒在地上，而楚攸則是壓在嬌嬌的身上，兩人還親著。

偷情嗎？

嬌嬌被親到了，眼睛瞪得大大的，石化！

楚攸到底是個男人，比她反應得快些，連忙將身子支起來，又將嬌嬌拉了起來，還不待兩人站穩，彩玉一把衝過來，護犢子似地將嬌嬌拉到了身後。

「楚大人怎麼可以這樣！」彩玉警戒地看楚攸。

這時楚攸摩挲著自己的唇，看著嬌嬌，半晌，回道：「意外。」

嬌嬌這時也反應了過來，再看楚攸的動作，臉色爆紅。

「這是個意外，妳們誰也不准胡說，不然我將妳們全都打發到慎刑司。」她張牙舞爪地說。

「是。」

「你還有事嗎，沒事我要休息了。」

楚攸看她，不說話。

「我要休息了。」嬌嬌聲音越發地大了起來。

這才上午，妳是休息什麼！這個藉口很奇怪啊！

不過嬌嬌才不管。

楚攸終於恢復正常，微笑，回道：「是！」

待楚攸離開，嬌嬌握著拳頭尖叫。

「啊……」

此時的楚攸並沒有走遠，聽到嬌嬌的叫聲，連他自己都沒有發覺地勾起了嘴角。

嬌嬌表示，自己很沮喪，這都是什麼事啊！

彩玉正經道：「公主，以後楚大人過來，你們還是不要關門了，這太不安全了，再說於您的名聲也不好，雖說事無不可對人言，但您這樣會徒惹旁人閒話的。」

「我知道了。」嬌嬌焦躁啊！

「伺候我更衣，我要去見祖父，好端端地，給我送一本律法典幹啥？」嬌嬌換好衣服，再次出門，她一定不會說，她是因為太過心煩意亂才去的，一定不會。

皇帝此時正在御書房，雖然今日無須辦公，但是他習慣了待在那裡，看書寫字什麼的，也別有一番情趣，幾個兒子都留在那裡，一起敘話，也挺開懷，前提是，如若沒有麗嬪的事。

雖然也不能肯定這些事就是皇子做的，但是他們總歸是嫌疑人。

「啟稟皇上，嘉祥公主求見。」

皇帝一聽嬌嬌到了，立刻含笑，真是趕巧了。

「宣。」

嬌嬌進門見除了皇上，四皇子、五皇子、七皇子和八皇子都在，她規矩地依次請安。

幾人也都頗為熱情。

「嘉祥怎麼會在這個時候過來？」

嬌嬌言道：「嘉祥有一事不解，只得來請教祖父。」

皇帝微笑，猜到了她的來意。「楚攸進宮了？」

「正是呢，不知祖父為何要讓他給我送一部律法典呢？」嬌嬌認真問道，一臉的虛心受教。

皇帝看幾個兒子似乎也很好奇，並不直言。「妳且自己慢慢領悟吧。」

嬌嬌微愣，隨即點頭。「嘉祥明瞭。」

皇帝吩咐來喜為嬌嬌備了椅子，言道：「嘉祥也坐一會兒。」

「好呢。」嬌嬌掃了一眼幾個皇子，其實她也想看一下這些「皇叔」的品行。

待她坐定，八皇子最先開口。「嘉祥真是花一樣的年紀。」

嬌嬌不是第一次見他們，不過這麼近距離倒是第一次。

「男人四十一枝花，若是這麼說起來，幾位皇叔確實還沒到開花的年紀。」嬌嬌捏著帕子，規規矩矩微笑。

八皇子愣了一下，隨即笑。「我倒是沒有聽過這樣的說法呢？不過想到我還沒開花，真是滿高興的，顯得多年輕啊！」

「說起來，咱們幾人之中，倒是我會最先開花了。」四皇子笑言。

「皇叔真會說笑。」嬌嬌微微垂首。

皇帝看幾人似乎相處得極好，又想到他們暗地裡的波濤洶湧，心裡有著說不出的滋味。

「我要抓鳥，我要抓鳥，你們不要攔著我……」

外面傳來一陣喧譁，聽著聲音便可以分辨得出，必然是「傻子」三皇子。

許是過年，皇上心情不錯，交代道：「讓他進來，這大過年的，萬不准他在外面胡鬧，像什麼話。這個老三，也太不像話了，這幾日倒是看中了朕豢養的鳥兒，非嚷著要將牠抓住拔毛，實在有辱斯文。」

聽了這話，嬌嬌沒忍住，噗哧一聲笑了出來，隨即用帕子將嘴掩住。

「祖父恕罪。」

皇帝並未計較。

不多時，三皇子被帶了進來，他一進門，興沖沖地就來到了嬌嬌的身邊，一巴掌拍上了她的肩膀，雖然看似挺重，但是實際沒使什麼力氣。

皇上惱怒。「你這渾貨，怎地來了就犯錯？」幾個弟弟也都站了起來，怕他再行些不妥當之事。

三皇子眨巴眼睛，頗為無辜。「她上次還跟我顯擺打不著，我這不打著了嗎？」

嬌嬌站了起來，仰頭看他。「你打雪仗的時候本就沒有占到便宜。」

三皇子嘟嘴，這麼大年紀的男人嘟嘴，真心讓人覺得違和啊。

「不服出去打。」

嬌嬌冷笑。「恕不奉陪，我不跟傻子玩。」這話說得讓幾個皇子都變了臉色，這宮裡任何人都知道三皇子是傻子，但是能說得這麼明白的，沒有，誰也不敢。

而皇上也沒有想到嬌嬌會這麼說。

三皇子天真無邪地笑道：「可是妳上次還和我玩了啊！」

嬌嬌再次言道：「我不和傻子玩。」

別人不解，三皇子卻明白了，他不是真的傻子啊，她只是想說，自己不是傻子，不過看這些真正的睜眼瞎子，似乎根本沒有領會她的意思，連父皇都沒有，三皇子不禁心裡有幾分的感慨。

「妳欺負我。」三皇子控訴。

嬌嬌倒不是真的就要讓別人知道三皇子的事，她只是希望三皇子知道，自己是知道的，她不想看三皇子在這個時候鬧。

「有嗎？」嬌嬌望天。

三皇子扯衣角。「沒有。」言罷，他坐到了嬌嬌的椅子旁，小可憐一般。

大家都沒有想到三皇子竟然沒鬧，不禁又多看了幾眼。

「三叔坐上來吧，我站著。」嬌嬌拉三皇子。

三皇子頓時笑了起來，他也不客氣，直接坐到了椅子上。

「妳是個聰明的好人。」三皇子笑嘻嘻的。

奇葩二人組！

見場面安靜下來，皇上總算能放心，又吩咐來喜為嬌嬌添了椅子，問道：「你們可曾看過這本書？」皇上將手中的書拿了起來。

嬌嬌望去，正是季致遠的書，有人看過、有人沒看過，唯有三皇子不說話，他玩著手指頭。

「朕這些日子在想，季致遠的觀點到底是對還是不對，將教育大範圍普及化，不像現在這種私塾，反而是做成公學，天下所有人都是天子門生，會不會更好些？」

這是一個新議題，如若實行，便是震驚朝野的大事。

「兒子覺得此事不妥當，雖然季狀元的心是好的，當初也與兒臣關係極好，但是兒臣卻不贊同他這個觀點，此事不是一般小事，將教育最大化地普及，如何推廣？這天底下的名師極少，我們如何安排？誠然，在季狀元的書中是可以做到很好，可是不可否認地是，這都是紙上談兵，這只是季狀元的一個故事，卻並非切實實驗過的。」四皇子最先開口。

其他幾人並未說話。

皇帝又看向了八皇子。「那你覺得呢？」

八皇子極為溫和。「兒臣倒是覺得，這個想法可以一試，但是可以歸可以，我們並不能盲目地去做；這裡有許多我們不能預知的問題，如果沒有做好準備，盲目地做了，現實推行的時候耽誤了人力、物力卻發現不可行，那倒是得不償失了。最好，能先在某一個地方進行試驗，選一個地方率先推廣，如果可行，繼續，反之，放棄。不過四哥說得也對，這裡還有許多的問題，如果設成公學，那所須的銀錢由誰來出？如今這些都與我們朝廷沒有關係，可是如若做成了公學，必然是需要耗費大量銀兩的，戶部手頭本就緊縮，想來這件事也會遭遇極大的反彈。」

五皇子、七皇子持續裝死，而且很明顯，七皇子在走神，準確地說，他警惕地看著三皇子，嬌嬌覺得，他也是有點倒楣啊，上次被三皇子揍了，這不就得多防著點了嗎。

「其他人呢，就沒有想法？」皇上問道。

繼續無人說話。

皇帝的眼神放在了嬌嬌的身上，沈思半晌，言道：「嘉祥自小在季家長大，深受季致遠的書籍影響，妳來說說。」

嬌嬌看眾人都看她，甜甜一笑。「我沒有想法。」

呃？

大家自然都是知道嘉祥公主是個什麼樣的人，她對季致遠有多維護大家也是知道的，竟是不想，她會說沒有想法，這委實奇怪。

皇上挑眉。「為什麼？」

嬌嬌笑得更加燦爛。「我自幼養在季家，深受季家風氣影響，我就算是說了自己的想法，也並不客觀。」

這話恰是合了之前皇上的話，皇上摩挲茶杯，深深地看了嬌嬌一眼，不再言語，一時間倒是冷場了。

「那你們如何看季英堂收養孤兒教導？」皇上再次問道。

這下大家都不大敢說話了，不知道皇上今日怎麼就死磕上了季家，非要逐項分析起季家的行為。

大家的目光掃到了嬌嬌身上，不知曉是否是受她影響。

「嘉祥！」皇上再次點名。

嬌嬌嘆息回道：「季英堂並非最好的模式。」

呃？大家都呆住，這不該是她說的話啊？

嬌嬌繼續解釋。「收養孤兒，進行教養，不該是季家做的事，雖然這是一件好事，但是更多的，這是將朝廷本該承擔的責任轉嫁到了自己身上。這世上好人不多，白眼狼卻不少，在這件事上，季家是吃力不討好的。」

「那她為何還要如此做？季老夫人不是傻子，朝堂上不少人也是出自季英堂吧？」皇上低沈言道。

「那她又利用這些人為季家謀求了什麼嗎？根本沒有，季家不需要。沒有人是傻子，有銀子不會花到別的地方嗎？創立季英堂不是為了自己謀福利，而是希望將一個可能成為乞丐的人變成一個國之棟梁，一百個人裡有一個人真正成才，季英堂就算成功了。皇上就沒有想過嗎？為什麼朝堂之上不少人是出自季英堂。季英堂有什麼好的先生嗎？原來還有一個薛大儒，現在最有名的，大抵也就是我的老師齊先生了，而他還並不大張旗鼓地授課；沒有名師卻可以教出這麼多出色的人，只能說明，季英堂的教育方法還是對的。授人以魚，不如授人以漁，這個道理我們都懂，但是真正能做到的又有多少呢？從理論上講，季英堂做這個不是最好的模式，但是從實際上看，它的存在又是極有必要的；而且，這種模式極為適合更大的機構來發展。」嬌嬌先貶後揚，講述了季英堂，又間接地回答了皇上先前的問話，看似未回答，實際卻將自己的觀點講了個清清楚楚。

啪啪啪！眾人被驚了一下，再一看，竟是三皇子在拍手，這……他不是傻子嗎？

三皇子看著眾人的眼神很是無辜。

連皇帝的眼神都閃了下，不過三皇子拍完手，轉頭看嬌嬌，問道：「妳說什麼啊？」

哐噹，五皇子摔了一下——不知道你拍什麼手啊，你玩誰嗎？無聊啊！

嬌嬌笑，不再多言。

皇上似乎在想嬌嬌的話，許久，看向了幾個兒子。「看來朕倒是該好好和薛大儒談談了，朕找了他這名震天下的名士教你們，結果他把你們教成這般模樣，倒是不如一個十多歲的小姑娘。」

這話說得確實狠。

嬌嬌舉手，皇上看她的動作笑了出來。「妳又要說什麼？」

「孩子好不好父母才是最重要的，不能全然地推到先生身上。」

「妳這丫頭。」皇上白了她一眼。
「我要出去玩。」三皇子突然開口。
幾人的視線都放在了他的身上。
三皇子焦躁地道：「我要出去玩，我要出去玩……這裡好沒意思。」
眼看他又要做什麼了，皇帝無奈地擺了擺手。「伺候三皇子下去吧。」
嬌嬌站了起來，建議道：「我帶三皇叔出去轉轉吧，這大過年的，可不能有什麼事，我能照顧好三叔的。」如果說宮裡有一項最不讓大家待見的活計，那必然是照顧三皇子無疑，可是偏偏，嘉祥公主還自動請纓。
「好吧，妳也注意安全，你們好好照顧三皇子和嘉祥公主，知道嗎？」
「是！」
嬌嬌怪模怪樣地扶著三皇子就要往外走，三皇子疑惑地看嬌嬌，似乎對她的動作很是不能理解，他只是傻了，不是行動不能自理好嗎！
然嬌嬌才不管這些，逕自把三皇子扶了出去。
出門之後眾人是一刻也不敢離了三皇子，他容易犯錯誤啊，這大過年的，如果三皇子犯了錯，挨批的絕對不是人家；而且現在還有一個得寵的小公主啊，可不能傷了人，三皇子是有傷人的前科的。
「我陪著三叔散散步，你們在後面跟著就好，不需要太近，當然，也別太遠啊。」
「是。」宮女、太監們琢磨著這別太近和別太遠的距離。

嬌嬌之所以這麼說，也是一個權衡，如若她直接讓別人跟著，這是萬不可能的，這樣就好很多了，他們都自以為聰明，這適當的距離，正好適合說話。

「人都是這樣，年紀越大，想法越多。」嬌嬌似乎在自言自語。

三皇子也不出聲，繼續望天，傻子可不都喜歡望天嗎？

「隨心所欲地生活固然快樂，可是如若真的那麼享受，為什麼又要作弄人呢？想來，還是不忿吧，抑或者是有幾分的不甘心。有時候看不慣別人，何不試試自己的能力？不盡力，怎麼知道自己是不是真的那麼能幹呢？一雙冷眼又有什麼意思，這天下，是宋家的天下，如若敗了，也只是宋家的失敗；倒不是說誰就一定成，只是，每個宋家的孩子都有爭取的權利，如果能夠心懷天下，試一下，才是正途。也許走到最後的不是你，也許你也不想爭奪什麼，可是盡自己的一分力不是很好嗎？並不是學的東西多就明白的事理多。哎呀，瞧我，在三叔面前胡說八道什麼呢？我不過是個女孩子罷了，三叔也是聽不明白的。」

言罷，這下換嬌嬌望天了，彷彿剛才說那番話的並不是她呢。

「怪不得三叔喜歡望天呢，視野不同，不過嘉祥還有許多事情要去處理，怕是不能陪三叔繼續逛下去了，三叔自己望天吧，說不定，還能看出不一樣的境界呢！」

「還能隨心所欲嗎？」三皇子冷不丁來了一句話。

嬌嬌似笑非笑地道：「不傻了，又不見得不能打人，誰還沒個心情不好的時候呢；再說了，都病了這麼多年了，偶爾犯病一次，也未嘗不可啊！是病，都會偶爾復發的，復發了，咱們吃藥便是了。」

這下換三皇子無語了。

她在教唆他什麼，他一個三十好幾，快奔四的大男人，竟然還要讓一個小姑娘教嗎？

「突然好起來，還滿不習慣的呢。」三皇子搓手，一臉局促，但是眼神可沒什麼不好意思。

嬌嬌冷笑。「再落個水、撞個頭什麼的，似乎也很不錯呢！」

「妳……真奇怪！」

「沒你怪！」

嬌嬌不再多言，直接離開。

三皇子看著她的背影，若有所思。

第六十章

待回到了韋貴妃的宮裡，嬌嬌去見她，平靜地將自己剛才說過的話告訴了韋貴妃，她笑看著韋貴妃。

韋貴妃並不驚訝。「妳為什麼看好他？楚攸與八皇子更好，妳不是該站在八皇子那邊嗎？」

嬌嬌不以為意。「他是他，我是我，別說我們還沒成親，就算是成親了，也可以有不同的政見。我看好三皇子，是覺得他適合，嗯，怎麼說呢？理念相同。」

「妳又怎麼知道他的理念？就因為他今天鼓掌？」韋貴妃問道，她已經知道方才的事了。

「自然不是，之前我就在觀察他了，他處事的狀態讓我覺得不錯，雖然他是裝傻，但是即便是裝傻，也是有自己的行為軌跡的。」

韋貴妃笑了笑。「行了，這事也不是什麼大事，他正正常常的，其實也滿好的。」

嬌嬌點頭。「我倒是想知道，如果三皇叔好了，這朝堂上的格局是否又會產生一個新的局面呢！」

「小孩子家家，莫要管事。」

「嗯。」嬌嬌微笑。

看嬌嬌笑得燦爛，韋貴妃突然就變了臉色。「好了，說完了三皇子，妳給我說說妳自己吧。」

嬌嬌有些不解，不明白怎麼了。

「啊？說我什麼啊？」

韋貴妃怒。「妳還說，妳剛才在偏殿裡幹了什麼妳自己不知道嗎？妳這丫頭，怎麼地就是喜歡胡來，以後不准妳私下見楚攸，又不是孩子了，孤男寡女成何體統。」

嬌嬌被教訓了，窩在角落裡劃圈，是誰說出去的啊，不過又一轉念，也能明白，這畢竟是韋貴妃的宮殿，她在這裡的一舉一動肯定會有人告訴韋貴妃。

想到這裡，嬌嬌有幾分怨念啊，完全沒有人權的說，惆悵無比。

「我知道了，今天的事是個意外啦。」嬌嬌對手指言道。

韋貴妃看她這副樣子，更是氣憤。「意外也不行，如今妳是住在我這裡，自然是沒什麼；如果在外面呢，妳這麼私下單獨見楚攸，人言可畏知道嗎？他是男子自然是無所謂的，但是妳是女子啊，妳這樣，人家會怎麼看妳，最終吃虧的總歸是妳自己。」

韋貴妃雖然嚴厲，但是是真心為了嬌嬌好，嬌嬌點頭乖巧回道：「我知道了祖母，您放心好了，以後我會注意的，今兒是因為有些事要和楚攸說，才將他人遣出去的。」

韋貴妃瞪她。「有什麼事非要你們兩個私下說？妳年紀小，不明白這些道理，他楚攸那麼大年紀了，竟然也不明白嗎？我看他倒是沒安什麼好心，估計啊，就是算計著妳呢！難不成真是要把我們都當成好性兒的人不成，這般地欺負我的嬌嬌，是可忍，孰不可忍。」

看韋貴妃摩拳擦掌的樣子，嬌嬌是很想為楚攸說點什麼好話，可如若她現在說了，估計是會起到反作用，最好的做法就是什麼也不說。

嬌嬌默默地為楚攸點了一根蠟燭，真是躺著也中槍，小悲哀。

兩人正在說話，就聽宮女稟告，有其他宮的娘娘過來請安，這是自然的，韋貴妃如今把持後宮，大家自然也都要過來討好一二。

來人頗多，甚至包括三位王妃，據說三位王妃是一同前來，而其他人則是在門口碰到的，倒是也巧。

韋貴妃對著嬌嬌自然是表情多多，眾人都在，她又變成了那個優雅溫柔，與世無爭狀的韋貴妃，嬌嬌也化身甜美小蘿莉。

「王妃，阿瑜怎麼沒一起過來啊？」嬌嬌看著瑞親王妃言道，言語間還幾多張望，惹得幾個年紀大的妃子都是掩著嘴微笑。

瑞親王妃回她。「我剛帶著她在外面轉了一圈，她覺得有些涼，便不太愛出門了；不過我家阿瑜也說了，與公主極為投緣，想著要改日找公主玩耍呢。」

「如此甚好呢！」嬌嬌淺淺地笑，真是乖巧可愛。

過了明日她便是十四了，看起來也是十三、四歲女孩的模樣，可是她給人整體的感覺，就是恍若很小似的，小小的、乖乖的。

當然，大部分人都知道，這不過是表相罷了。

如若沒有她，那滑翔翼又怎麼可能做出來呢？所以說，人啊，還真是不能端看外表。

「小公主真是個可人疼的，這可是嬪妾第一次見公主呢，原就聽說小公主長得嬌俏可人，如今一看，可不如此。」一位妃嬪笑著言道。

嬌嬌含笑以對。

「等過了年，妳們更看不到她了呢！」韋貴妃語氣柔柔的，不過話中意思卻讓他人不解。

「呃？難不成，小公主是年後就要嫁人？」梁王妃打趣道。

韋貴妃掩著嘴笑。「便是我們琢磨著可以，皇上也不肯呢，嬌嬌才回來，皇上哪裡捨得那麼早將她嫁出去。嬌嬌如今年紀還小，在宮中也是無趣，皇上說了，如此一來，倒是束縛了她，這般委實不美。嬌嬌小時就住在季家，對季家感情頗深，一直念叨著，要回季家住，雖是不合體統，但是皇上竟是允了，這一大一小我都是不敢多言一句的，也就由著他們了；說起來，年後大抵她就要出宮了，也幸好，皇上也囑了她兩、三天回來一次，不然可真是讓我沒法過了，都是冤家啊！」

說到後來，韋貴妃竟是有幾分惆悵落寞的樣子，再看一眼嬌嬌，還嘆息。

嬌嬌連忙挽著韋貴妃的胳膊賣乖。「祖母莫要生氣啦，過年生氣才不好呢！皇爺爺不都說了嗎，讓我兩、三日回來一次，我又不是不回來；再說將來我嫁人了，許是還沒有這麼多時間回來呢。」

「妳個不知道害臊的，才幾歲，就說嫁人，若是在妳皇爺爺面前說這些，怕是他又要找楚卿家的晦氣了。妳呀，淨是添亂。」韋貴妃點她的頭。

嬌嬌狀似不好意思地用帕子遮住了臉，連呼不依。

嬌嬌把臉藏在帕子後面，心裡感慨，真心是個高手啊，不過短短幾句話，就透露出諸多的意思，這讓她回季家，明明是韋貴妃同意的，可是現在她卻是全然將這些都劃到了皇上的身上；不僅如此，還間接地透露出一件事，那便是她極端地受皇上的寵愛，別人是不捨得出宮，到她這裡，皇上竟然能順著她的意讓她住到外面，還是一個外臣家裡，如此看來，果真是不同的待遇。

如果不是寵到了心尖尖上，怎會如此！

嬌嬌自然是相信皇上是待她好的，但是如若說真如韋貴妃所言那般，她倒是覺得並沒有！

「嘉祥公主失而復得，皇上自然是欣喜萬分。公主也是個好孩子，哪裡會捨得皇上和姊姊，想來必然是要時常進宮來探望，姊姊莫要憂心才好。」

「如若不是看季老夫人是個會教孩子的，皇上哪裡捨得，只盼著，嬌嬌在季家更快活些，也不枉我們費的這些心思了，追根究柢，我們只是希望她快活幸福。」韋貴妃言道。

眾人皆是稱是。

許是想到了自己的兩個兒女，連安親王妃都點頭贊同。

兒女債，可不正是如此！

「好了好了，大過年的，咱們說這些幹麼。對了陳妃，今晚妳可是有重要節目的，妳可準備妥當了？」

陳妃微笑。「自是已經準備妥當，貴妃娘娘放心便是。」

這是嬌嬌在皇宮過的第一個年，她並不知曉有什麼規矩，不過聽丫鬟們說，各宮都會出些舞蹈歌曲什麼的作為餘興節目呢！

嬌嬌看過韋貴妃排的名錄，這陳妃是要跳舞的。

許是提到節目的關係，一時間，場面又是熱鬧起來，大家熱烈地討論了起來……

按照慣例，除夕之夜大家是要聚在一起，吃吃喝喝，觀賞歌舞。宮中的舞樂司會出些節目，當然，除此之外，各宮如果願意，也是可以表演節目的，陳妃便是如此。

待到凌晨之時，宮中會在寬敞的空地燃放一些煙花，以示新年燦爛如煙火。

而第二日則是皇上帶領諸位大臣祭天，各宮也是要統一去宗祠參拜，後宮無主，韋貴妃雖是貴妃且統領後宮，但是也不能與皇上站在同一位置祭天，不合禮法；當然，韋貴妃也並不想成為皇后，兒子死了，見多了後宮的種種齷齪，她的心早淡了。

接下來的日子每日也都有不同的事情，吃喝玩樂什麼的，讓嬌嬌新奇得是，這裡竟然也有麻將這樣物事，雖然玩法略有不同，但是萬變不離其宗。

而據說每每過年，這項活動都是最為讓人沈迷的，嬌嬌囧。

果然是國粹，嘤嘤！

日子過得快，嬌嬌雖然貪玩，但是宮中也沒個什麼年紀相仿的姑娘，呃，有也不合適，她心理年齡成熟啊！如此一來，倒是覺得沒意思了。

說起來，瑞親王家的大姑娘宋瑜倒是來找了她兩次，但是兩人並不十分地投契。也不是說宋瑜不好，只是嬌嬌看得出來，宋瑜其實是不喜歡她的，不喜歡她還要假裝投契，如此一來，兩人都挺累，這過了幾日，宋瑜也不來了，想是小姑娘也受不了了。

韋貴妃新年期間正是忙的時候，要應酬的也多，嬌嬌沒事，開始翻查宮中登記，這宮中登記是各位大臣、王爺、皇子進宮的登記，根據她的查證，這事，還真不可能是侍衛幹的，因為侍衛什麼的絕對沒有落單的時間，就是上廁所，呃，都必須在固定的時間。

若有意外，也得三人以上一起行動，自從當年皇太子失蹤，宮中的管制十分嚴格。

大臣進宮也必須有太監陪同帶路，不是你想怎樣就怎樣的。

現在的問題是，除非是宮中混進了假太監，不然就一定是王爺和皇子。

這麼想著，嬌嬌感慨，不管是王爺還是皇子，這個結果大抵都很難讓皇上心情愉悅，自己的親人挖自己的牆角，這是怎樣的鬱悶。

「公主，您這麼翻查，又能看出什麼呢？」鈴蘭不解。

嬌嬌沒有抬頭。「太醫已經估算了薛青玉懷孕的時間，我要看看，這個時間段，這些嫌疑人誰進過宮，如果沒有，那麼這個人就可以被排除了。」

「原來是這樣啊。那個人真狠，都讓她懷孕了，還要殺了她，明明都是自己的孩子，如果真的是皇親國戚，他與皇上好生求情，說不定皇上會成全他們呢！」鈴蘭嘆息言道。

嬌嬌失笑搖頭。「怎麼可能，那是皇上，便是一般人家的男人也做不到吧？自己小老婆偷人，誰能這麼大度。呃……等等，妳說什麼？」嬌嬌突然想到了什麼。

鈴蘭被嬌嬌嚇了一跳，有些不解。「我、我沒說什麼啊。呃，我說那個人讓她懷孕還殺了她，還說也許皇上會成全他們。」鈴蘭顫顫巍巍地回道。

嬙嬙將登記簿放下，仔細沈思起來。

「小姐怎麼了？」鈴蘭每每緊張，都會不自覺地喊道以前的稱呼。

許久，嬙嬙抬頭。「為什麼讓她懷孕的人就一定是殺她的人呢？這委實沒有道理，雖然看起來是沒有破綻的，但是實際，這兩件事，不一定就有本質性的關係。」

「那會是誰？」鈴蘭問道：「別人也沒有理由這麼做啊！」

嬙嬙笑，不過笑意並沒有達到眼底。「有，其實，是有很多種可能性的。」

「妳且說說。」皇上不請自來。

嚶嚶！嬙嬙無語，連忙起身參拜。

「嬙嬙見過皇上。」

「起來吧。」皇帝捋著鬍鬚，坐到了上首，自從除夕那日在御書房敘話，兩人已經很多天沒有單獨敘話了。

「妳且說說，還有哪幾種可能性。」皇上心裡明鏡兒一般，這兇手最有可能便是宮裡的人，他心裡何嘗好過。

嬙嬙抿了抿嘴，言道：「第一種可能性，兇手是與薛青玉偷情的人，他知道有了孩子，無從處理，只能殺人。第二種可能性，兇手是與薛青玉偷情那人的妻子，她發現了這一切，沒有女人能夠受得了這個，殺人也是合情理。第三種可能性，兇手是與薛青玉有仇的人，他恰好知道了這一點，然後借此機會殺了她，大家只會查與薛青玉有一腿的男人，所以那人是安全的，如何能不下手？第四種可能性，兇手是與那個姦夫不睦的人，殺人嫁禍，也未嘗不可。當然，還有許多種可能性，不過我並沒有想到罷了。」

皇帝看她，許久，言道：「有……道理。那妳且說說，如若是最後一種，殺人嫁禍，為什麼我們一直沒有證據證明那個人是誰？我們找不到那個與麗嬪有染的人，他又如何嫁禍？」

嬌嬌這下真是失笑了，她看皇上，言道：「如若兇手是我，我也什麼都不做。殺了人，只待別人查便可，為什麼要做一些無謂的事？宮中耳目眾多，我們至今沒有查出來是因為趕上過年，大家不想聲張，暫時沒有查；我相信，只要留心，這個人很快會浮出水面。如若他做多了，倒是顯得畫蛇添足，做多錯多，因為按照慣例，我們會認為兇手就是那個與薛青玉有關係的人；事實上，剛開始的時候我們也確實這樣認為，只不過現在才反應過來罷了。」

皇上嘆息一聲，點頭。「那妳剛才翻看進宮的登記，又找到什麼線索沒有？」

「有。」嬌嬌甜甜一笑。

「有？」皇上挑眉。

「照樣是排除法，我看過了，按照薛青玉懷孕的時間，前後半個月，瑞親王都沒有進宮過，所以，他應該不是那個姦夫。」嬌嬌言道。

「可是妳不是說姦夫未必就是兇手嗎？」皇上用食指敲擊桌面，問道。

嬌嬌自然是點頭的。

「所有的一切都是圍繞著薛青玉有這個姦夫，我們找到姦夫是誰，才能進行下一步的工作。首先我們可以斷定，三位王爺，都不可能是姦夫，大臣進宮也沒有機會進後宮，所以按照排除法，那個人只可能是四個人，也就是您的四個兒子。」嬌嬌分析得頭頭是道，不過看著皇上難看的臉色，她沒有說得更多，但也沒少說，最起碼，該說的都說了。

他小老婆和他兒子有一腿，這說出來，能聽嗎？

嬌嬌想到曾經看過大火的綠帽子傳，呃，不是，是甄嬛傳，心裡感慨一聲，果然這後宮，不是簡單的啊！

後宮女人寂寞，偷不到其他人，也只能算計著皇上的近親了，卻不想，如此一來，找死更快！

「他們四個那裡，朕會都安排好人，剩下的事，妳不要管了，這事太髒，妳還小，不適合妳，稍後朕會與妳祖母說的。」皇上摸了摸嬌嬌的頭。

雖然知道了這樣的秘辛，但是這丫頭沒有一絲的尷尬，反而是和平常一樣，甚至分析得頭頭是道，皇上覺得，還是不要讓她攙和了吧，小姑娘家家的，他們先前許是真的做錯了。

嬌嬌撇嘴，不過還是應道：「好吧。」

看她嘟嘟囔囔的樣子，皇帝微笑，狀似無意地端起茶杯問道：「除夕那日，妳與老三說什麼了？」

呃？嬌嬌愣住，反問：「說什麼？沒有啊！」

皇帝似笑非笑地看她。

「我真沒有！」

將茶杯放下，他言道：「最近老三似乎鬧得更厲害了，便是昨日還踹了老四好幾腳。嗯，前日似乎是將糕點扔到了老八身上？」

嬌嬌連忙言道：「那又與我有什麼關係呢，我是最無辜的了，我不過是扶著三皇叔走了一會兒就回去了，您可以問那些小宮女、小太監啊；再說了，三皇叔那個樣子，我說什麼，有用嗎？他不是一直都很會鬧事嗎？」

嬌嬌一臉「你怎麼還認不清楚現實」的樣子。

「朕倒是要多謝嬌嬌。」皇帝微笑。

「謝我什麼？」嬌嬌囧。

「如若不是妳，朕倒是沒發現，這麼多年，也許，朕是被人給騙了。」

噗！嬌嬌剛喝進嘴裡的一口茶硬生生地噴出來。

「祖父說什麼呢？什麼騙了？」

皇上笑了笑，沒有再說什麼，只是已經一臉的了然。

「妳回季家吧，告訴季致霖，他日，如若他好了，朕歡迎他重回朝堂，為朝廷效力。」

嬌嬌邊擦嘴邊點頭，嗚嗚，真是太失態了，不過她仍是回道：「我知道了，我會告訴二叔的，不過，他可能要休養很久。大概，我想他也不會重回朝堂了。」

說到這一點，皇上是好奇的，他問道為什麼。

嬌嬌也不隱瞞。「說實話，雖然二叔醒了，但是要想休養好，沒有兩、三年是絕對不可能的，也許您以為我是胡言，但是真不是；我詳細地諮詢過太醫了，二叔昏迷了七年，不是七天，他很多的本能都已經有些退化了，本身身體上就有一些變化需要他來適應，還有外在環境呢！他要適應得更多，說兩、三年，都是因著他比較聰明，至於說重回朝堂，我覺得，他應該也不會了，季家不可能讓一千女眷來處理吧？至於子魚，子魚還小，而且，季老夫人將他養成了什麼樣的性格您是知道的，他撐不起季家。」

皇上沈默了很久，認真看嬌嬌問道：「季老夫人為了安全，寧願將季子魚養廢，而季致霖寧願為了那麼一點銀錢，而放棄為國出力？」

嬌嬌不贊同他的說法。「子魚沒有被養廢，他樂觀、真誠、熱情，對每個人都很好，凡事以最大的熱忱對人，也許他不是最聰明、最能幹的，但是不可否認，他會成為一個身心健康、有為的好青年。至於二叔，他曾經為國出力過，結果落得這樣的下場，如今季家都是女眷，他如何能夠不管，您是要讓他看著自己年邁的母親，抑或者他的妻子、妹妹每日操勞繁忙嗎？一個男人，如果連自己的家都安置不好，如何談為國出力？」

皇帝又再次沈默，許久，站了起來，什麼也沒有說，逕自離開。

「小姐，皇上、皇上生氣了吧？」鈴蘭戰戰兢兢。

嬌嬌搖頭。「他沒有，他只是需要好好想想，其實，他知道我說的都是對的。」

日子過得極快，薛青玉的事說不讓嬌嬌處理了，還真就是一點的風聲也沒有透露給她，嬌嬌好奇心重，不過到底還是忍了下去。

說來也巧，有一次，嬌嬌在宮中遠遠地看到了薛大儒，薛大儒看起來比老夫人還要大上幾歲，一身青衣，表情嚴肅，看樣子，二夫人薛蓮玉倒是有幾分像父親的。

對於此人，嬌嬌感觸頗多，她力圖讓自己客觀一點看人。

近來薛大儒這般地憔悴，想來，他也是為自己的二女兒痛心吧。嬌嬌一聲嘆息，白髮人送黑髮人，總是讓人覺得有幾分惆悵的。

轉眼就過了正月，按照原定的計劃，皇上並沒有挽留嬌嬌，反而是真的安排人送她回季家了，嬌嬌臨走倒是沒有像一般人那樣，哭哭啼啼地不捨得，反而是正常得不得了，就好像是出去郊遊。

看她這樣，皇帝和韋貴妃原本的一絲愁緒竟是也被她逗得無影無蹤，是啊，她又不是不回來了，隔三差五地回來，想來還能多講些宮外的事情，許是更熱鬧呢！這宮中總是禁錮人的。

凡事，有利有弊。

馬車緩緩地出了城門，嬌嬌掀開簾子往後看，雖也有幾分酸楚，不過心裡卻異常地踏實。

不管是皇帝、韋貴妃還是季老夫人他們，所有人都是她的親人，沒有親疏遠近的，不管住在哪裡，她都會快快樂樂，也會盡自己的最大努力為大家好，她會的。

第六十一章

嬌嬌重新回到了季家，季家眾人自然是很高興的，先前他們就知道嬌嬌想回來，如今倒是如願。

眾人之中，又以子魚最為高興，拉著嬌嬌不鬆手。

季老夫人斥道：「莫要壞了規矩。」

子魚抿了抿嘴，雖然有些不樂意，但是還是聽話的。

老夫人見狀點頭，雖然嬌嬌回到了季家，但是如今必然極為招人注意，他們若是行差一步，怕是就要惹來麻煩，倒是不如謹言慎行。

別了眾人，嬌嬌回屋整理。

將一切收拾妥當，嬌嬌一番洗漱，來到老夫人的主屋求見。

「嬌嬌拜見祖母。」嬌嬌認真地請安。

老夫人連忙過去扶她。「快起來，雖然妳回來了，但是這段日子太多人盯著季家了，妳且莫要與我太過客氣，免生事端。」老夫人叮囑。

嬌嬌點頭，不過她倒是並不在意的。「其實我們也不需要想得太多，他們又能如何呢？」

老夫人不贊成地搖頭。「雖然我的觀點是不怕事，但是咱們也沒有必要惹事，能避諱的，稍微避諱一些，可以省去很多麻煩。」

「嗯，好，我知道了。」

季老夫人仔細地打量嬌嬌，言道：「倒是不想，妳真的回來住了，原本我以為，妳是要住進宮裡了。」

嬌嬌笑嘻嘻地挽著老夫人坐下，這裡並無旁人，嬌嬌也不隱瞞。「其實這倒是要多謝韋貴妃，她真的待我極好，再說宮裡那樣的環境，其實是不適合我的，韋貴妃那麼精明，自然看得明白，以她的心計當年尚且被暗算，今日我這樣的性子，在宮中怎麼合適呢？」

「那倒是。如今我倒是真的覺得，一切都不一樣了。嬌嬌回來了，致霖醒了，甚至連晚晴都要成親了，想想真是覺得苦盡甘來。」

嬌嬌也是欣慰。「二叔怎麼樣了？」

「一日比一日好，現在已經能下地了，不過我們也想著，慢慢恢復，欲速則不達。」

「正是如此。好得快了，不見得是一件好事，如今皇位之爭越發地激烈，咱們別往其中摻和才是正途。二叔是個有學問的，怕是會有不少人前來拉攏，二叔身體不好，也能推託；不過就算好了也無妨，我住在季府，大家總是要忌憚幾分的，不行我就作勢進宮告狀，看他們敢胡來。」嬌嬌有些撒潑道。

就嬌嬌看來，如今這皇位之爭還真說不好是怎麼回事，按照原來的形勢，季致霖該是四皇子一邊的，但是實際呢，就未可知了；季致遠能和楚攸勾搭，季致霖也未必就不是裡應外合，她不希望季致霖參與其中，畢竟，現在形勢複雜。

「妳呀，越發地厲害了，且不用如此，這事我曉得，也叮囑致霖了，他曉得的。妳這次回來，怕是要趕上忙了，晚晴要成親，可要妳多多幫忙，也算是給妳打個樣子，過些日子妳要成親，也好心裡有個數。」老夫人笑著調侃她，嬌嬌倒是渾不在意，她擺手笑。

「我什麼時候成親還真是未可知。」

這話說得不假，如今朝中人人都曉得，皇上不會那麼輕易將小公主嫁給楚攸。

老夫人點頭言道：「楚攸年長妳十五歲，皇上心裡有介懷也是應當，別說是他，便是我們，心裡也是頂不樂意的；可是聖上是金口玉言，既然已經說了，總是不能反悔，唯一能做的，也不過是拖拖婚事罷了。可皇上能挑事，能編排楚攸，妳卻是不能。嬌嬌，這個朝代，連個和離的方法都沒有，如若兩夫妻分開，不是你死，就是我亡，所以既然要嫁人，總是希望能夠長長久久，妳多給他幾分顏面，他明白事理，必然也會與妳相敬如賓。夫妻之間，有愛是最上之選，如若沒有，我們也求著，一切能夠順順當當，不要有那些亂七八糟的事攙和進來。」

這個架空的朝代不似一般的古代，並沒有和離一說，說起來也是恐怖。

「我懂的，凡事留一步，我相信楚攸不是傻子。」

嬌嬌凡事都能看明白，這點老夫人很是欣慰。提到楚攸，她不禁又想到了徐達，想到這裡，老夫人倒是嘆息起來。

嬌嬌見狀忙問原因。

「晚晴要嫁給徐達，齊放該如何是好？」他們都是她看著長大，晚晴沒有選從小就對她一片癡心的齊放，卻選了默默跟隨的徐達，有時候，世事就是這般造化弄人。

不知齊放有沒有後悔當初與彩蘭的勾纏，又或者就算是沒有那檔事，晚晴會不會選擇齊放，這一切都沒有如果，世間之事皆是如此，沒有人能算計到以後，更是沒有什麼後悔藥，只能向前看，往前走，不曾停歇。

「這事交予我吧，我去與齊先生談談。」對嬌嬌來說，齊放並不是一個壞人，他們有著師生的情誼。

也許他許多事情都做錯了，可是在嬌嬌的眼中，那個人還是她初見時的儒雅青年，那個認真教導他們知識與做人道理的老師。

老夫人點頭，她去說固然可以，可是給齊放的感覺卻又不一樣了，實話實說，現在的嬌嬌去找齊放談，也並不是最合適的，可是秀慧那個性格也不合適，只有嬌嬌能做了。

大概在很久之前嬌嬌就想和齊放好好地談一次了，但是一直都沒有適當的機會，後來她成了所謂的小公主，更是不能隨意來季家，這次，也算是水到渠成。

告別老夫人，嬌嬌逕自來到齊放的院落，這個時候子魚還在學習，嬌嬌並沒有敲門，反而是悄悄地打開門，坐到了子魚的旁邊，即便她動作輕微，齊放和子魚還是看見了她，子魚驚訝地張嘴，嬌嬌一笑，坐正看齊放，齊放只一停頓，便是繼續講了起來。

齊放其實是比楚攸還要年輕兩歲，但是此時他的兩鬢已經有幾綹銀絲，整個人也略顯憔悴，全然不似楚攸那般英姿煥發。他並不似以往那樣一身白衣，反而是一身青衣，看起來雖沈穩，但是已經沒有了初見之時那般英俊少年的模樣。

嬌嬌略有恍神，時間過得也快，不多時，一節課便也講完。

待到結束，嬌嬌微笑看齊放。「齊先生講課還是和以前一樣。」

齊放略點頭，微笑。「不知公主怎麼過來了？」

他是知道的，季秀寧，哦不，宋嬌早上搬了過來，不過倒是不想，她竟是來聽課了。

嬌嬌也笑。「我想著，許久沒有聽齊先生的課了，這不就過來了，只望齊先生不要嫌我煩才好。」

「齊先生才不會嫌棄姊姊，對吧齊先生。」子魚衝著齊放笑得燦爛。

「這是自然的。」齊放微笑點頭。

嬌嬌吩咐子魚。「子魚，你先回去好不好？姊姊有些問題想向齊先生討教。」

與子魚是不用拐彎抹角的，如今子魚已經十二歲，也是懂了一些事，他不知曉齊放那些往事，單是知道他對姑姑的愛慕，也希望姑姑能夠和先生在一起，誰想竟不是如此。可他一個孩子總是不能干涉大人的決定，看著齊先生每日越發地憔悴，他竟是十分不捨。

聽說姊姊要和先生談談，子魚明白，阿姊必然是要勸慰先生的，立時起身告辭。

嬌嬌望向他的背影，言道：「子魚還是和以前一樣，先生將子魚教得很好呢！」

齊放微笑，臉上有幾分的得意，是的，雖然季子魚的學識不能稱為極好，但是在綜合方面，他確實是出色的，謙和、正直、樂觀、有禮。

有的文人大體並不在乎這些，但是齊放不同，便是他曾經走過彎路，可是到底也是自小受老夫人的影響，對這些是極為看重的，能將子魚教得這般好，他與有榮焉。

學習之事講究天賦，品行卻是後天養成。

「老夫人既然將你們託付給我，我自是不會將你們教歪，不管男孩還是女孩，我都希望你們成才，有自己獨到的見解，為人真誠。」

嬌嬌笑著應是。

齊放正了下臉色。「妳以為我說笑？雖我人品不端，但是我卻不會將你們教壞。」

嬌嬌認真下來，微笑言道：「先生太敏感了，我自然是相信的，您教了我好幾年，您是什麼樣的人，我再清楚不過，只是先生，您清楚自己是什麼樣的人嗎？」

嬌嬌反問。

齊放不解嬌嬌話中之意。

「先生每日又在想什麼呢？您知道嗎，我先行來京城，不過是半個月不見，再見先生，竟是覺得您老了許多，這次又見，更是如此。您每日都憂心，這又是為什麼呢？為了曾經自己做錯了事，還是為了姑姑的婚事？抑或者，是因為鬱鬱不得志？」

齊放辯解。「我並非貪慕權勢之人，當年，是我錯了，這些年我一直在盡力彌補，那一日我閃躲開來陷晚晴於險境，我便知曉，自己已經沒有權利與晚晴要求什麼將來了。徐達很好，晚晴本就不需要一個文人，她更需要的是一個能為她撐起未來的人，而不是我這般的小人。」

「先生這般地自怨自艾，其實是不是還是不甘心呢？」

「甘心不甘心，我都不會再害季家，也許妳不信，可是，妳比我年輕，會活得比我久，妳會看到的。便是當年也一樣，就算我真的得到了季家，我也並沒有想對老夫人、對你們做什麼的；我只是希望能將銀錢掌握在自己的手裡，能讓晚晴嫁給我，我只是這麼想。妳根本不知道，不知道對於一個孤兒來說，錢是多麼地重要，便是我現在已經不缺錢，已經當得起你們一聲先生，可是在我的骨子裡，還是有許多的自卑，我時常想起那時餓肚子流浪的場景，然後痛徹心腑，發誓再也不過那樣的日子，很可笑吧？」

嬌嬌似笑非笑地看著齊放，問道：「那麼先生以為，我是怎麼從荷葉村出來的？」

齊放一怔，隨即想到，如今這個身分顯赫的小公主，也曾經是個小叫花子一樣的小可憐。

「先生窮過、困苦過，我也是一樣的。我現在身分高貴，不過是因為機緣巧合，可是咱們都知道，我爹娘已經不在了，皇上和韋貴妃就算待我好，那又如何呢？他們總歸是有不在的一天，換了一個人上位，您覺得，那個人會把我當回事嗎？根本不會。在沒有獲悉我的身分的時候，皇上將我許給了楚攸，如今為了避免讓朝臣心寒，即便是皇上不願意也只能繼續下去。皇上尚且有不能全然順心的時候，我們呢？我知道先生喜歡姑姑，可人生總是這樣的，由許多的際遇構成，有的人會碰到真心相愛的人，然後結成秦晉之好，可有的人卻不會，他們也未必是不會，只是命運如此。老天爺給了你一些東西，總要拿走你一些東西的，我這個皇上御封的嘉祥公主都不能隨著自己的心意嫁人，先生沒有娶到自己喜歡的人，不是也很正常嗎？」

嬌嬌以己度人，以她的身分尚且不能事事如意，齊放其實也是一樣的，很多事情，端看他怎麼看。

「是啊，妳都不能左右自己的婚事。」齊放喃喃自語。

「我不能左右自己的婚事，可是我從來沒有抱怨過，因為我知道，楚攸雖然又老又沒有好風評，可是在很多方面他是適合我的。人總是要有大局觀，我與先生說這些，不是希望先生馬上找個人成親，不再妨礙姑姑，也不讓祖母為難，我說這些是希望先生知道，找到一個喜歡的人又能彼此相守是多麼地不易，姑姑有幸找到了，您那麼喜歡她，難道不該祝福她嗎？先生喜歡姑姑，可是姑姑選擇了徐達，也許徐叔叔除了功夫，其他樣樣不如您，可是在姑姑心裡，他卻是好的。愛一個人，就是要讓這個人幸福，如果她的幸福不需要您來給，那麼，大方地祝福，然後自己尋找那個更適合自己的不是很好嗎？

「姑姑曾經迷戀楚攸而不能自拔，那時我便跟姑姑說，她未必就是愛慕楚攸，許是她只是習慣了愛慕，習慣了喜歡楚攸，她不能擺脫的，是那分愛慕一個人的感覺，她愛慕的，是她幻化出來的這個人，而不是這個人的本身。如今這話，我也要與您說。雖然不知道姑姑是否真的是如此，但是這麼多年，姑姑走了出來，找到了自己的幸福，先生不要再將心思放在姑姑身上，繼續前行，許是前邊還有更加適合您的存在。」

嬌嬌語速不快，說得緩緩的，她邊說邊看齊放，看他沈思，知曉他聽了進去，遂再接再厲。

「這個世界上並不是每個人都有資格選擇自己想要的東西的，如同我，如同楚攸，我們都不能，先生既然可以，為什麼不向前走呢？也許先生找的那個人不如姑姑，也許那個人比姑姑好，可是那個時候又有什麼重要呢？就如同今日的姑姑，你問她楚攸和徐達誰更好、誰更適合她，不是很顯而易見的答案嗎？」

齊放終於笑了出來。

「妳為了勸慰我，不遺餘力地抹黑楚攸，這樣真的好嗎？」

親，你的臺詞錯了。嬌嬌囧。

「那有啥，我說的都是實話啊。原本的時候楚攸就是姑姑心裡的朱砂痣，可是現在可不是了，現在就是蚊子血。等許多年後，先生有了自己真正可以共度一生的人，就知道我說得是什麼意思了。」

「許多年後？」齊放眼神空洞。

嬌嬌點頭。「許多年後，你愛的人不愛你其實並不是完全不能忍受的事，這世間，除了愛情，還有友情、親情、事業，還有許許多多，有個健康的心態，以最大的熱忱對待生活，如此才是我們最該做的事。」

「如同妳？」齊放問道。

嬌嬌並不矯情，認真點頭。「如同我，我用自己最大的熱情來生活。先生，我們幾個都是您教的，我們都最像您了，您知道嗎？在我們心裡，您是一個最嚴厲的先生，也是一個最好的長輩，雖然我們都很想您成為我們的姑父，但是感情的事總是不能勉強的，我們希望，不會因為這件事失去您。您把我們都教得這麼正義善良，就說明您一定也是這樣一個人。您是這麼好的一個人，不要因為一時錯誤的想法而自怨自艾，也不要因為姑姑的嫁人而萌生絕望好嗎？

「許是您自己不知道，可是事實就是，您這段時間確實是老得很快，我們不想看到這樣的您。我到現在都記得第一次見齊先生的場景，那個白衣翩然、溫文爾雅的齊先生，才不該是今日這般模樣。您是季英堂的主事人，季英堂的孩子都被您教得很好，也許許多年以後，連皇上都要稱讚一句。您雖然沒有入朝為官，但是卻可以成為比薛大儒還名揚四海的雅士，您更會找到與您琴瑟和鳴的人，那個人會知您、懂您、欣賞您。」

嬌嬌當真是很會開導人，齊放認真看她，許久，似乎想到了什麼，笑道：「我還記得，那個雨夜，妳說了我什麼，全然不同的一番話，在不同的場景，妳採用不同的方法寬慰人，季秀寧，妳真是不簡單的一個姑娘。小時候如此，現在一樣也是。」

在他心裡，她是自己的學生季秀寧，不是身分高貴的公主宋嬌。

嬌嬌微笑。

齊放也笑了起來。「謝謝妳的開解，我想，你們真的很適合做夫妻，雖然你們都言稱對對方沒有感情。」

嬌嬌疑惑看他，突然明白。「楚攸勸過您了？說來也是，您們兩個不可能沒有交往，倒是我們燈下黑，沒有想到罷了。」

「當年我們五人感情很好，如今致遠、元浩都不在了，致霖之前也是昏迷，只剩我與楚攸，便是我們再如何反目，也不至於互不理睬。」

嬌嬌點頭，正是這個道理，之前竟是他們疏忽了。

「說起來，楚攸還真是一直都想拉攏您，不過先生不為所動就是了。」嬌嬌邊說邊做出思考的樣子。

齊放挑眉。「妳又怎知我不為所動？」

「刑部並不適合您，您這樣的文人，如果見了楚攸對付人的手段，不出幾天就得心理變態，您還是比較適合教書育人。呃，為官您也不適合，您這種性格，為官是要吃虧的，估計鬱悶都得讓自己鬱悶死。您看，說起來，季英堂還是最適合您的，就算是他朝您功成名就，我也建議您守著季英堂，而並非像薛大儒那樣巴巴地去給皇子做什麼老師。」嬌嬌感慨言道。

齊放言道：「先生是有大才華的人，齊放不敢比肩；再說，能夠教導皇子，也是為人師者的成就。」

嬌嬌冷笑。「先生以為帝師是那麼好當的？不想當皇帝的皇子不是好皇子，他們爭來爭去，皇上可不會認為自己的兒子如何，倒楣的是周圍那些教育的、攛掇的；如果做了壞事就更好理解了，這不是先生沒教好嗎？名揚天下，不見得就要教導皇子，您桃李滿天下，教導的孩子在各行各業都是佼佼者，這樣才是真正的奇人；皇子有得是人湊上去，一個沒站好隊，真是怎麼死的都不知道。如若當初薛大儒拒絕了皇上的邀請，沒有教導皇子，我相信，他的成就肯定比現在更上一層樓，如今他雖然也是受人尊敬，可是在皇上那裡，他是已經走下神壇了。」

齊放教導了嬌嬌很多年，平心而論，嬌嬌認為，他是當得起一句好老師的。

怕是怕，他自己想差了，正巧今日有機會，嬌嬌也不多隱藏，便將自己的想法說了出來，她這麼說還有另外一層原因，她希望齊放看得見希望，也許在感情方面失敗了，在事業上他便會突飛猛進。

齊放認真地想著嬌嬌的話，許久，竟是覺得她說得十分有道理，不過又一轉念，明白她話中意圖，又為自己能有這麼聰明能幹的一個學生感到有幾分驕傲。

「謝謝秀寧。」這是他第一次直呼其名。

自從嬌嬌認了親，她就已經不用季秀寧這個名字了，聽到齊放這樣說，笑了笑，小小的梨渦深深的。

「您是我的先生啊。」

一日為師，終生為父！雖算不得這麼嚴重，但是嬌嬌是十分尊敬齊放的，每個人都有犯錯的時候，能夠改正，便是好的。

齊放點頭。「我很感謝妳今日與我說的這一切，許是我自己是個沒有什麼成就的人，但是有你們幾個學生，我很欣慰，你們都是我的驕傲，特別是妳，季秀寧。有時候我也知道不該居功自傲，你們本就天性聰慧，可是我還是很高興，很高興曾經教導過你們。」

看他似乎是緩過來了，嬌嬌也由衷地高興。「我也很高興先生教導過我，也許許多年後，我可以在旁的更有才華的人面前耀武揚威地說，我是你們的大師姊，先生早先時常誇獎我的。」

看她這麼笑，齊放終於真心地笑了出來。

「我會記得妳今日所有的話。」

嬌嬌離開齊放的處所，看見秀慧站在樹下，她靜靜地看著嬌嬌。

「妳來多久了？」嬌嬌微笑走近。

「我站得那麼遠，聽不見的。」秀慧沒什麼表情。

嬌嬌笑得厲害。「我也沒說妳聽到了啊，妳如若靠近，青音也會攔住妳的。這些日子我不在，二姊姊可是想我了？有沒有好好努力啊？可別被我比下去哦！」嬌嬌挽住了秀慧的胳膊，兩姊妹往內院走。

「妳還真是自戀。」秀慧翻白眼。

「我知道二姊姊很想我的，不過不好意思說罷了。」

聽她說得這般斬釘截鐵，秀慧實在忍不住，笑了出來。

「進宮一趟，妳的臉皮竟然變厚了。」

「二姊姊倒是沒有什麼變化呢，還是那般地面冷心熱。我猜，妳過來，是想勸先生？」嬌嬌笑言。

秀慧並沒有接話，只是嘆息一聲。

「許多事情，先生是明白的，姊姊不需要為先生擔心。」

秀慧點頭。

「啟稟兩位小姐，小世子過來了，聽說公主搬了回來，要見公主呢！」丫鬟過來稟告。

嬌嬌不曉得宋俊寧見她幹麼，不過還是點頭應道：「我這就過去。二姊姊，咱們一起過去？」

秀慧果斷地將胳膊從嬌嬌的手裡抽出，很明確地道：「我和他沒啥可講的，我去看大姊姊。」

嬌嬌看她迅速離開，嘟嘴。「二姊姊太不仗義了。」

青音、彩玉都是掩嘴笑。

小世子自然是在大廳，而此時大夫人正在與他閒聊，這姊弟倆如今見得也多了起來，看嬌嬌進門，大夫人招呼她。

「嬌嬌過來坐。」並不太過拘謹。

「嬌嬌叨擾堂姑姑和小堂叔敘話了。」這輩分叫起來忒不得勁啊，而聽得人也是如此感覺。

大夫人擺手。「往後妳還是叫我大夫人吧，我都嫁人了，就別提那些稱呼，說起來，我當初受封是郡主，妳可是公主，按道理，我還該給妳請安的。」

「我可不敢讓大夫人給我請安。」嬌嬌也笑了，叫了那麼多年母親，如若再讓她請安，委實不妥當。

「妳也叫我世子吧。」宋俊寧接話。

嬌嬌「哎」了一聲答應。

「不知叫我前來，可是有什麼事？」嬌嬌想到先前丫鬟的吩咐。

小世子撓頭，臉有些紅，言道：「其實也沒有什麼事，我不過是想著，很久沒看見妳這丫頭，呃，不是，是、是很久沒看見妳了，趁這個機會看一看嘛！」

親，你都二十了啊，看見外面的小美女不臉紅，看見自己的堂姪女臉紅什麼啊！還真是純情少年的說，嬌嬌失笑。

「多謝世子關心，我在這裡自然是如魚得水的。」

「那是最好，如果妳有事情需要我幫忙，差人遣我便是，不過白日裡我常忙於公務，許是不在府邸，妳且去衙門找我就可以了。」宋俊寧巴巴地交代。

嬌嬌微笑說好，不過心裡卻有幾分嘀咕，這個宋俊寧跟她說這些幹麼呢，她其實怎麼都不會有事找他啊。

嬌嬌不明所以，可大夫人竟是看出了一二，她倒吸了一口冷氣，再細細看自己弟弟的眉宇之間，果然是見到了一絲的情愫，雖不知他怎地就對嬌嬌上了心，但是大夫人是知道的，他們兩人，本是宗親，那萬不可能。

又想到回王府探望的時候，母親話裡話外對小公主的不喜，大夫人甚至覺得，家裡也知道了一、二分了。

她努力讓自己冷靜下來，再看嬌嬌，她還是一派女孩子的樣子，絲毫沒有一絲的情愫在其中，想來是未曾發現自己弟弟的心思。

其實大夫人弄錯了，嬌嬌是有幾分懷疑的，而小世子卻是真的懵懂，雖然已然二十歲，但是他並不知道，更是沒明白，這分對嬌嬌的心思，先前沒明白，如今成了宗親，更是不會往那方面想，雖然他不這麼想，可是潛意識裡卻想對她好。

他根本沒發現自己喜歡嬌嬌，只是嬌嬌的特別吸引了他，讓他更加願意接觸她。

眾人心思各異，就聽外面傳來急促的腳步聲。

小丫鬟稟告。「啟稟夫人、公主、世子，安親王府派人來請世子回府，說是有要事。」

「要事？」宋俊寧擰眉。

「正是呢，說是很急。」

一句很急，宋俊寧也不耽擱，立時告辭。

大夫人叮囑道：「有事要告訴阿姊，知道嗎？」

宋俊寧自然點頭。

不過大夫人倒是不太擔心，如若真的很重要，也該通知她一聲的，不至於就這麼將人喊走。

看宋俊寧離開，嬌嬌微笑言道：「大夫人，如若沒事，我去看看二叔。」

宋氏緩了一下，點頭。「嗯，去吧。」

待嬌嬌走到門口，宋氏突然開口。「嬌嬌。」

「啊？有事？」嬌嬌回身。

宋氏定了定心神，微笑。「沒有，天氣冷，之後出來，多披件披風，這樣暖和些。」

「好呢，多謝大夫人關心。」嬌嬌笑靨如花。

待出了門，嬌嬌歪了歪頭，言道：「我們去看看二叔吧。」

第六十二章

季致霖正在與季晚晴敘話，兄妹兩個暢快地笑，聽說嬌嬌求見，晚晴連忙看自己的二哥，季致霖自然點頭同意。

嬌嬌進門見到他們倆，格格地笑。

「妳這進來就笑，委實奇怪。」季晚晴言道。

嬌嬌歪頭。「府中諸人都在為姑姑的婚事忙碌，姑姑倒好，跑到這裡躲清閒，我要告訴祖母，還要告訴大夫人和二夫人。」嬌嬌微微揚頭，一臉的「妳快求求我別告狀」。

噗！季晚晴笑了出來。「我才不受妳的威脅呢，妳還不是一樣躲清閒，如若不是，怎麼好好的皇宮不住？」

季晚晴這話說得並不體面，季致霖擰了下眉，叱道：「晚晴，休得胡言。」

季晚晴卻不在意，他並不知曉兩人的關係，哪裡知道，她們並不在乎這些。

「她要是敢告狀，我就呵她癢，這小丫頭最怕癢了。」季晚晴扠腰，頗為活潑。

季致霖許久沒看到自己妹妹如此了，頓時有幾分驚呆。

「晚晴與公主感情真好！」季致霖言道。

不過言罷季致霖便想到了先前二夫人告知他的，小公主曾經救過季晚晴，便是那個時候，即便是七、八歲的小姑娘之時，小公主也不是什麼好相與的。

「以後時間久了二哥就知道了，秀寧是我們季家的姑娘，不管是不是公主，她都是我的姪女。」季晚晴認真地拉著季致霖的手。

季致霖微笑點頭。

嬌嬌嗔道：「姑姑怎麼說起這個來了？我本來就是啊。」

「是呢！」季晚晴笑，之後問道：「妳可是去見過齊放了？」她其實對這件事也是有些耿耿於懷的。徐達也說過，希望能與齊放談談，可是這件事終是被她阻了，不管是徐達還是她，都並不適合與齊放懇談。對於這點，季晚晴看得清楚，老夫人也看得清楚，她早早便是說過，誰也不准去與齊放多言。

今日看著，原來老夫人就是在等秀寧。

「見過了，我想齊先生應該也是心中有數，姑姑不要擔心才是。」嬌嬌微笑。在屋裡待了一會兒，嬌嬌將自己的披風脫下掛了起來。

皇上和韋貴妃都喜歡她穿得喜慶，因此自她進宮倒是添了不少的豔色衣裝，此時穿的這身便是，一身大紅的錦緞小襖，襯得她嬌豔可人。

季晚晴鮮少見她如此穿著，讚道：「小姑娘就是該多穿些喜色衣服才好，妳看妳穿這身多好看。」

嬌嬌淺笑。

「齊放的事，多謝秀寧幫忙。」

「姑姑不用謝我，我並不是在幫您啊，齊先生是我的老師，我自然也是希望他好的，盲目地沈浸在一段不能有結果的感情裡，倒是不如趁早抽身，許是將來他會遇到更加適合他的姑娘。沒有誰離了誰是不能活的，我們每個人都有獲得幸福的權利，他的幸福不在姑姑身上，苦苦折磨自己，只會讓自己難受，如果他能就此想開，那自然是最好。」嬌嬌就事論事。

季晚晴與季致霖都點頭。

「齊放能想開，對大家都好。」季致霖言道，他原本就希望齊放能夠娶晚晴，一覺醒來，竟是發現已然過了七年，而這七年裡，許多事情都已經物是人非。

嬌嬌看季致霖嘴唇有些乾，起身為他倒了一杯水，言道：「其實齊先生能夠看開對他自己才是最好的，我希望先生能夠找到自己應有的幸福。」

「齊放應該會很高興，高興你們這些學生都真心愛戴他。」

嬌嬌笑嘻嘻。「那是自然啊，他是我們的先生，不過姑姑也不需要吃醋啦，我也很喜歡姑姑的。」

季晚晴白了嬌嬌一眼，言道：「妳這死丫頭，越發地沒個正經，都是大姑娘了，還這般胡鬧，如若不是皇上他們知曉了妳的身分，怕是現在妳也在籌備嫁人了吧。說起來，要吃醋的才是我呢，妳要嫁給我少女時期就一直憧憬著的人，如何能不讓我羨慕嫉妒。」

季晚晴玩笑道，如若在旁人面前，她是斷說不出這個話的，就算是季老夫人也是一樣，但是現在倒是不同了，季致霖是疼愛她的哥哥，而嬌嬌則是她的小輩。

嬌嬌歪頭看季晚晴，發覺她自從答應要嫁給徐達之後，明顯整個人活潑了些，整體感覺比以前輕鬆了，想來也是，雖然她自己堅稱沒有什麼，可是她畢竟生活在這個時代，又如何能夠全然地不顧大家的看法，想來，她心裡還是有很多的落寞吧？

「姑姑是說反話吧，什麼羨慕嫉妒，我完全都沒有看出來，您不是早就不喜歡楚攸了嗎？您這樣，我可是要告訴徐達的哦！哎呀，好討厭，我竟然要嫁給一個老男人，還是比我長一輩的老男人，惆悵。」嬌嬌皺眉嘟唇的，樣子奇怪，惹得季晚晴笑了出來。

「楚攸如若溫柔起來，會對妳很好很好的，我相信你們能幸福，秀寧那麼聰明能幹，必然能拿住他。還記得妳的話嗎，其實楚攸又何嘗不是那種人呢，滿腔熱血酬知己。」季晚晴說著楚攸的好話，倒不是說還對楚攸有什麼遐想，只是她更希望這個自小看著長大的小姑娘能夠幸福。

季致霖似乎明白了季晚晴的意思，言道：「確實，楚攸是值得託付終身的人，人又長得那麼好看，公主可不要錯過他。」

嬌嬌微笑應道：「好啦好啦，你們也別趕著安慰我了，我又不會逃婚。」

「妳自然不會逃婚，那是因為妳不敢。」季晚晴吐槽。

嬌嬌倒地不起……

嬌嬌這邊正是輕鬆快活，而皇宮裡卻不是如此了，三皇子從樹上摔了下來，如今正在昏迷。

此時韋貴妃和皇帝都在宮外轉悠，而太醫則是在屋裡。

說起三皇子出事，則是要從皇上的鸚鵡說起，皇上養了一隻鸚鵡，三皇子自年前就念著要把牠的毛全都拔了。

這不正巧趕上了機會，這鸚鵡落在了三皇子手裡，於是乎結果可想而知，來喜本也沒想對三皇子做什麼，可三皇子倒好，麻溜地爬到了樹上，結果又不小心掉了下來，結果落了這麼個結果。

皇上轉著手中的佛珠，面無表情，韋貴妃倒是有些焦急。

皇上看她頗為急切，忍不住開口。「他那麼大個人，從樹上掉下來也不會怎麼樣的，妳莫要太過憂心。」

韋貴妃言道：「不管大小，在咱們眼裡，可不就是孩子嗎？他也沒個分寸，如若是摔壞了可如何是好？」

皇帝聽到韋貴妃此言，忍不住笑了出來。「摔壞？他還有什麼怕摔壞的地方？再說了，朕還真就不相信了，他能摔出個好歹。」

嗟！裝瘋賣傻幾十年，耍弄別人是不遺餘力，但是要說他把自己弄受傷，那可完全沒有過，既然是沒有，就說明這廝還是有分寸，指不定這次是又要出什麼么蛾子呢？

沒錯，皇上帝王權謀這麼多年，往日裡因著是自己兒子，而且是從小就如此，他沒有多想，可如今看著，越琢磨越不對勁，這廝可不就像是裝的嗎？又想到他連自己都作弄過，皇上越發地惱怒。

這渾小子！

皇上正想著，就見太醫出門。
韋貴妃連忙開口。「人如何了？」
「恭喜皇上、娘娘，大喜啊！三皇子、三皇子……」太醫都結巴了。
「他怎麼了？」皇上皺眉。
韋貴妃則也不解起來，這人摔了有什麼可喜的。
「三皇子醒了，而且、而且三皇子的頭腦似乎、似乎是好了。」
皇上和韋貴妃對視一眼，都從對方的眼裡看到了震驚，雖然他們彼此都以為對方不知曉真相，但是這事委實是詭異啊……
皇上一把將太醫扒拉開，匆匆忙忙地進了內室，而這個時候三皇子愣愣地坐在那裡，勉強扯出一個笑容，言道：「父、父皇……」
果真是再正常不過。
皇上和韋貴妃呆滯在那裡，而來喜則是一個踉蹌。
這是……好了？
「兒臣見過父皇、母妃。」三皇子臉色蒼白
皇上這時的心情實在是難以言表啊，原本一直以為這個孩子是傻子，也處處由著他，當然，除了打人鬧事什麼的，他也沒幹什麼更過分的，有時候，有些人連他看著都想揍呢，私心裡竟是竊以為，揍得好。
可是後來嬌嬌的話讓他突然有幾分警覺，怎麼說呢，這個兒子，是不是真的那麼傻，細細品味這麼多年的點點滴滴，皇上竟然有一種感覺，自己被人給坑了。

就在他憋足了勁要找這個兒子的馬腳的時候，他倒是越發地鬧了起來，然後如今就變成了這樣，他說他……好了。

一口老血悶在嗓子裡的感覺啊！

皇帝拳頭攥了起來，他瞇了瞇眼，問道：「你什麼都記得？」

三皇子一臉的恍然。「幾十年如一夢，給父皇添麻煩了，一切都是兒子的錯。」倒是個謙和有禮的樣子。

皇上「哼」了一聲。「往後不再添麻煩就好。」

「這麼多年，兒臣羞愧於自己的放肆，更是對不起父皇和眾位兄弟，如今恍然醒來，竟是覺得這數十年一事無成，愧對眾人。」言罷，三皇子哽咽地用手捂住了臉，都說男兒有淚不輕彈，只是未到傷心處，如今看他，倒是真正傷心欲絕。

皇上似乎也想到了什麼，表情沈寂下來。

三皇子哭的聲音不大，但是肩膀卻不斷地抖擻。

韋貴妃跟著落淚，過去將他攬在了懷中。

這麼多年，如若說對他照顧比較多的，也只有韋貴妃一人了。男人如何能有女子這般地心細，更何況，皇上不止一個兒子，對這個兒子，他雖然也有照顧，但是也只在起居上，哪裡管得了那麼多。

「好，既然好了，那便好。」皇上嘆息，坐在床榻上，將兩人一起攬在懷中，拍了拍他的肩。

「既然你好了起來，那麼也不能倦怠了，好生地養著，之後為國盡力，這麼多年，貴妃對你最為心疼，也盼著你莫要忘了她對你的好。」

「兒臣不敢忘。」

韋貴妃淚眼婆娑地抬頭。「皇上說的這是什麼話，對人好哪裡是為了回報。」

「朕知道，朕知道妳是天底下心腸最好的女子。」

一時間，室內靜了下來……

三皇子痊癒的消息一時間傳遍了京城，大家都沒有想到，這摔一下，竟然會摔出這樣的效果，都傻三十多年了，誰也沒有想到，三皇子竟然會好起來。

瑞親王得到消息回府，見王妃正在失神，問道：「妳可是聽說了？」

楚雨相點頭。「摔了一下竟是變成了這個樣子，說起來還真是匪夷所思。」停下了話音，楚雨相起身來到窗前，雖是已經打春，但是外面仍舊很冷。楚雨相看著樹上掛著的霜，微笑言道：「你幫我聯絡楚攸，我要見他。」

「雨相，我們從長計議……」

「幫我聯絡，我來處理。」楚雨相語氣堅定。

瑞親王見她堅持，沒有再多說什麼，想了一下，點頭。「行，這事我來處理。」

楚攸聽說瑞親王邀他過府一敘，微笑同意，他早就在等著瑞親王的動作了，之前的時候他聽了小公主的話，就等著試探的結果，原本還以為不會有什麼消息了，倒是不想，竟在這個時候等到了消息。

如果按照公主所說，她說的那些話只有林家的人才能明白，那麼也就說明，這個瑞親王妃，很有可能是林家的某一個人。楚攸難掩心中的激動，這麼多年了，他已經習慣了這樣的生活，倒是不想，自己竟然真的還有親人活在這個世上。

楚攸策馬疾奔至瑞親王府，竟突然覺得無法再繼續前行。

「楚大人到——王爺早就在等著您了，楚大人快請。」總管親自站在門口等待，夫人料想得不錯，楚大人果然到得極快。

楚攸調整了一下自己的心緒，不再言語，若有還無地一笑，笑得管家的小心肝都顫抖了，真美啊！

楚攸跟著管家穿過長長的長廊，逕自往後院走去。

「我家王爺交代過了，如今天冷，後院的凌秀閣最是舒暢，還請楚大人直接去後院便可。」

楚攸似笑非笑言道：「一般人家都不將外客帶到後院，免得衝撞了自家女眷，你家王爺倒好，全然不在意，如此可不妥啊，如若讓御史知曉，怕是要上書天家，治一個管家不嚴的罪名。」

呃……管家冒汗，本是表示親近，偏是讓他說成這樣，如此看來，這人果然是不好相與，自家與他本就不對盤，也不知王爺怎麼就想到邀請他來家中做客了，委實讓人覺得不爽利啊！

雖心中腹誹，但是管家面上倒是不顯，反而是極為和藹，笑著應道：「小的必然會提醒王爺，多謝楚大人提醒；不過我想，我家王爺也是沒把您當成外人的，倘若旁人，必不會如此。」

「你家王爺還真不拿自己當外人。」

他娘的！你和他嘮嗑能被氣死有沒有！

管家嘿嘿乾笑，不再言語，只盼這路近些，快點到，真心不願意和他講話啊！

好在，這路還真是不長，管家在門口通報。「王爺，楚大人到了。」

「楚攸見過瑞親王。」楚攸進門一個抱拳，並不行更大的禮。

瑞親王已經習慣了楚攸這般地傲慢無禮，倒是沒有當成一回事，管家則是抹汗立時退下。

「擺席。」

「是。」

不多時，兩人便坐下。

楚攸與瑞親王並不是第一次單獨一起飲酒，那時是為了季晚晴，現在想來，歷歷在目。

「想我們上次相見，還是去年，韶光荏苒，過得倒快。」兩人本是政見不對盤的，但是現在看楚攸態度，竟像是對待老友，瑞親王感慨起來，這廝果然是臉皮厚。

「確實如此，其實想起來，本王也認識楚大人十來年了。」

「十年彈指間，就算是想到小時候的事，我也覺得恍若就在昨天。」楚攸倒是自在，自斟自飲，頗為快活的模樣。

瑞親王看他這般，笑道：「楚大人小時在季英堂，想來也是別有一番滋味的。」

楚攸的動作頓了一下言道：「那倒不是，我說的小時候，是更早之前，那時，我父母親人尚在，誰想人生就是這般地蹉跎，不過幾日，物是人非，輾轉至季家，雖也感受到溫暖，但是終究不同。」

楚攸原本就是刑訊的高手，自然最是知曉該如何講話，他這般開頭不過是為了引出瑞親王的話，從而釋放出一定的善意，讓瑞親王講出自己要說的話。

而瑞親王果然也是個沒有心機的，他看著楚攸，許久，站了起來，楚攸並不動作，只依舊垂頭喝酒。

「我想，有個故人你該見見。」

楚攸這時終於抬頭看他，須臾，就聽見開門的聲音。

楚攸回頭，瑞親王妃，他雖然沒有與她有過接觸，不過卻遠遠地見過她。

兩人默默相望，瑞親王退了出去。

「糖炒栗子很好吃的。」瑞親王妃言道。

她的話讓楚攸一頓，接道：「可是我卻不會剝皮，每每這個時候，二姊都要給我剝皮，那個時候二姊總會說……」

「小饞鬼！」兩人異口同聲。

「大姊那個時候常常帶著我們幾個一起出去，我就說老母雞帶著一群小雞崽兒。」楚雨相的淚水滑了下來。

楚攸有些激動，他站了起來。「大姊喝斥，說再胡言亂語就不帶妳，妳還跑去和母親告狀。母親說、母親說……」楚攸也落了一滴淚。

「兄弟姊妹要團結，咱們家才能好好發展。」

「二姊，二姊……」楚攸和楚雨相抱在了一起。

兩人痛哭失聲。

這些都是他們小時候經歷過的事，旁人是無從知曉的。

「小弟，小弟，你還好好的，你還好好的……」楚雨相哭得更厲害了，整個人開始喘不上氣來，她捂著自己的胸口，整個人癱了下來。

楚攸被嚇到，連忙扶她。「二姊，二姊，妳怎麼了？」

聽到屋內的聲音，門口的瑞親王連忙進門。「雨相，雨相。」

「我沒事。」瑞親王妃緩了一會兒，露出一個虛弱的笑容。

「這是怎麼回事？」楚攸轉頭問瑞親王。

瑞親王嘆息。「雨相被火燒傷過，雖然現在好了，但是當時的傷太重了，所以她落下了許多病根。」

楚攸小心翼翼地扶著楚雨相，「二姊，妳冷靜些，冷靜些。」

「真好，小弟沒死，真好！」王妃將頭靠在了楚攸的身上。原本雖然也是有些懷疑的，但是如今感覺確實極不一樣了，懷疑與確實的認定哪裡能夠相同。

楚攸握著楚雨相的手，言道：「二姊，我以為妳不在了，我以為妳們都不在了，當初是怎麼回事？」

楚雨相冷笑。「老天看不下去我們家的冤情，所以我沒死。瑞親王來不及救大姊，不過卻來得及救我。如今，只要我有一口氣在，他們誰都別想好。」

楚攸點頭。「二姊放心，總有一天，我要為家人平反，也要讓他們都得到應有的懲罰。」

「應有的懲罰？平反？」楚雨相冷笑得更加厲害，她伸手摸楚攸的臉，半晌，言道：「我要的，是他們全都死去，淒慘無比地死去，我要讓他們所有人的全家來為林家殉葬。」

「二姊放心，我不會放過他們，可是如今，我們還須從長計議。」

「這點我知曉。小弟，二姊知道你心裡苦，可是二姊更苦。二姊不知道你籌謀了多少，也不知道你是怎麼想的，但是二姊今日找你、見你，一則為了與你相認，二則，二姊希望我的事，你也不要干涉。」楚雨相說出了自己的想法。

楚攸看瑞親王妃。「二姊，我是林家唯一的男人，報仇的事，我來做，妳身體不好，又有孩子，不要再過多地糾纏這件事了，好嗎？妳不為自己想，也該為妳的一雙兒女想一想，如果你們有什麼事，他們怎麼辦？難道妳希望他們和我們當年一樣嗎？」

言罷，他又看瑞親王。「我知道你真心幫助我們家，但是你的心思根本就不適合做這些，守著二姊，守著孩子，這樣不是很好嗎？其他的事情，都有我。我會輔佐表哥上位，我會為家人洗清冤屈，更會報仇。」

啪！瑞親王妃直接給了楚攸一個耳光，楚攸沒有想到，有些呆滯錯愕。

「如若不是他母親，我們林家會走到今日嗎？他母親是林家的罪人，你還要輔佐他上位，你的腦子進水了？我告訴你，你想都不要想，我是絕對不可能讓八皇子上位的，不管是四皇子還是八皇子，他們一樣都要死。」

「二姊，他是表哥，是我們親姑姑的兒子，姑姑也是受害者，真正該死的，是那些陷害她的人，不是她啊；再說那個時候表哥還小，我們大家才是真正的親人。」

「我跟他不是親人，小弟，我剛才說過了，報仇的事我自有我自己的想法，這件事，不該插手的是你，你是林家唯一的根了，我不希望你沈浸在其中，一旦事情敗露，你要怎麼辦？這件事我籌謀了很久，你相信我的能力，我不會有事的，也許王爺他不是一個很能幹的人，但是你要相信，一切有我，就算失敗了，你也要好好活著，你是林家唯一的希望，不要讓爹娘在九泉之下還要為你擔心好嗎？」

「二姊……」

還不等楚攸說話，王妃站了起來說道：「我要扶植王爺上位。」

楚攸愣了一下，隨即艱難地看向了瑞親王，顫抖問：「妳要扶植他上位？」

「對，王爺登上了皇位，我的兒子才能繼承皇位，我要我們林家在權力的頂峰，而不是任人宰割。」

楚攸深吸一口氣，他覺得這件事是如此地可笑，看著楚雨相，他緩緩言道：「六年前，我與已經身染重病就要不治的大師約定，故意用一本假帳冊來打擊四皇子一黨，以大師的死來增加這本帳簿的真實性。瑞親王中計前來刺殺，我成功地將那本帳簿帶回了京城，將四皇子的大將崔大人成功下獄，我想，這件事你們都知道吧？不過你們大概不知道，那個時候，瑞親王就已經被年僅七歲的季秀寧認了出來。」

「不可能，如果她認了出來，為什麼……」瑞親王的話戛然而止，似乎從那個時候開始，楚攸和安親王府都咬住了他。

楚攸泛起一抹冷笑。「我想你明白了我們為什麼要針對你，因為你是四皇子一黨。」

「那是我讓他故意打入四皇子一黨的內部，那次是取信。雖然他是王爺，但是你該知道皇上的性格，他生性多疑，對幾個王爺，他並不放心，我們能用的人很少，進入四皇子一黨既是依附，又可從內瓦解。」王妃言道。

楚攸點頭，他明白這一點。「我只想說，你不是你自己以為地那麼強，季秀寧洋洋灑灑地對王爺進行了細緻精確地描述，通過這個描述，我們幾乎不多想就知道，那個人是王爺你。你為了為林家人報仇去刺殺季晚晴，雖然你沒有露出臉，但是通過你極為短暫的行為，季晚晴判斷出，那個人是你，瑞親王；甚至是二公主的遇害案，如果不是最終確定了兇手是玉妃，你怕是也要一直被懷疑下去，可是即便最後證明是玉妃，也不能洗脫你的罪名。究竟是誰鼓動了玉妃？我不是說你不好，只是，你的心機，根本不足以成為一個國家的主人。」

言罷，楚攸拉住楚雨相的手。「二姊，爹娘不在的時候我年紀小，可是即便如此，我依舊知道，爹娘當時不走的原因，就算是我再恨皇帝，我也不會拿整個國家開玩笑。瑞親王，不合適！如若妳要說妳會在背後輔佐，我更是不贊成，妳又怎麼知道，人走到權力頂峰的時候，還會一如既往？他還會一如既往地想著林家？」

楚攸說這些話的時候並沒有背著站在一邊的瑞親王，瑞親王則是一臉的尷尬。

「這件事，我要好好想想，你先回去吧。」楚雨相有些疲憊，她自然是知道楚攸說的這些問題，可是，她沒有選擇。

「你先回去吧，雨相看來也是累了，我會照顧好她的，至於做不做皇帝，我並沒有什麼大的志向，我只希望，能夠為雨兒報仇。行了行了，我們本就沒有那麼投契，你在我府裡久了，倒是也惹人懷疑，快走吧。」瑞親王言道，將王妃扶到一邊坐下。

楚攸細細觀察了他們兩人，發覺瑞親王對他二姊極為溫柔，雖然他念著為大姊報仇，可是未必就對二姊沒有感情，想到這裡，楚攸竟是生出一絲的彆扭。

「我先走了，二姊和王爺都好好想想，許多事，不是你們想得那麼簡單，我自然是知曉二姊聰明，可是有時候不是聰明就可以的。」

楚雨相點頭。「我知道，我會好好考量的，你不要將我的事告訴任何人，包括八皇子和小公主。」說到這裡，她苦笑了一下。「怕是小公主已經知道了吧？」

楚攸拉過椅子，逕自坐下。「季秀寧的為人，你們可以放心，她不是會亂說話的人，如果沒有她，妳覺得，我會知道寒山寺谷底有林家的墓群嗎？」

「你們發現了？」

楚攸譏諷地笑。「正是因為你刺殺季晚晴，他們懷疑你，季秀寧和季秀慧研究出了滑翔翼，她親自帶隊下谷底看過。每個人都有弱點，季秀寧也不例外，她的人品可以信得過，季家杵在那裡，就是她的最大弱點，你們儘可以對她放心。想來二姊該是聽過季老夫人這個人的，據說母親未嫁之時與她關係很好，正是因為種種線索，她們才將這一條線串了起來。」

「與母親關係很好？出嫁之前？英蓮青？季老夫人叫英蓮青？」楚雨相錯愕。

「正是。」

「那倒是沒錯，原來是她，我小時候聽母親提起過。哈哈，哈哈哈，原來，一切真的都是老天爺安排，怎麼會那麼巧，就是由她將你養大，果真是我林家命不該絕，一切都是命數。咳，咳咳。」笑到激動處，楚雨相再次不舒服起來。

楚攸發覺，似乎只要他二姊情緒過於激動，身體就會不適。

「二姊，妳好好休息，旁的事，不須想太多，我改天再來看妳。」楚攸不敢繼續留下，他留下來，只會讓他二姊更加地激動，繼而加重病情。

很顯然，瑞親王也是如是想，連忙擺手。「你先走吧。」

楚攸囁嚅了下嘴角，最終離開。

第六十三章

離開了瑞親王府，楚攸竟有種不知道該往哪裡走的感覺，能找到二姊他十分喜悅，可是現實裡卻又有許多不可調和的矛盾，這些矛盾讓他有些不知所措。

不知怎地，楚攸就走到了季府門口，看著龍飛鳳舞的「季府」二字，他突然想到了季秀寧，不知怎的，就走了進去。

「楚大人，您過來了？您是，哎，您，哎，楚大人……」門房看楚攸悶頭往裡走，有幾分迷糊，不過這也不能不通傳啊，否則他們成什麼了。

「我要見季秀寧。」

「楚大人要見公主？您稍等、稍等一下，小的進去通傳……」門房見似乎也攔不住人了，一溜煙地跑了進去。

此時嬌嬌正在彈琴，聽到通傳，又聽楚攸有幾分不正常，有些不明所以，不過還是讓彩玉招待人。

楚攸進門的時候嬌嬌並沒有停下自己的琴，反而是微笑著彈完。

啪啪啪！楚攸鼓掌。

「雖然楚某並不懂琴，但是仍是感覺小公主彈得極好。」

聽他這般說，嬌嬌失笑。「楚大人還真是會開玩笑，您都聽不出來好壞，說我彈得好我能信嗎？」

楚攸挑眉。「怎麼著？我誇獎妳還誇錯了嗎？當真是個小性兒的。」

嬌嬌嘟唇。「小性兒你也得忍著吧？」

「那倒是，誰讓妳是小公主呢。人啊，真是際遇不同，說話的方式都不同了，原本的時候，妳可不會這麼講話，那個溫柔又謙和的季小三小姐哪裡去了？」楚攸作勢嘆息。

嬌嬌被他的話逗笑。「我都不知曉，自己還有溫柔謙和的時候，楚大人真會說話啊。」

楚攸笑著站起來，來到琴邊，示意她起身。

嬌嬌挑眉讓開，倒是從來不曾聽過楚攸彈琴。

楚攸將手撫在琴上，發出尖銳的一道聲音。

嬌嬌格格地笑，言道：「你彈得可真是不怎麼樣，我洗耳恭聽。」

嬌嬌坐在正前方，伸手比了一個「請」。

待季致霖到的時候，看到的便是這樣一副場景，楚攸撫琴，而公主則是飲茶聽曲，好不自在。

嬌嬌看季致霖進門，連忙上前，從丫鬟手中扶過他，將他扶到小榻上。

季致霖有些尷尬地道：「還是讓丫鬟來吧，公主妳坐。」

季致霖也才勉強能夠行走，是丫鬟扶過來的。

楚攸並未說話，笑得越發地燦爛，一曲終了。

他看向了季致霖。「怎麼？季二哥，你是不放心我？」

季致霖頗為無奈。「如若你不是這麼莽撞地進來，我想來也是不會如此的。男女有別，公主住在我季家，我又頂了二叔的名，自然是要顧著我家姪女的名聲，你可以不在乎，我們不能不在乎。」

楚攸這般大大咧咧，他們怎能沒有反應，家中女眷自是不方便過來，也唯有他了，這廝不顧法理，倒是一臉笑容地問他是否不放心，如此想來，果真可恨。

季致霖的思維還停留在七年前啊，縱使知曉七年前是楚悠與大哥設的局，也知曉這麼多年是有變化的，可是終究是不一樣，讓他一下子要適應這樣的相處，很困難。

季致霖看著楚攸，心裡想著這廝果然是不要臉，竟然還問出這樣的話，他們能放心嗎？此時楚攸的情緒倒是平復了下來，他還有心情調侃季致霖。「我不過是心情不好，來這裡散散心罷了，再說了公主閒著也是無事，你看，她都撫琴了。」

楚攸顛倒黑白的本事果然是好！嬌嬌無語。

「我如若真是閒著無事發悶，大抵是喜歡算計人的，特別是有些看起來比較討厭的人。」

「那公主可有得忙了，這世上可不是每個人都像我這般的，看起來討厭的人，大有人在。」楚攸說得一臉真誠。

季致霖一聽都被他逗樂了，要說臉皮厚，這傢伙還真能稱得上是天下第一。

嬌嬌回道：「楚大人還真是自我感覺良好，想來如若去朝中問問，十人之中，可能有九個都覺得楚大人討厭吧？不知道楚大人這分自我感覺良好的自信是從哪裡來的。」

楚攸從琴前起身，逕自來到兩人身前坐下。「旁人討厭我與否並不重要，重要的是公主不討厭我便可以，不論怎麼說，我們都是御賜的未婚夫妻。」

嬌嬌勾起笑容。「那倒是的，即便是皇上十分不樂意，大概也不能否認這一點，賜婚的正是他咧。」

不知怎的，嬌嬌越想越有趣，竟是笑了出來。

楚攸見她如此，也跟著笑。

「季晚晴的婚事籌備得如何了？」笑夠了，楚攸問道，似乎有點關心的樣子。

「你問這個幹麼？」嬌嬌立時警惕起來。

她這麼警惕，惹來季致霖的側目。

「妳……吃醋？」楚攸似笑非笑地看她。

靠！嬌嬌冷笑。「你未免太高看自己了吧，我不過是擔心你一時想不開罷了，一旦你醒悟過來，覺得曾經愛慕過你的女子就要嫁給旁人，生出變態的心思，要搗亂怎麼辦？姑姑和徐達可是好不容易才走到一起的，連齊先生我都勸妥了，我只是怕你來搗亂。你這人，總是讓人捉摸不定。」

楚攸大呼冤枉，他為人這般地正派，自是做不出這樣的事的。

「妳且放心便是，我哪裡是那種小人；再說了，我有公主不好好伺候，為什麼要去搗亂她的婚事？妳這麼說，還真是有趣。」

嬌嬌言道：「誰明白你每日都在想什麼，像是今日不就是一樣嗎？奇奇怪怪彷彿中了邪一樣直接衝了進來，如若你在姑姑成親的時候也這樣，可不就是搗亂嗎？」

「這樣不算吧？」楚攸微笑。

「這樣都不算什麼樣才算？照我看來，這就是搗亂，人家的大好日子，你一臉的茫然失落，看著就似失意人，如若不是搶親，用得著這樣嗎？」

「公主果然難纏，在下惹不起。」楚攸連忙作揖，一副小生怕怕惹不起的樣子。

「不是公主惹不起，委實是內定的駙馬太難纏。」嬌嬌撇嘴言道。

說完，兩人竟是都笑了起來。

季致霖這下終於放心了幾分，原本他們都有些擔心，但是現在看來，照兩人的相處模式，雖然言談間頗為熱絡，但實際上都是極有分寸的；想來也是，這兩人都不是簡單的人，做事也是十分謹慎小心，算起來，又怎麼會出差錯呢？

雖然心裡篤信兩人，但是季致霖還是提醒道：「楚攸如若無事，可以找我閒聊，左右我也是無事之人，公主終歸是一個未出閣的姑娘，你這樣會招惹來別人的閒話。」

「可是，我倒是不太願意和二哥閒聊，話不投機半句多，頂沒趣的。」

你看看，這人說話是多麼不招人待見，季致霖也不與他一般計較，只是認真地看他，直看得楚攸一臉無奈。

楚攸言道：「好好好，找你還不行嗎？便是我長得比二嫂美，你也不用這麼看我啊，二嫂是會傷心的，女人要是嫉妒起來，真是什麼都能做得出來。」

「你倒是瞭解女人。」嬌嬌挑眉，這廝倒是比她還像穿越的呢！

「我不是瞭解女人，我是瞭解人性。」

嬌嬌報以冷笑。

「對了，聽說三皇子清醒了呢，據說竟是一下子捽好了，當真是讓人看不明白，不曉得小公主有沒有去見他呢？」楚攸打量嬌嬌的細微表情。

嬌嬌每隔兩日就要進宮一次的，今日自然也是去了，不過回來得早了些，如若不然，楚攸怕是還碰不上她。

而她這幾次進宮也沒有去看據說已經「痊癒」的三皇子，雖然是她的叔叔，但總歸是差了一層，且男女有別，她去看，還是有幾分不合適的。雖然在季家偶爾也會和季致霖接觸，但是對嬌嬌而言，感覺並不相同。

「並無。」嬌嬌沒有多言。

楚攸見狀突然笑得有幾分深意。「小公主好奇心這麼重的一個人，竟然沒有去見三皇子，說起來，當真是有幾分奇怪呢！」

嬌嬌頗為不解地看他。「這又有何奇怪的？三叔與我總歸是差了一層關係；再說他如今是開了心智，自然要好好地多些學習，之後也好負責皇爺爺交代的事。」

楚攸點頭言道：「我可聽說，韋貴妃已經在為他物色世家女了，就是不曉得，哪位小姐才貌雙全，能被看上。」

「這又有與你有什麼關係呢？你未免想得太多了些。」

「妳不好奇嗎？」楚攸一直問嬌嬌，惹得嬌嬌終於不耐煩了。

「你就這麼關心三皇子？該不會你真有斷袖之癖吧？難不成你喜歡三皇子？」說到這個，嬌嬌略驚恐地看向了楚攸。

季致霖坐在一邊，本就覺得自己有些多餘，聽嬌嬌這麼一說，當即一口茶就噴了出來。這話……真的能聽嗎？可是他又不能教育公主，季致霖越發地覺得，自己是與這個時代脫節了，果然是睡得太久的關係嗎？他怎麼越發地看不懂了呢？

「二叔，您怎麼了？你看你，把二叔嚇成什麼樣了。」嬌嬌惡人先告狀啊。

季致霖無語，楚攸更是如此。

楚攸呵呵冷笑了半晌，言道：「妳確定是在說我？再說，如若我要是真的有斷袖之癖，我就去勾搭皇上，最起碼我能得到更多。」

聽了他這話，眾人皆是一頭黑線。

你也別怪人家往你身上潑髒水，或者說懷疑你啊，你就這麼說話，誰能往好的地方想？要不是幾個皇子都不在這兒，否則全一起撲上來揍你啊，你一個大男人，說勾引人家父親，這真是找死！

「誰又知道，你沒有做這樣的事呢？」嬌嬌挑眉看他。

楚攸微微一怔，隨即笑了起來，他看著嬌嬌，緩緩言道：「妳皇爺爺倒是不至於把自己的男寵配給自己千辛萬苦找回來的孫女兒的，這點妳大可放心，皇長孫女。」

嬌嬌也笑，沒有說話。

聽兩人閒談，委實需要強健的心臟，不然一丁點也受不了。

「好了，你們也別討論這樣的話題了，瞎說什麼，天家豈是我等可以編排的？莫要辱沒聖人的名諱。對了楚攸，你今日可是發生什麼事了，失魂落魄的，倒不像你。」季致霖打圓場，將話題扯開。

「我只是突然覺得有些累，倒是沒什麼事。」楚攸笑。

不過嬌嬌卻上下掃視他，眼睛像雷達一般。

楚攸見狀失笑。「妳不信我說的話？我沒有必要撒謊吧？」

嬌嬌「哼」了一聲，不再言語。

楚攸無辜地攤手。

「過幾日就是晚晴的婚事了，楚攸，到時候你早些過來吧，不管怎麼樣，咱們都是一起長大的，對於晚晴來說，你就是另外一個哥哥，咱們兄弟幾個也趁這個機會好好聚聚。」季致霖見兩人劍拔弩張的，再次扯開話題，和這兩個人坐在一起，實在是太累了，惆悵……

「來我自然是要來的，就是不知道，有的人歡不歡迎我，如若連份請帖都沒收到，我進門，不是有些貽笑大方了嗎？」楚攸點著桌面，看嬌嬌的眼睛。

她的眼睛不管什麼時候都是亮晶晶的，而現在，她的瞳孔裡有他。

嬌嬌學著他的動作，也一樣地點著桌面，言道：「請帖還沒有準備好，明日或者後日就會安排人送到府上了，還望楚大人早到。哦，對了，禮物什麼的，我們不喜歡太過不實在的，您貴為刑部尚書，可別太掉面兒。」

楚攸頓了一下，微微泛起一抹笑意，緩緩言道：「好……」語速極慢。

祿。

韶光荏苒，轉眼一個月有餘，而今日季府則是張燈結綵，熱鬧喧譁，連帶嬌嬌也跟著忙

沒錯，今日便是季家三小姐季晚晴的婚事，因著季家重新回歸到了京城，季致霖又醒了，最主要還有了嘉祥公主宋嬌的加持，季家這次的婚事辦得格外地盛大，參加婚禮的人也多得不得了，安親王、幾個皇子雖然沒到，但是也都送了禮。

有人是衝著季家，有人是衝著宋嬌，有人則是衝著季致霖。

其實按照季家現在的身分，季晚晴嫁給徐達算是下嫁，特別還是在這個節骨眼上，不少人都覺得季晚晴頗為愚蠢。不過不管大家心裡如何地腹誹，這個時候都是喜氣洋洋地上門祝福，畢竟，季家現在可是今時不同往日了。

因著季晚晴嫁給徐達還是住在季家，相當於徐達入贅了季家，可是這花轎總還是要出去轉一圈的，如此便是這樣，徐達按照原定的時辰，出門轉悠一圈，然後接新娘子，之後再轉悠一圈，回府。

徐達是住在季府裡，先前老夫人也說了要在外面為他置一處宅子，可是被徐達拒絕了，倒不是那些自尊心什麼的在作祟，委實是沒有那個必要，他每日都要在季家當差，如若住了出去，倒是不方便。

徐達是個實在人，季老夫人也不再多言。

季晚晴的閨房內，大家都圍在這裡，看她梳妝打扮。

喜婆正在為她梳妝，念叨道：「一梳梳到尾，二梳白髮齊眉，三梳兒孫滿地，四梳梳到四條銀筍盡標齊。」

秀美聽了喜婆的話，問身邊的秀慧。「二姊姊，成親的時候都要這樣嗎？」

秀慧笑著反問：「我成過很多次親嗎？」

呃……秀美默默無語。

大家都笑了起來。

秀美更加不好意思了，瞪了二姊一眼，隨即又繼續看得津津有味。

開臉、梳頭、上妝、打扮，嬌嬌坐在一旁，看著季晚晴硬生生地從一個大美人被化成了濃妝豔抹的妖嬈女子，心裡默默寒。

是的，這裡的化妝技術，並不值得恭維，當真是好好的美人都給化成了並不全然美好的模樣。

不過看大夫人、二夫人都不住地點頭，嬌嬌閉嘴沒有多說什麼，大家高興就好啊！不過她要是成親，呃……成親也就成親吧，醜點沒關係！

她覺得自己真是豁達的妹子，讚一個！

就在嬌嬌胡思亂想間，喜婆已經將大紅的喜服為季晚晴換上了，季晚晴笑容燦爛得緊，她與旁人家不同，旁人家是真的出嫁，而她轉個圈是還要回來的，因此並不悲傷，反而是帶著大大的笑容。

喜婆見了，叮囑道：「知道新娘子高興，不過高興歸高興，您出門的時候可不能這麼笑啊。不管怎麼樣，您都得哭，這是規矩。」

「姑姑反正轉一圈就會回來，有什麼可哭的啊，不是浪費感情嗎？」秀慧不解。

果然智商高的人情商都……咳咳，那啥啥！

嬌嬌看喜婆哭笑不得的臉，拉了拉秀慧的衣角。「習俗，習俗啦！」

秀慧皺眉。「我自然知道是習俗，可是完全沒有必要啊，姑姑的妝容本來就厚，要是哭得厲害了，妝該花了，多難看啊！」她是為姑姑好啊！

不過大家的表情則是如同吞了蒼蠅。

「還是我家秀慧最為我著想。」季晚晴笑得更加厲害。

「本就是如此的。」

喜婆默默地記住了秀慧。那個啥，待她成親，就算是多出銀子，自己也不會來的，她現在都可以預見那個喜婆悲慘的樣子了，阿彌陀佛！

「沒有關係的，秀慧，妳不用擔心，我出門的時候大聲假哭兩聲就可以了，誰也不能掀開簾子看，就是那麼個意思，圖個喜慶。」

喜婆看新娘子明白事理，連忙附和道：「是的是的，可不就是這麼回事嗎。」

原本大家都說這季家三小姐是太過挑剔才養成了老姑娘，沒有辦法，只能嫁給自家的家丁，但是她不過是只接觸了兩次，就深深覺得，可真不是這麼回事。這季三小姐端莊大方，處事也是井井有條，哪裡是他們說得那般樣子；她甚至是覺得，八成季晚晴與徐達早就有感情，但是季家因為徐達是個護院而並不同意，結果兩人為了感情不顧一切抗爭，雖然用了很多年，但是最終卻終成眷屬的豪門秘辛。

腦補太過也是病！

「姑姑真好看。」秀美審美觀委實不太正常。

老夫人一直是坐在床邊的，她是晚晴的母親，如今自己從小寵到大的小女兒要嫁人了，她竟是十分地緊張。

嬌嬌看季老夫人半天不說話，望了過去，就見她含笑看著季晚晴，似乎在想什麼。嬌嬌歪頭想了想，大抵覺得，可能還是做母親的不捨得女兒吧，雖然還是嫁回來，但是感覺也仍是不相同的。

嬌嬌坐到老夫人身邊，笑咪咪地道：「恭喜祖母。」

老夫人看她這般模樣，笑容更大。「妳姑姑成親，妳來恭喜我作甚。」

「祖母嫁女兒，自然是要恭喜的。」嬌嬌貼心地挽住了老夫人。

喜婆見這嘉祥公主仍是稱呼季老夫人祖母且態度親切，不禁有幾分感概，看人家教出來的孩子。

「公主這小嘴啊，真是會說，不光是她要恭喜，我們自然也是要恭喜的。恭喜母親了卻一樁心願，更是要恭喜晚晴妹妹獲得如意郎君。」二夫人言道。

大夫人淺笑。「蓮玉說得對，是要恭喜的。」

老夫人越發地高興，拍著嬌嬌的手言道：「這一個個小嘴都是會說的，今兒明明是晚晴的婚事，倒是都來恭喜我，我看啊，改日妳們的喜事，我也要恭喜妳們了。」

幾個孩子都大了，也快要選合適的人了。

「如若是幾個孩子成親，更該恭喜您了，您是家長啊！」二夫人能說會道。

一時間，眾人歡聲笑語，現場好不熱鬧。

正是大家說笑的時候，就聽外面鞭炮聲響了起來，想是徐達這一圈也轉回來了。

喜婆連忙仔細檢查了一番季晚晴，將一個紅彤彤的大蘋果放到了季婉晴的手裡，叮囑道：「姑娘這蘋果可不能掉了，您一路拿著，象徵著你們往後的日子紅紅火火、平平安安、大吉大利！」

季晚晴雖然蒙著簾子，但是仍是點頭。「我知曉了。」

須臾，就聽徐達等人的聲音傳來，這年頭可不興什麼堵門，喜婆連忙攙扶著季晚晴往外走，同時回頭叮囑老夫人。「您可得在正堂上坐著，姑娘出嫁，是要拜別父母的。」

季老夫人點頭。「這我曉得。」

嬌嬌連忙扶老夫人起身，新娘子動作自然沒有她們快，待到季晚晴到了大廳，徐達從喜婆手裡接過季晚晴，扶她跪下，兩人在下首與老夫人拜別，自然又是一番喜慶的話不多言表。

待到出門，老夫人和季晚晴都哭了起來，老夫人是真的落淚，這淚水，是喜悅，而季晚晴那裡雖不知是不是像先前說得是在裝模作樣，但是聽著，也是分外地讓人動容。

將季晚晴扶上轎，接著又是一陣噼哩啪啦的鞭炮聲，隨著一聲高高的「起轎——」，徐達等人離開。

嬌嬌跟在老夫人身後，看她還在哭，勸慰道：「祖母，這是喜事，您也當心身子。」
陳嬤嬤連忙為老夫人將淚水拭去。
一番折騰，花轎轉回，拜堂，入洞房，一切都順利得不得了。

第六十四章

季家賓客眾多，自然，沒有什麼人是衝著徐達，可是徐達倒是渾不在意，高興得不得了，誰敬酒都是乾了，也不管是否會醉。

楚攸、齊放坐在一桌，看著徐達春風滿面的樣子，楚攸笑言。「他這般喝，還能洞房嗎？就沒人教教他？」

這一桌上的人大抵都是略顯貴的人物，聽楚攸這麼說，皆是含笑，不過卻不多言，自然是的，楚攸能說，他們能說嗎？

想到不光這楚攸，便是一邊的齊放也都和新娘子傳過緋聞，眾人更是不敢多言，生怕扯出什麼不該說的。

不過這一桌的懂事，也不是所有人都懂事，那邊便有人拉著徐達要他多喝，徐達本是按照老夫人的排位敬酒，被人生生拉住，不得掙脫，倒不是沒有力氣，只是這喜宴，要的不就是熱熱鬧鬧嘛！

「來，新郎官，來，喝了我這杯再走，來……」這廝就是個酒鬼，才剛開局，已經有些說話不索利了。

如若先敬那桌，倒是顯得徐達不懂事了。

嬌嬌最是厭煩這樣的人，自己也沒個數，慣是隨心所欲，不考量他人。

楚攸、齊放等人都沒有動，他們如今做什麼也不大合適。

不過旁人還沒有什麼反應，嬌嬌就與身邊的江城說了什麼，今天人多，皇上叮囑了江城顧全小公主的安全，曾幾何時，江城也能入了皇上的眼了，如若不是因為他為人實在是太不著調，說不定都會將他編為暗衛。

當然，這個想法皇上是從來都沒有想過的，人實在是太差。

江城立時過去，一個巧勁，就將酒鬼和徐達分開。「新郎官可不能厚此薄彼，您先敬那桌，這位大哥，你還記得我不？真是太多年不見了，想煞我也！」

江城使勁地胡攪蠻纏，酒鬼被江城使了功夫暗中制伏，又開始灌酒，一時間場面再次熱絡起來。

嬌嬌點頭，江城這廝幹這樣的事倒是索利。

徐達自然是要先來這一桌的，算起來，來賀禮的這些官員裡，楚攸也算是高官了，至於說什麼小世子，人家算是親眷，自然是要坐在親人那桌。

「楚攸、齊放，我敬你們兩人，這麼多年，徐達多謝你們。」他自是真心，而將兩人一起敬，更是有緣由的，一個是曾經晚晴喜愛的，一個是曾經喜愛晚晴的，如今這一切，可不都成了過眼雲煙。

如若大家仔細觀察，自會發現，這個時候大家吃菜的聲音都小了許多，俱是豎起耳朵聽著幾人的談話，就想看看有沒有什麼豪門秘辛，好奇得緊。

「徐達，恭喜你，這麼多年了，最後娶到我們最重要的小妹妹的人，竟然是你，你小子好福氣。」齊放率先站了起來，一口將酒飲盡。

楚攸見狀，也似笑非笑地喝了，緩緩吐出兩字。「恭喜。」

「多謝，多謝兄弟！」徐達在他們肩膀上各搥了一下，頗有些好兄弟的意味。

齊放微笑。「晚晴可相當於我的親妹子，如若你膽敢對她不好，我這做哥哥的，定不饒了你。你說對吧？楚攸。」

楚攸挑眉。「那是自然。不過我想，如若你敢對她不好，不消我們出手，也自有人立時滅了你。」言罷，他掃向了嬌嬌的方向。

眾人了然狀。

你妹兒的，這個時候，你還挑釁我，小楚子，受死吧！嬌嬌氣結。

「既然娶她，自當百分之百真心待她，如若有二心，讓我不得好死，便是納妾，都讓我不能人道。」

噗！這也太狠了。

新郎官是有毛病嗎，在婚禮上下這樣的誓言；再說若是稍微好些的人家，哪有不納妾的，這季家果真是奇怪。當然，也有人認為，這是人在屋簷下不得不低頭，你既然高娶了，就得承擔高娶的結果，誰讓人家有公主撐腰呢！

連楚攸那樣的人都要有三分膽怯，可見這小公主就不是善茬兒啊。

嬌嬌還什麼也沒做，就在楚攸這廝的潛移默化裡讓大家形成了一種觀念——嘉祥公主是不好惹的母老虎。

媽的！

秀慧碰了一下坐在她身邊的嬌嬌。「妳的駙馬倒是有些用處的，如若不是他多言，姑父也不會發誓，如此甚好，我就見不得納妾。」

嬌嬌還未說話，就聽坐她對面的小世子陰沈沈地言道：「誓言又不能當飯吃，如若真的違背了，也未必會如何；且不說他，就說楚攸，我倒是覺得，他沒安什麼好心，妳看他，他明明是在暗示嘉祥才是那個凶狠的人。嘉祥，堂叔替妳報仇吧，我幫妳滅了他。」摩拳擦掌。

他聲音不大，可是周圍的人都聽見了啊，大家沈默抹汗，這場婚禮怎麼就這麼多景致可瞧呢！

大夫人看他那番樣子，心裡還有什麼不明白，連忙呵斥。「俊寧，你胡言什麼，楚大人怎麼可能會這麼暗示，他可是什麼話也沒說，你別因著和他政見不和就詆毀他，他是公主的未婚夫婿，皇上欽定的。」大夫人加重「欽定」兩字，繼續言道：「哪裡會說公主不好，將她捧在手心還來不及。」

小世子哼了一聲，沒有再多言語。

嬌嬌挑眉看著楚攸的方向，一記眼刀，先用眼神殺死你。

楚攸笑嘻嘻的，不以為意。

季晚晴雖然只是嫁給徐達，但是婚禮空前地盛大，嬌嬌分外地高興，為徐達，為季老夫人，更為季晚晴。

「主子，時辰不早了，您早些休息吧。」彩玉將東西收拾妥當，看到嬌嬌還在看書，勸道。

今夜是季晚晴的新婚之夜，大家都睡得比較晚，想來很多人都徹夜不能眠，這分喜悅，發自真心，畢竟，季晚晴的年紀太大了。

「行，妳讓鈴蘭備水。」嬌嬌抻了個懶腰，往外面望去，看見還有丫鬟在進進出出地收拾。

「是。主子，今兒您累壞了吧。」彩玉微笑。

雖然是季晚晴的婚禮，但是嬌嬌跟著忙前忙後，不少事情都是她親力親為的，如何能夠不累，便是她們幾個大丫鬟都格外地疲憊。

嬌嬌微笑言道：「雖然累，但是感覺卻是不同的，畢竟是姑姑的婚事，又不是旁人。妳不知道，姑姑出嫁，我特別特別高興。」

彩玉附和。「奴婢曉得的。」

翌日。

嬌嬌早起之後便去主屋用膳，這是她的習慣，並沒有因為身分改變而有所變化。用過早膳，就見徐達和季晚晴一起前來拜見敬茶，嬌嬌等人早等在一邊，跟著笑。

「看看咱們新娘子，徐達你真是好福氣。」二夫人本就能言善道，如今季致霖醒了，她心情更是好，比往日更是多了幾分的快活。

季晚晴臉紅，有幾分羞澀。「二嫂莫要打趣我們了。」

二夫人將紅包遞了過去，言道：「瞧瞧，這我剛說了個開頭，還沒說什麼別的話呢，妳就護上他了。」說罷用帕子掩嘴，格格地笑。

季晚晴越發地不好意思，又見幾個小姑娘都瞪大了眼睛看她，嗔道：「二嫂就是喜愛胡說，妳看看，孩子們都在呢。」她努努嘴。

「她們年紀也都不小了，想來沒過多久就要許人，如此又有什麼關係，這女子啊，多知道些總比少知道得好。」還真都是自家人，不然二夫人斷不會如此地說話。

季晚晴是新娘子，自然是臉皮兒薄的，她不再與二夫人多言，說得多，不好意思的是她咧！

徐達木訥，此時也有幾分害羞。

嬌嬌看季晚晴面泛桃花，一臉的嬌豔，知曉大體這夫妻兩人是「和睦」的，又一轉念，不禁有幾分的不好意思，自己一個小姑娘，怎麼就琢磨起這個了，真是不可取啊！

「啟稟老夫人，四公主府送拜帖過來了，說是邀請嘉祥公主做客。」丫鬟進門稟報。

季老夫人看嬌嬌，點頭。「將拜帖呈上來吧。」

四公主府的人並沒有進門，他們也不需要進門，畢竟，沒人敢將四公主的拜帖給昧下來。

老夫人將拜帖遞給了嬌嬌。

嬌嬌看著上面娟秀的字跡，知曉是出自女子之手，言道：「四公主邀我過府賞花呢。」

「賞花？」老夫人有幾分不明白，可嬌嬌不是與四公主完全沒有交集的嗎，這是哪一齣？

別說季家的人不明白，就連嬌嬌都是不明白的，她與四公主可真是一句話都沒有單獨說過，邀她賞花，也太過突兀。

嬌嬌微笑將請柬合上，並不十分在意的模樣。「也沒什麼的，四姑姑總歸是不會害我，去就去吧。不過早春能賞的花兒還真不多，也不知道賞什麼，難道是狗尾巴草？」

她的打趣惹來大家一陣輕笑。

幾人又是閒話一番，老夫人看著嬌嬌，並沒有多言其他。

待眾人皆是退下，屋內只餘嬌嬌與老夫人兩人，老夫人有幾分擔憂。「我總覺得這事來得有點奇怪，妳若是去，定要小心，讓江城跟著妳。」

嬌嬌點頭。「放心吧，沒事，我會帶著江城的，不光是江城，青蓮、青音都是有功夫的，不會有問題。」雖說這四公主也沒做什麼，但是嬌嬌對皇室中人，還是多了幾分的戒心，他們與她，終究不同。

「妳是個有分寸的孩子，我自是相信妳的。」老夫人拍了拍她的手，繼續叮囑。「不過萬事不可逞強。」

嬌嬌拉著老夫人的胳膊搖晃，像個孩子一般。「我知道啦知道啦知道啦，祖母總是要絮叨。」

嬌嬌彷彿嫌棄一樣吸了吸鼻子，樣子甚為可愛。

老夫人才不吃她這一套。「妳這丫頭，還沒怎麼樣就要嫌棄我絮叨，可真是傷了我老人家的心。」

嬌嬌笑嘻嘻。「我才沒有嫌棄呢，祖母不要妄自菲薄哦。」

老夫人橫她一眼，言道：「莫拿妳對付楚攸那套對付我，我可不吃妳這一套。說起來，楚攸也不該吃妳這一套啊，怎地好像他被妳拿住一般？」

老夫人狐疑地上下打量嬌嬌，惹得嬌嬌有些不好意思地嚷嚷。

「他哪有被我拿住，我們互相討厭的好不好？」

老夫人挑眉，看了嬌嬌半晌，將頭別過，「呵呵」一聲。

這是典型的不相信的冷笑好嗎？

嬌嬌繼續嚷嚷。「祖母不要胡思亂想啦！」

老夫人這時倒是笑了出來，她看著嬌嬌，問道：「我沒有胡思亂想啊，妳嚷嚷什麼！」

嬌嬌囧。

「還是說，妳自己心虛？」

「才沒有！」嬌嬌回答得略有些大聲，不過隨即也明白自己的反應有點過度了，連忙調整自己的狀態，緩下了心緒，言道：「祖母莫要胡說才是，我哪有什麼心虛，更不是與楚攸如何，只不過不想與那廝扯上關係罷了，昨兒他還氣我了呢！」

老夫人似笑非笑地，長長地哦了一聲，然後看著嬌嬌，就是笑。

「對了祖母，您還記得我之前和您說過的話嗎，我懷疑，瑞親王妃就是那個有問題的人。」

老夫人點頭，她自然是知曉，而且很上心，而她們也將穿越改成了有問題，這是嬌嬌的提議，她之前在祠堂說話被楚攸聽到，嬌嬌並不知曉他聽到了幾分，但是卻警覺起來，經過與老夫人商量，便是只有兩人，兩人也說暗語，這樣也是為了避免一時著急說出來被人聽到，雖然她們總是會規避些，但是很多事是難以判斷的。

嬌嬌微笑。「我這幾次進宮，不斷地做了一些實驗，竟然發覺，這種可能性越發地大了。我敢說，該是占了九成的把握。」

老夫人問道：「九成？」

嬌嬌點頭。「確實是的。就是不知道，她究竟是什麼時候來的，不過我猜測，必然是很小很小的時候，或者說嬰兒時期就是。」

「為什麼妳這麼說？」

嬌嬌歪了歪頭，言道：「楚攸，是楚攸給了我這樣的想法，雖然他自己沒有感覺，但是我是能發現他的變化的，我猜測，他很有可能和瑞親王妃相認了，這個瑞親王妃，是他的親人。您想，如果是後期，有什麼必要和楚攸相認，又有什麼必要為林家報仇呢？唯一的可能就是她是在很小的時候來的，她是真的和林家有感情的。」

老夫人聽了這些，沈默了起來。「楚攸和瑞親王妃相認……莫非上次他的失態？」

老夫人也不是省油的燈，立時便想起了那次楚攸的反常。

嬌嬌點頭。「是的，我猜便是那次，雖然他並沒有承認，不過我覺得八九不離十。楚攸是刑訊的高手，我不敢多說，免得讓他起疑，只能採用迂迴的手法，我用了一個月的時間，隔三差五地與他見面可不是為了聯絡感情，不過效果還不錯。」

老夫人不理解嬌嬌的做法。「當初妳已經將餌放下，楚攸沒有必要瞞妳吧？妳直接問他不可以嗎？再說了，他也該知曉妳的脾氣。」

嬌嬌微笑。「他那時很徬徨，可是依舊沒有說，不僅沒有說，還迅速地調整了自己的情緒，這樣的人，我是相信他的心理素質的，如果我沒有猜錯，必然還有更加重要的事被他隱瞞了起來。」

「更加重要？確實，這也是一個原因，會是什麼呢？」老夫人琢磨。

「例如，瑞親王妃雖然與楚攸相認，但是並不希望他摻和到自己的復仇中，她希望憑藉自己的力量復仇，而且已經開展了某些計劃，而她的計劃，許是和楚攸的計畫是背道而馳的。我覺得，這個關鍵點在八皇子，您想，她早就嫁給瑞親王了，可是為什麼沒有和八皇子相認？那可是她表哥啊！說不定，她和楚攸的不一致就在這裡。」

啪啪啪！

嬌嬌言罷，傳來一陣掌聲。

老夫人與嬌嬌錯愕地回頭，竟然看見楚攸坐在房梁上。

嬌嬌的臉色馬上變冷了幾分，這時她倒是慶幸剛才沒有說得更多。

「你也太不禮貌了，就這般地偷偷躲在人家家裡，這樣好嗎？」

楚攸不以為意，跳了下來。

「我不過是想聽看看妳說什麼罷了，倒是不想，嘉祥公主真是精明過人。我楚攸有妻如此，夫復何求。」言罷還一臉的與有榮焉。

嬌嬌惱怒。「你胡說什麼，我可還沒嫁給你呢！」

楚攸逕自坐下為自己倒茶，他笑呵呵的。「怎麼，這不是早晚的事嗎？難不成妳要殺人滅口？算起來，真正該殺人滅口的是我吧？嘉祥公主，妳知道的太多了。」

嬌嬌狠狠地踩了楚攸一腳，楚攸吃痛，差點將茶杯摔了，不過還是「勉強」將自己的腳從嬌嬌那裡解救出來。

「公主下腳也太狠了。」

「你到底來幹麼，聽牆根什麼的，真的好嗎？你還真會挑時間，如若不是今兒是姑父新婚，必然不會讓你就這麼潛了進來。」

楚攸依舊笑容燦爛。「這話怎麼說的，來得早不如來得巧。」

「你到底想幹麼？」嬌嬌越發地惱怒。

老夫人看兩人這般歡喜冤家的樣子，失笑搖了搖頭。「你們倆啊，可不就是小冤家嗎？」

這話一出，兩人都是望天，有幾分不好意思。

「你到底來幹麼！」嬌嬌鍥而不捨地追問。

「突然間有點想念當年夜探妳那裡了，所以我就故技重施了，倒是不想，聽到妳們的言談。」

嬌嬌翻白眼，似乎想到了什麼，嬌嬌問道：「楚攸，當年寧元浩是皇爺爺殺了的吧？」

楚攸怔住，隨即問道：「妳竟然知道。」

說起這一點，老夫人都錯愕了。

「為什麼？」她呢喃。

楚攸冷笑。「寧元浩拋棄了虞夢，只為了能夠做駙馬，享受那取之不盡的榮華富貴；而二公主呢，她則是因為寧元浩曾經愛慕過虞夢，派人殺了她。妳以為她真的相信寧元浩和季晚晴的話嗎？不是的，女人的心最敏感，她知道一切，可是她卻不能容忍，天之驕女，怎麼能容忍自己的男人不愛自己，所以，她殺了虞夢，並且偽裝成了自殺。她以為這一切都是神不知，鬼不覺，卻沒有想過，她的父親，這個國家的一國之君，他知道了一切。二公主喜歡寧元浩可以不在乎這些，可是她的父親卻不能容忍這樣一個小人留在自己女兒的身邊，所以，皇上派人殺了他。

「妳以為我為什麼要那麼囂張，讓大家懷疑是我，卻沒有證據，而我恰恰為皇上遮擋了那些醜事？這京中的醜事，許多都是我自己攬上身的，妳以為，那些都是我做的嗎？我的好公主，怕是妳不知道吧？那些都是妳皇爺爺做的，我不過是故意轉移視線罷了，這是我們這麼多年來心照不宣的秘密，也正是我如同瘋狗一樣逮誰咬誰的性格，才使得皇上讓我步步高陞，男寵什麼的，妳還真以為是真的嗎？」

「正是因為二公主是真正害了你三姊虞夢的人，所以瑞親王妃用了很多年的時間接近二公主，成為了她的閨中密友，又默默地誤導她的行為，讓她看起來反常，她必然是打著為二公主好的旗號做這一切，所以二公主極為相信她；待到時機成熟，她又假裝，或者是通過別人的口誤導玉妃，讓玉妃以為，那個二公主根本不是她的女兒，而是一個孤魂野鬼占據了她女兒的身體，後面的一切，更加可以解釋了，對嗎？」

原本嬌嬌不明白，可是現在嬌嬌明白了，瑞親王妃是穿越者，所以她故意誤導了二公主，讓二公主看起來更像是一個穿越者，這樣她便可以將二公主打成所謂的孤魂野鬼。

楚攸看嬌嬌，半晌，點頭。

確實，他已經從二姊的口中得知了這一切，事實正是如此的。

「這麼遠的事妳都能連在一起，不來刑部，是我的敗筆。」

嬌嬌不以為意。「我可以算是外編人員。」

楚攸一怔，隨即笑了出來。「是算家屬吧？」

「閃邊兒去。」

看著這麼有人氣的楚攸和這麼不「善良嫻淑」的嬌嬌，老夫人竟是覺得十分好笑。

這兩人，真是天作之合！

說起來，老天爺才是最會配的，冥冥之中，竟是將他們兩人湊在了一起，如若將他們單獨配給其他人，怎麼都覺得突兀，可是兩人在一起，分外地相得益彰。

看來，這就是緣分。

——未完，待續，請見文創風229《風華世家》4

花落雲暮間

全套四冊

慧黠有情，智謀見趣／木贏

冤家配對頭，不打不鬧怎成雙？

堂堂權相嫡女備受冷落不説，竟如軟柿子般任人拿捏？
她一穿越來面對如此局勢也就罷了，
偏偏那老謀深算的右相親爹威逼皇上娶她入主後宮，
平白無故又添一樁亂點鴛鴦譜的聖旨賜婚戲碼來……
明面上她與祁國公嫡孫「兩情相悦、情投意合」是煞有介事，
暗地裡卻是仇人見面，分外眼紅，舊仇未消，又添新怨！
誰知這冤家聚頭吵不散、罵不走又拆不開，反倒越拌嘴越恩愛。
只不過……這端內宅不寧，孀娘婆婆各個不安好心；
那端朝政不平，朝野黨派亦是各懷鬼胎，
且看她發揮看家本領，左手施展醫術，右手經營鋪子，
無論陰謀陽謀皆是信手捻來，以智略巧計一一擺平諸多麻煩。
可縱使她機關算盡，也算不到誅連九族的大禍竟會無端臨頭，
眼看事已至此，她勢必得爭出個「我命由我不由天」！

文創風 228

風華世家 3

國家圖書館出版品預行編目資料

風華世家 / 十月微微涼著. --
初版. -- 臺北市 : 狗屋, 2014.10
冊 ; 公分. --（文創風）
ISBN 978-986-328-362-1（第3冊：平裝）. --

857.7　　103018137

著作者　十月微微涼
編輯　王佳薇
校對　沈毓萍　馮佳美
發行所　狗屋出版社有限公司
地址　台北市104中山區龍江路71巷15號1樓
電話　02-2776-5889～0
發行字號　局版台業字845號
法律顧問　蕭雄淋律師
總經銷　知遠文化事業有限公司
電話　02-2664-8800
初版　103年10月
國際書碼　ISBN-13　978-986-328-362-1
原著書名　《锦绣世家》，由北京晉江原創網絡科技有限公司授權出版

定價250元
狗屋劃撥帳號：19001626
網址：love.doghouse.com.tw　E-mail：love@doghouse.com.tw